異世界でのおれへの評価がおかしいんだが

～永遠の愛を誓います～

《フェリクス》
黒翼騎士団の副団長。
冷静沈着な美麗の貴公子。
タクミを愛でるあまり、
しばしば我を忘れる。
《ガゼル》
黒翼騎士団の団長。
カリスマ性のある
ワイルドなイケメン。
溢れる包容力で
タクミを愛でる。
《タクミ》
RPGゲーム
『チェンジ・ザ・ワールド』の
世界に転移してしまった主人公。
黒翼騎士団の一員として活躍している。
ガゼルとフェリクスに
囲い込まれているが、
本人は全く気づいていない。

《マルス》
魔王が子供になってしまった姿。
タクミに魔力をほぼ譲渡し、
記憶を失っているはずだが……？
《オッドレイ》
オルステ国の貴族。
タクミにやたらと馴れ馴れしい。
《ハルカ》
日本から
転移してしまった少女。
リオンが推し。
《リオン》
白翼騎士団の孤高の団長。
クールかつ無愛想だが、
タクミにはとことん甘い。

父さん、母さん、兄さん。皆元気で暮らしているでしょうか？

ある日突然、異世界にひょっこり来てしまったおれですが、なんとか元気でやっています。

職場の人たちがとても優しくて親切なので、元の世界よりもうまくやれているかもしれません。

モンスターの群れと死闘を繰り広げたり、魔王と遭遇したりと、大変なことも色々あったのですが、周囲のおかげでなんとか乗り越えられました。

さて。話は変わるのですが——異動願いって、どう書けばいいでしょうか⁉

「へへへ、黒髪黒目なんて珍しいなぁ……競りに出せばなかなかいい値がつきそうだぜ！」

おれの前に立ち塞がるのは、薄茶色の衣服の上にプレートメイルを身に着け、ふさふさとしたヒゲを生やした男だ。がっしりとした身体つきは縦にも横にも大きい。

そんなヒゲモジャおじさんは舌なめずりをしながらおれの顔を見る。

その視線に嫌悪感を覚え、正直、今すぐに踵《きびす》を返して逃げたい気持ちに襲われたが、そういうわけにもいかない。

おれは今、護衛の任務中だからだ。

そう、護衛の任務――おれの所属する黒翼騎士団《こくよくきしだん》に下されたのは、このリッツハイム魔導王国の隣国、オステル国の貴族の馬車の護衛だった。

この貴族、バーナード・オッドレイさんはポーションの販路をオステル国に開くために王都に滞在している。ポーションは、ここ最近、リッツハイム魔導王国で生産され始めた霊薬である。

今までこの世界では、人の怪我を治すのには治癒魔法が主流であったため、治癒魔法を使える人材を確保するのがどこの国でも大きな課題となっていた。それが、このポーションは正しい方法で錬成されれば、魔法に頼ることなく怪我を治すことができるのだ。その効果を知った他国は、こぞってリッツハイム魔導王国のポーションを求めるようになっていた。

オステル国の貴族、オッドレイさんもその一人だ。今回は、そのお仕事のために王都を出て、隣の市へ向かうということで、おれたち黒翼騎士団が道中の護衛を任されたのだが……

「……やれやれ、野盗とはな。今回の任務は比較的、安全だと聞いていたんだが」

思わずため息をつくと、おれの前に立ち塞がるヒゲ男が「なんだ、観念したのかあ？」とニヤニヤした顔で尋ねてきた。

「一つ聞いておきたいんだが、お前たち、何故この馬車を襲う？」

「あぁ？　なに言ってんだオメー」

ヒゲ男に尋ねながら、ちらりと周囲の様子を窺《うかが》う。

隣市へ向かう街道の真ん中に、オッドレイさんの三台の馬車が止まっている。装飾の豪華なそれには雄々しい馬が二頭ずつ繋がれている。だが、その周囲では黒翼騎士団の団員と野盗たちの戦闘があちこちで行われており、馬車だけがこの場から離脱するのは困難そうであった。

つまり——今、おれを助けに来られそうな騎士団員もいないっぽい。くそぅ！

「もしも、お前たちが生活に困窮《こんきゅう》して、仕方がなくこの馬車を襲ったというのであれば、おれたちが手を差し伸べることができるかもしれない。一体どうして、この馬車を襲うんだ？」

おれを助けに来てくれそうな人もおらず、かといってこの場を逃げ出すことも立場上できないので、ひとまず会話をして時間を稼いでみるぜ！

だが、やっぱりというか、あまり会話は長続きしなかった。

おれの言葉を聞いたヒゲ男は、小馬鹿にしたような野卑《やひ》な笑い声をあげたのだ。

「なんだよ、そりゃ！　おいおい、可愛子《かわいこ》ちゃんは考えることも可愛いなぁ、ぎゃははは！」

「ならば、生活に困窮《こんきゅう》しているわけではないと？」

「へっ、金が多いところからブン盗るのは当たり前のこったろ？　今は特に、リッツハイム製のポーションはどこの国に持っていっても高値で売れるからよ。楽して金を稼ぐ方法があるんだ。真面目にあくせく働いてなんになるよ？」

「……そうか」

うーむ、そういう感じだと、残念だが彼との和解は難しいな。

落胆に肩を竦《すく》めると、ヒゲ男はいやらしい笑みを深くし、蛞蝓《なめくじ》のようなぼってりとした舌で自身の唇を舐め上げた。

「なんだ、怒らねぇのか？　へへ、つまんねぇなぁ。こういう風に煽《あお》れば、血の気の多いヤツはすぐカッとなって真正面から飛び込んでくるんだけどなぁ」

「ふっ。あいにく、おれは臆病《おくびょう》な性質でな」

そんな勇猛果敢な人がいるの？　すごいね！

真正面から切りかかるなんて、チキンなおれには絶対無理です！

「……へっ。どうやら見た目通りの可愛子《かわいこ》ちゃんじゃねェみたいだな。少し本気になるとするか」

だが、おれの返答にヒゲモジャさんは一転して真剣な表情になると、その腰に佩《は》いていた大鉈《おおなた》を手に構えた。

って、いきなりなんで⁉

いや、あの、少しも本気にならなくていいんですけど……！

「――ハァッ！」

困惑するおれをよそに、大鉈《おおなた》を片手に携えたヒゲ男が突っ込んでくる。

おれは慌てて横に避けて大鉈《おおなた》をかわそうと思ったところで――背後に、護衛対象の馬車があることにハッと気が付いた。

このまま避ければヒゲ男が馬車に突っ込む形になる。それはまずい。

「っ……！」

あせってその場に踏みとどまったおれは、変に力が入ったせいで、足をもつれさせる羽目になった。

対するヒゲ男は、おれが避けるかと思いきや、その場に踏みとどまったのが予想外だったらしい。

意図せずフェイントをかけた形になり、バランスを崩したおれは、ヒゲ男に思いっきりぶつかった。

「ぐ、ぉっ⁉」

め、めちゃくちゃ痛い！

大鉈《おおなた》を握りしめていたヒゲ男の手に、おれの肘が勢いよく打《ぶ》ち当たったのだ。

だが、その衝撃でヒゲ男の手からは大鉈《おおなた》が離れた。地面に転がった大鉈《おおなた》は、体勢を立て直そうとしたおれのブーツの爪先に当たり、離れた場所に飛んでいく。

こっちも痛い！　肘と爪先がじんじんする……！

「ッ、てめぇ……！」

手の甲を真っ赤に腫《は》らし、徒手になったヒゲ男がおれを鬼のような形相《ぎょうそう》で睨みつけてくる。

あわわわ、めっちゃ怒ってる！

憤怒の表情でおれに掴みかかろうとしてくるヒゲ男だったが、彼の手がおれに届く前に、横合いからがしりと掴まれた。

「ぐっ⁉　テ、テメェは……！」

「観念しな、お仲間は全員捕まえたぜ。それに、こいつはテメェなんかが気軽に触れていい奴じゃないんでね」

現れたのは、少し離れた場所で野盗たちと戦っていたはずのガゼルだった。

彼はガゼル・リスティーニ——ワインレッドの髪と金色の瞳を持つ、長身の美丈夫だ。よく日に焼けた、筋骨逞《たくま》しい肢体は同性でも見惚れてしまうくらいだ。そして、彼こそがおれの所属している黒翼騎士団の団長である。

いつの間にか馬車の陰に移動していたらしいガゼルは、おれに襲いかかろうとしたヒゲ男の手を掴んで止めてくれたのだ。

なんて素晴らしいタイミング！　大好きだぜ、ガゼル！

ガゼルは素早い手つきでヒゲ男の手をひねり上げると、あっという間に地面に組み伏せた。

「――ガゼル団長、あとは私が」

「ああ、頼む」

ついで、おれたちのもとに近づいてきたのはフェリクスだった。

彼は、フェリクス・フォンツ・アルファレッタ。

このリッツハイム魔導王国を守護する黒翼騎士団の副団長。さらさらとした金色の髪に紫水晶色の瞳を持つ、白馬の王子様というフレーズがぴったりの美青年である。

フェリクスは手に持った荒縄で、地面に組み伏せられたヒゲ男を手早く縛り上げる。

周囲を見れば、ガゼルとフェリクスだけでなく、他の団員もそれぞれ野盗の捕縛をあらかた終えていた。

どうやら手間取っていたのはおれだけのようだ。ご、ごめん、皆……

「ガゼル、フェリクス。助かったよ、ありがとう」

おれがそう言うと、ガゼルが白い歯を見せてにかりと笑い、おれの背中をばしんと叩いた。

「そりゃこっちの台詞《せりふ》だぜ、タクミ。お前が馬車を一人で守って、この頭目を抑えててくれたからな。おかげでやりやすかったぜ」

「…………頭目？」

「はは、とぼけんなよ。この男が一番装備がいいし、体格もいいじゃねェか。一目瞭然だろ？」

と、頭目って……ちょっと待って、このヒゲ男がこの野盗たちのボスってこと⁉

確かに言われてみれば、この人の装備が最も豪華だし、持ってる武器も一番カッコいい。

ど、どうして気付かなかったんだ、おれは。

でも、もしも知っていたら、いの一番に逃げ出して皆に助けを求めていただろうから、気付かなくてよかったのか？

ガゼルに引きつった笑みを向けながら会話をしていると、ヒゲ男の捕縛を終えたフェリクスがこちらにやってきた。

「タクミ、お疲れ様でした。さすがのお手並みでしたね」

「ああ、フェリクスもお疲れ様」

「ですが、貴方があの男を挑発し始めた時は、少し肝を冷やしましたよ。どうか、ほどほどになさってくださいね」

「……ふっ、冗談はやめてくれ。挑発なんて、このおれがすると思うか？」

おれの返答に苦笑いを浮かべるフェリクス。

あれっ、もしかしておれの聞き間違いだったか？　フェリクス、もしかして今、「命乞いはほどほどにしてくださいね」って言ったのかな？

「そうだなァ。あんな男じゃお前の相手にゃならねェだろうが、それでもあんまり一人で気負うなよ？　お前があいつを一人で引きつけてくれてる間に、俺らは分散した仲間を倒すだけだったから楽に戦えたけどよ」

「……ガゼル、おれにそんな器用な真似ができると思うのか？　ただの偶然だよ」

「まぁ、タクミがそう言うんなら、そういうことにしておくけどよ。本当に、あまり無理はすんじゃねェぞ」

無理もなにもない。だって、本当にただの偶然なのだから。

まぁ、偶然でもなんでも、それが結果的に騎士団の皆の役に立ったのならオッケーかな。

うん、オールオッケーということにしておこう！

そんな風に、おれがガゼルとフェリクスとの会話を終えた頃には、すっかり野盗たちの捕縛が終わっていた。彼らをその場の木に縛り付け、見張りを立てた後に、再び陣形を整えて馬車の護衛へ戻る。

王都、リッツハイム市に野盗捕縛の連絡は飛ばしてあるので、そう遠くないうちに王都に残っている黒翼騎士団の皆が引き取りに来るだろう。

当初の予定通り護衛に戻ったおれは、馬に乗ると空を見上げた。今日は雲一つない、とても素晴らしい快晴だった。空気はどこまでも澄み渡っている。

そして、遠くに見える山々の頂点は、まるで粉砂糖をふりかけたように真っ白に染まっていた。

「……だいぶ肌寒くなってきたなぁ」

先ほどの戦闘で身体の芯は火照《ほて》っているものの、頬を撫でる風はとても冷たい。
熱くなった身体に涼やかな北風は心地よいが、それは、季節の変わり目が到来したことをおれに教えていた。

これから、冬が来る。

『チェンジ・ザ・ワールド』のストーリーではついぞ描かれなかった——新たな季節が訪れるのだ。

それだけの月日をこの国で過ごしてきたのだと考えると非常に感慨深い。

そんなことを考えながらもおれたちは任務を遂行し、気付けば日が暮れていた。

隊舎に戻って疲れたな……と思っているうちに、あっという間に眠っていたのだった。

——おれが元の世界ではまっていたゲーム、『チェンジ・ザ・ワールド』。

ストーリーはオーソドックスなファンタジーもので、救世主として召喚された主人公が、平和のために魔王と戦うというのが大筋だ。

主人公はある日、リッツハイム魔導王国で行われた召喚儀式によって『救世主』としてこの異世界に召喚された。主人公は戸惑いながらもこの国の人々と交流を深め、時には恋愛関係になったり、耐え難い別れを経験したりしつつ、人間的な成長を遂げ、最終的には魔王との決戦に挑む。

主人公がストーリーの中で選ぶ選択肢によってエンディングが分岐するため、魔王と和解するルートもある。これは、魔王の正体を知った主人公が、魔王を改心させて説得に持ち込むというものだ。このルートだと主人公と魔王はリッツハイム魔導王国を離れて他国に行くか、主人公が元の世界へ戻ることになる。

元の世界へ帰る際には、一番好感度の高いキャラクターとリッツハイムの王城で二人きりで最後の時を過ごす。その翌朝に主人公は送還の儀式によって元の世界へ戻る。

元の世界は、召喚された時点から時が止まっていた。

主人公は立ち止まると、夏空に浮かぶ入道雲を見上げ、自分が過ごした異世界に最後にもう一度だけ想いを馳せて——というエンディングだ。そして……

「お、初雪だな」

馬車の窓から外を見ていたガゼルが、そんなことを呟いた。その言葉にはっと我に返る。ついつい ぼーっとしてしまったようだ。

昨日の護衛任務は無事に終了し、今日はめでたく休養日だ。おれはガゼルとフェリクスに連れられて、こうして馬車に乗ってどこかへ向かう最中である。

おれはガゼルに身を寄せるようにして窓の外を覗き込んだ。確かに、鼠《ねずみ》色の空からちらほらと白いものが舞い降り始めていた。昨日の護衛任務の時に、寒いとは思ったんだよなぁ……

「本当だ。どうりで寒いはずだ」

おれが窓の外を見ていると、向かいに座っていたフェリクスが手を伸ばして、首に巻いた襟巻を巻き直してくれた。

「ありがとう、フェリクス」

「いいえ。今度、冬用の外套《がいとう》も新しく買いに行きましょう」

「今持っている外套《がいとう》で充分だぞ？」

「いいえ、いけません。タクミが風邪をひいては困ります」

「そうだぜ、タクミ。リッツハイムの冬は冷え込むからなァ」

そう言って、隣に座ったガゼルがおれの肩に手を回した。逞《たくま》しい筋肉に覆われた彼の身体が服越しにぴったりとおれに密着すると、そこからぬくもりが伝わってきた。

「タクミはあったけェな。湯たんぽみたいだ」

「そうか？　普通だと思うが」

おれの肩に回されているのとは反対のほうのガゼルの手を取る。そのぬくもりを確かめるように、ごつごつと節くれだった指を触っていると、ガゼルがおれの手をぎゅっと握った。

顔を見ると、悪戯《いたずら》っぽい微笑を向けられて、おれもにこりと微笑み返した。

そんな風に二人と談笑を続けながら、おれはもう一度窓の外を見た。

はらはらと舞い散る白い雪片は、道路に落ちればすぐに水へと変わっていく。この分なら、さほど積もることもないだろう。

リッツハイムは日本と同じように四季はあるものの、夏と秋がかなり短いそうだ。

湿気がなく、からりとした夏季は大変過ごしやすい。おれが転移したのは夏だが、実際気温が三十度を超すことはほとんどなかった。

その代わり、夏の終盤に差し掛かる頃には一気に気温が下がり、冷涼な風が吹くようになった。

つい先日、隊舎に植えてある木々や街路樹が赤々と色づいたかと思ったのだが……もう初雪とは。

ゲームのスチルではついぞ見ることのなかったリッツハイムの雪景色を見るのは、なんだかワクワクするような、それでいてちょっと寂しいような、複雑な気持ちだ。

すっかり見慣れた街並みがどこか遠い場所に見えて、おれはそっと窓から目を逸らした。そして、ガゼルとフェリクスに向き直る。

「そういえば、今日はどこに行くんだ？」

つい一ヶ月前までは、リッツハイム国内においてモンスターの異常発生が起きていたが、それもかなり落ち着いた。

モンスターの異常発生が続いていた頃は、リッツハイム市民の間では「とうとう封印されていた魔王が蘇《よみがえ》り、再びリッツハイムを我が物にせんと企んでいるのではないか？」と噂が囁《ささや》かれていたが、今ではそんなことを言うものは誰もいない。

そんなこんなで、おれとガゼル、フェリクスは久しぶりに三人での休養日を謳歌《おうか》するため、馬車に揺られていずこかへ向かっているわけだが……

「悪いが、まだ内緒だ。タクミをびっくりさせたいからな」

「贈り物は中身が分からないほうが、より楽しめるでしょう？」

だが、おれの質問は二人の笑顔によって受け流されてしまった。

うむ、そうなのだ。

ガゼルもフェリクスも隊舎を出てから「連れていきたいところがある」と言ったきり、ずっとこの調子なのである。そのため、これからどこに行くのかさっぱり分からないまま、おれは馬車に揺られているというわけだった。

まぁ、いっか。ガゼルやフェリクスが悪い場所に行くとも思えないし、二人がそこまで言うなら間違いないだろうしね！

◆

「――ここは……？」

馬車の停車した場所は、あるお屋敷の前だった。

イチョウの並木が続く、灰色の石畳で整備された一角。正面の鉄門は大きく開け広げられ、そこには執事服を見事に着こなした初老の男性が立っていた。

「お待ちしておりました、タクミ様、ガゼル様、フェリクス様」

柔和な微笑を浮かべた男性は、おれたち三人の顔を見た後も驚いた様子はない。むしろ待ちかねていたというようにおれたちを先導して、屋敷の敷地内へと進み始めた。

ガゼルとフェリクスが当たり前のように進むので、おれも慌ててついていく。

屋敷は二階建てになっており、赤煉瓦《あかれんが》の外壁と黒い瓦屋根が特徴的だ。屋敷の庭はかなり広く、少し離れた場所には同じ赤煉瓦《あかれんが》造りの井戸があるのも見えた。

正門から玄関のポーチに続く道は細かな砂利で舗装されており、砂利道の周りにはきれいに整えられた芝生が植えられている。芝生の周りには淡いピンクのエリカの花や、真っ赤な実をつけたセンリョウが彩りをそえていた。

「タクミ様、外套《がいとう》をお預かりいたします」

「ああ、ありがとう」

玄関に入ると、執事服姿の男性に再び柔和な笑顔を向けられて、おれは外套《がいとう》を手渡した。驚いたことに、玄関を入っただけで段違いに暖かい。建物が煉瓦《れんが》造りだからだろうか？

そして、おれたち三人は玄関から屋敷の応接室と思《おぼ》しき場所へ進んだ。

部屋に入った瞬間、玄関で感じた以上のぬくもりがじんと身体に伝わる。

「——暖炉《だんろ》だ」

思わず呟くと、ガゼルとフェリクスがおれを振り返った。

「なんだ、タクミは暖炉《だんろ》を初めて見るのか？　まぁ、うちの隊舎にもねェからな」

「ああ、初めて見る」

「そうなのですね。この屋敷は、暖炉《だんろ》の熱を魔術式によって増幅し、パイプで屋敷中に巡らせているそうですよ。ですので、玄関先でもなかなか暖かかったでしょう？」

「最近は、そんな回りくどいことしなくとも、魔術式を直接床に仕込んであっためる方法ができたからなァ。新築の家じゃなかなか暖炉《だんろ》の注文が入らないらしいぜ」

「暖炉《だんろ》は、薪《まき》入《い》れや煤《すす》掃除が大変ですからね」

二人のそんな説明を聞きながら、おれは暖炉《だんろ》の中でぱちぱちと音を立てて爆ぜる炎にぽーっと見惚れていた。

わー、暖炉《だんろ》だ！　いいなぁ、初めて見たよ。

それにこの応接室も素敵だ。暖炉《だんろ》の前には座り心地のよさそうな、ゆったりとしたソファと、いくつものクッションが置かれている。その後ろには藤の花を描いたと思《おぼ》しき、紺と紫を基調としたタペストリーがかかっている。そしてソファの足元には、アラベスク模様のような柄が描かれた絨《じゅう》毯《たん》が敷かれていた。

素敵な部屋だなぁ。このソファで、暖炉《だんろ》の火にあたりながらだらだらと本を読めたら幸せだろうなぁ——……と思っていると、傍らにいたガゼルがどさりとそのソファに腰かけた。

えっ？　あ、あれ？

まだこの家の人にご挨拶もなにもしてないけど、いいのかな……？

「へぇ、なかなかいいな。タクミもこっちに来いよ」

「あ、ああ」

ガゼルに促され、困惑しつつも彼の隣に座る。

フェリクスも勝手知ったる様子でおれの左隣に座った。

わっ、すごい！　めちゃくちゃフッカフカだ、このソファ。

「紅茶をお持ちいたしました」

「ああ、ありがとよ。悪いがしばらく出ていてもらえるか？　用があれば呼ぶ」

「かしこまりました。紅茶以外のお飲み物もご用意できますので、なんなりとお申し付けください」

先ほどの初老の男性が、ソファの前に置かれた真鍮《しんちゅう》製の小さなセンターテーブルに、銀のお盆に載ったティーセットを置く。見れば、クッキーなどの焼き菓子までが小皿に盛られている。

うーん……？　もしかして、この屋敷ってガゼルの持ち家かなんかなのか？

いや、でもそれだとさっきのガゼルとフェリクスの会話はおかしいよな……二人とも、初めてここに来た口ぶりだったし。

「タクミ、どうぞ」

「ありがとう、フェリクス」

困惑状態のおれに対し、フェリクスもガゼルもくつろいだ様子で紅茶に口をつける。

おれもひとまず二人にならって紅茶を飲む。濃い目のそれを含むと、一気に芳醇《ほうじゅん》な香りが口内に広がった。

冷えていた身体に、温かい紅茶がじんわりと染み入っていく。くわえて、暖炉《だんろ》の炎が赤々と燃える様を眺めていると、それだけで身体がホッとやすらぐようだ。

……やばい。居心地がよすぎて、このままだと眠ってしまいそうだ！

誰の家か分からないが、まだご挨拶もしていない他人の家でそれはまずすぎる。

おれは慌てて紅茶をセンターテーブルに戻し、二人に会話を振った。

「ずいぶんと雪がひどくなってきたな。帰りの馬車が心配だ」

窓の外を見れば、来た時には小雪だったのが勢いを増しているようだ。

外の芝生や庭木にはすっかりと雪化粧がされている。あまり帰りが遅いと、隊舎に戻るのも苦労するだろう。天候が悪ければ、それだけ乗り合い馬車も込み合う。

「大丈夫ですよ、タクミ。今日は少し遠回りをしましたが、隊舎からこの屋敷まで実はそう遠くはないのです。雪道でも充分に歩いて帰れる距離ですよ」

「そうなのか？」

「それに、なんだったら今日はここに泊まっていってもいいしな。寝台はもう新調してあるんだろ？」

「ええ、昨日終わっています」

……泊まる？　寝台？　新調？

ますます状況が呑み込めなくなったおれは、とうとう二人に尋ねた。

「ここってガゼルの家なのか？　それともフェリクスの？」

おれの質問に、二人はにっこりと笑顔を返してきた。

「ああ、そうだぜ。俺とフェリクス、タクミが三人で住む家だ」

「…………三人？」

「そうです。タクミも隊舎の相部屋では、色々と不都合なこともあるでしょう？　そろそろ自分だけのプライベートな空間も必要でしょうから」

「……ちょ、ちょっと待ってくれ」

ちょ、ちょっと待って!?

えっ、なに、マジでどういうこと!?

「三人で住む家って、どういうことだ？」

「どうもなにも、言葉通りの意味だが」

「い、いや、それは確かにそうなんだが……そうじゃなくて、ガゼルとフェリクスがこの屋敷を買ったのか？」

「ええ、そうです。つい先日、王都を騒がせていた詐欺事件の犯人一味を、とうとう白翼《はくよく》騎士団が捕縛したでしょう？　その詐欺事件の被害者である先代の子爵夫人が、こちらを売りに出されまして……」

そういえば、そんな事件もあったなぁ。白翼騎士団のリオンとレイが事件の捜査をしている際に、偶然行き会って、一緒にお茶をしたことがある。

「金策のためにこの屋敷を売ったのか？」

「いえ、そういうわけではなく、ここはその先代の子爵夫人が一人住まいをするために利用していたタウンハウスだったそうでして。今回の事件を契機に、本家で息子夫婦と同居をすることが決まったとか」

「そうか……そういうことならよかった」

「ふふ、タクミは優しいですね」

瞳を細めてやわらかな笑みを作ったフェリクスが、ソファに置かれたおれの手をぎゅっと握る。すると、反対隣に座っていたガゼルが、ソファの背もたれに腕を回すようにして、おれの肩を抱いてきた。

「まぁ、そういうわけでな。子爵家としては早くこの屋敷を引き払いたいってことで、相場よりも安く売りに出してな。しかし、いいタイミングだったよな、フェリクス？　俺らが家探しを始めた矢先だったもんなァ」

「ええ、本当に。立地が大通りから外れているということで、破格の値段で出ていましたしね。私たちにしてみれば、黒翼騎士団に近いのでありがたいことですが。タクミも隊舎から近いほうが安心でしょう？」

「あ、ああ……そうだな……？」

そうか。そういう事情なら納得が……いや、いくわけないよ!?

「……二人がおれを連れてきたかったっていうのは、つまり、この屋敷ってことだな？」

「ああ、そうだ。驚いたか？」

悪戯《いたずら》が成功したような、無邪気な笑顔をおれに向けてくるガゼル。

驚いたかって？　もちろんめちゃくちゃ驚いてますよ!?

ま、まさかのサプライズプレゼントが、家！

おれの予想をはるかナナメ上にぶっち切っていく贈り物に、正直、動揺が隠せないぜ……！

「あまり大きくない家ですから、タクミの御眼鏡に適《かな》うかどうか少し心配していたのですが……気に入ってくださったようでよかったです」

そう言って、薔薇《ばら》の蕾が綻《ほころ》ぶような、嬉しげな笑みを浮かべるフェリクス。

い、いや……確かに気に入ったか気に入ってないかで言ったら、めちゃくちゃ気に入ったけどね？　でも、あの、そういうことじゃなくてね？

あと、この規模の屋敷を「大きくない」って言っちゃうフェリクスの感覚すごいね⁉

さすが伯爵家の三男だぜ……それにしても、なんだか珍しく二人がグイグイ来るなぁ。

っていうかなんだろう、この逃げ道が完全に絶たれている感覚は……？

「あとで二階も見に行こうぜ。タクミの部屋は二階の角部屋がいいかと思ってるんだが……希望があったら遠慮せずに言ってくれ」

「あ、ありがとう、ガゼル。でも、その……」

おれは両隣に座るガゼルとフェリクスから顔を逸らし、自分の手元に視線を落としながら呟いた。

「三人で住む家、って言うけれど……二人は、その、いいのか？」

「いいって、なにがだ？」

「おれは……ガゼルとフェリクスのことが好きだ。その……親愛以上の意味で、なんだが」

おれの呟きに対し、フェリクスがおれの手を掴む力を、ガゼルが肩を抱く力をそれぞれ強めた。

「このまま三人で一緒にいられたら、おれは嬉しい。けれど、二人はそれでいいのか？」

すると、肩に回されたガゼルの手がおれの頬をやわらかくなぞった。

「前にも言っただろう？　俺は、お前のためになることなら、なんでもしてやりたいと思ってる。お前がこのまま三人でいたいって言うんなら、無論そうするさ」

「ガゼル……」

「もちろん、私も同じ気持ちですよ、タクミ。貴方が三人でずっと一緒にいたいと願うのなら——そうすることで、貴方がここにいてくださるのなら」

「フェリクス……」

でも、本当にそれでいいのかなぁ？

このままずっと三人で一緒に過ごせるなら、二人のことが大好きなおれとしては願ったり叶ったりなんだけれど……けれど、なんだろう、この感覚？

なんかこう、知らぬ前に包囲網が敷かれているような、そんなおかしな感覚がするんだよなぁ？

そんなことあるはずがないのに。うーん……？

「――あ」

「ん、どうかしたか？」

「いや、その……雪が、ずいぶんとひどくなってきたみたいだ」

なんとも言えない胸中で、ふと顔を上げた先。

窓の外を見れば、先ほどよりもずいぶんと雪がひどくなっていた。空は分厚い鼠《ねずみ》色の雲に覆われており、これではもう馬車を手配するどころか、馬車自体が運行できるかも怪しそうだ。

「ああ、本当ですね。これでは今日は隊舎に帰るよりも、ここに泊まっていったほうがいいでしょう」

「そういや、書斎には前の住人が残した本がそのままだって話だったな。俺らの好きにしていいって話だったが……タクミ、あとで見に行くか？」

「本？　おれが読んでもいいのか？」

書斎に、本ですと!?　えー、うそ、めちゃくちゃ嬉しい！

黒翼騎士団に入隊してからというもの、読書とか全然してなかったからなぁ……！

座学で配られる教本を読んだりするぐらいだ。

城下町には王立図書館もあるそうだけれど、入場料だけで金貨一枚はするというから行っていなかったのだ。

「ええ、もちろんですよ。ここに住んでいた先代子爵夫人のご趣味だったそうで、私も覗いてみましたが、なかなかの蔵書量でした。歴史小説から娯楽小説、果ては魔術書まで、色々と取り揃えられていましたよ」

「そうなのか……！　ここに持ってきて、暖炉《だんろ》の前で読んでもいいか？」

「かまいませんとも。ここはもう貴方の家でもあるのですから」

「ああ。やっぱり寮の相部屋だとなかなかくつろげねぇだろ？　たまには三人で読書でもしながら、紅茶でも飲んでゆっくり過ごそうぜ」

二人の笑顔に押されるようにして、おれはソファを立ち上がると応接室を出て、二階にあるという書斎へ向かうことにした。

うーむ……まさかのサプライズプレゼントが家だなんて、かなりビックリしたけれど、でも、ガゼルとフェリクスが三人で一緒でもいいって言ってくれたのは、とても嬉しい。

しかし……どうしてガゼルとフェリクスはいきなり、こんなに大きなサプライズを？

このお屋敷は確かに素敵だけれど……。二人は「安かった」「破格の値段だった」って言ってたが、一体いくらなんだろうか？　元の世界で買ったなら絶対に億はくだらなそうな敷地と建物なんですが……やばい、怖くて聞けない！

確かに二人には、少し前から「三人で一緒でもかまわない」と言われてはいたものの、同時に「でも、それはそれで、タクミが自分を選んでくれれば嬉しい」とも言われていたはずだ。

だから、おれもちゃんと誠実に答えを返さなければと今日まで迷っていたのだが……いきなりのサプライズプレゼントといい、一体、二人にどういう心境の変化があったんだろうか？

それに二人の進め方や話しぶりから、なんだかまるで、おれの逃げ道を塞ぐような空気をひしひしと感じるんだけれど……いや、きっと考えすぎだな。

だって、二人がわざわざおれの退路を断つような真似をする必要はどこにもないしね！

さーて！　そうと決まれば、さっそく書斎に行こう。

ふふふー、暖炉《だんろ》の前で読書とか、イギリス映画みたいなシチュエーションだなぁ。

こっちの世界の娯楽小説って見たことないから、どんなものがあるのか楽しみだ。それに、ガゼルとフェリクスはどんな本が好きなんだろう。

考えるだけでわくわくしちゃうぜ！

◆

「――忘れてた。おれ、元の世界に帰るんだった……！」

さて。昨日はガゼルとフェリクスの三人で、ゆったりとしたひと時を過ごした。

前の住人が残してくれた書斎の本棚を三人で眺めて、どんな本があるか、互いの好みのジャンルはなにかを話すのも楽しかったし、応接室のソファに戻って、思い思いの時間を穏やかに過ごしたのも充実していた。

その後はやはり雪が止まなかったため、そのままメイドさんが作ってくれた夕食を食堂でとった。とても美味しかったです！

なお、あの屋敷にいた執事服の初老の男性を含む使用人さんたちは、前の住人がずっと雇っていた人たちらしい。

本来、あの屋敷が売られることになれば、使用人たちも新たな仕事先を探さねばならなかったそうだ。けれど、ガゼルとフェリクスは屋敷を買い上げると同時に、そのまま使用人たちも屋敷で雇い続けることに決めた。

だから使用人さんたちはガゼルとフェリクスに感謝しているようで、どの人もおれたち三人に非常に好意的だった。

それとなく話を聞いたところ、「奥様の移られる本家にはすでに自分たちよりも優れた使用人が何人もいる。紹介状は頂いたが、年齢的な問題で次の雇用先が見つかるかは分からなかった。だからこの屋敷ごと自分たちを雇ってくれるというガゼル様とフェリクス様には感謝しかない」ということだった。

「だから、もしもあの屋敷を買わないってことになれば、あの人たちは雇用先を失うんだよな……」

新たに生じた問題に、おれは頭を抱えた。

彼らの嬉しそうな笑顔を思い返してますます頭が痛くなる。

な、なんで昨日の時点で気付かないかなぁ自分！

でも、気付いたとしてもあの状況じゃあ、「あ、おれはこの世界から元の世界に戻るつもりなんで！　この家は返品します！」とは、とてもじゃないけど言えないな……っていうか、家って返品できるのかな？

頭痛のしてきた頭を押さえつつ、おれが訪れた先は、城下町の大通りの一角にある香水屋『イングリッド・パフューム』だ。

「――いらっしゃいませ！　……あっ、タクミさん、お久しぶりです！」

その人物は、店先に出て雪かきをしているところだった。

こちらを見上げて顔を輝かせる彼に、片手を挙げて挨拶をする。

「やあ、マルスくん。昨日はすごい雪だったな」

「ええ、本当に……ここまで来るのも、道路がぬかるんでいて大変だったでしょう。お疲れ様です。今日は発注書の件ですよね？」

「ああ、そうだ。店主はいるか？」

「義姉さんがいるのですが、ちょうど今しがたお客様が来ておりまして……お待ちいただく間、よければお茶でも召し上がってください」

そう言って、にこりと微笑んでおれのために店のドアを開けてくれるマルスくん。

十代前半の少年とは思えないほどの礼儀正しさと気遣いっぷりである。

正直、眩《まぶ》しすぎてコミュ障のおれには目が痛いぜ！

実年齢からすれば三百歳以上なんだけど、記憶を失っているのだから、彼の精神年齢は外見通りなはずなのに……！

――そう。この『イングリッド・パフューム』にて、朝からせっせと店の前の雪かきをして働く少年。彼こそが、おれを元の世界に戻れるように取り計らってくれた人物である。

血の色のような濃紅色の瞳に、玉虫のような光沢のある緑の髪。そして、その頭には二本の角がにょっきりと生えている。その奇妙な色の髪と角、そして切れ長の瞳とシャープなラインの顔立ちがあいまって、どことなくエキゾチックな雰囲気のある美少年マルスくん。

だが、その正体は、三百年前にこのリッツハイム魔導王国を混沌に陥《おとしい》れ、異世界から召喚された勇者に封印された『魔王』である。

「久しぶりにタクミさんと会えて嬉しいです」

「ああ。おれもマルスくんと話せて嬉しいよ」

とはいえ、彼は自分が『魔王』であった時の能力を失っている。

おれにその力の大部分を譲《ゆず》り渡したためだ。

くわえて、死にかけた彼が一命をとりとめた際に、何故かこのような幼い姿に変貌してしまっており、記憶もさっぱり失ってしまった。

だから今や彼が『魔王』であったということを知るのは、この国ではおれとガゼルとフェリクスの三人しかいない。いつか、マルスくんが記憶を取り戻す日もあるのかもしれないが……

……そうなんだよなぁ、マルスくんの問題もあるんだよ。

おれの中にある魔力は、このマルスくんが『魔王』であった頃におれに譲《ゆず》ってくれたもの。

彼は同じ『異世界人』であるおれを慮《おもんぱか》って、意識を失う間際に、自らの力を譲《ゆず》り渡してくれたのだ。

彼の気持ちを思えば、おれは元の世界に帰らなければいけないのだと思うし……おれ自身、元の世界に未練がある。

まだ返却してなかったDVDとか、来週発売されるはずだった漫画の最終巻とか——家族にお別れを言えなかったこととか。そういったものを思うと、帰らなければいけないとは感じる。

でも……魔力はもらっても、肝心の帰り方が分からないんだよね！

っていうか、元の世界に帰るのには召喚儀式の逆バージョンである、送還の儀式が必要らしいんだけど……その儀式の方法が分からないし！

確かゲームだと、送還儀式ってリッツハイムからは失伝しちゃってて、隣国の古い遺跡から主人公が偶然に発掘するんだよね。

ポーションやエリクサーの生成方法を求めて遺跡を訪れた際に、古ぼけた魔法陣の書かれた神域を発見するのだ。

送還の儀式を実行するには、専用の魔法陣と、その魔法陣に膨大な魔力を注ぎ込むことが必要だった。その遺跡で主人公が魔法陣を見つけたことによって、主人公は周囲の皆の魔力をちょっとずつ頂いて元の世界に帰れたんだけど……魔力問題はいいとして、その専用の魔法陣を手に入れる方法がないしなぁ。

おれ、元の世界ですら海外旅行なんてしたことないのに、隣国なんて行ける気がしないよ……そもそもリッツハイム市から出る時点でハードル高すぎるし！

ガゼルとフェリクスは「できる範囲で送還儀式について調べてみるが……悪いが、あまり期待するなよ？　まぁ、もしも帰れないとしても俺たちがずっと一緒にいてやるから寂しい思いはさせねェさ」とか、「召喚儀式はリッツハイム王家の秘中の秘ですので、できる限りで調べてはみますが、おそらくは望む結果は出ないでしょう。でも、タクミの傍にはずっと私たちがおりますから、ご安心ください」って励ましてくれたけど……

うう、忙しい二人に無理をさせてしまっているようで申し訳ないなぁ……

「タクミさん？」

「あ、ああ、すまない。ちょっとぼーっとしていた」

店内の椅子に腰かけたおれの顔を、マルスくんが覗き込んできた。

ついつい考え込んでしまったようだ。

気を取り直して、おれはマルスくんに微笑みかける。

「それにしても、今日はお義姉さんは忙しいようだな。なんなら日を改めるが――」

ひそひそとマルスくんに囁《ささや》く。

いつもならアルケミストのメガネっ子店員さんがおれを出迎えてくれるのだが、今日はまだこちらに来ない。というのも、彼女は今、カウンターでお客さんの相手をしているからだ。

おれが店に入ってから、メガネっ子店員さんは十分以上ずっとあのお客さんの応対をしている。しかも見た感じ、まだお客さんは彼女に色々と質問を重ねているようだ。あの調子ならまだしばらくかかるだろう。

「うーん……実はあの方、どうも、純粋にうちの商品を買われに来たわけではないようでして」

困った顔のマルスくんが首をひねった時だった。

「――しらばっくれないでよ！　全部分かってるんだから！」

甲高い声が店内に響く。

ただならぬ様子に、おれとマルスくんは声のした方向を見た。

見れば、カウンターにいるメガネっ子店員さんは困った表情で、目の前の客をなんとか宥《なだ》めようとしている。だが、お客さんはますますヒートアップするばかりだ。

こちらからは後ろ姿しか見えないが、焦茶色の髪を肩口で切りそろえた女の子だ。張りのある声の感じからして、十代前半というところだろうか。

「ちょっと様子を見にいこうか、マルスくん」

おれは椅子から立ち上がり、涙目であわあわとしているメガネっ子店員さんとお客さんのいるカウンターへと向かった。

「話の途中ですまない。一体、なにがあっ――」

「いい!?　私には全部分かってるんだからね！」

おれの言葉を遮って、女の子が声を張り上げた。

「――あんたなんでしょう⁉　この『チェンジ・ザ・ワールド』の世界を散々引っ掻きまわしているのは！」

その言葉に、声をかけようとしたおれはピタリと硬直した。

焦茶色の髪の女の子はといえば、そもそもおれとマルスくんの存在に気付いた様子すらなく、半泣き状態のメガネっ子店員さんに人差し指をビシッと突き付けている。

「さ、さっきから説明していますが、誤解ですぅ……わ、わたし、その、ちぇんじざわーる？　っていうのがなんなのかもさっぱりですし……」

「ふん、とぼけたって無駄よ！」

眉を八の字にし、困惑しているメガネっ子店員さんに対し、女の子は自信満々に鼻を鳴らした。

まじまじと女の子を見る。身長は百五十センチくらいだろうか？　ほっそりとした顔立ちに、アーモンド形のぱっちりとした瞳が可愛らしい。

服装は生成り色のシャツにベスト、臙脂《えんじ》色のひざ丈のスカートだ。その手には外套《がいとう》を抱えている。見た感じ、着ているものはリッツハイム製だが、顔立ちや肌の色は黄色人種のそれだ。リッツハイム魔導王国の人間ではない。

よく見れば、焦茶色だと思った髪も瞳も、おれと同じ黒色だ。生まれつき色素が薄いのか、髪も目も光が当たると明るい色に見えるため、焦茶色だと思ったのだった。

つまり――彼女はまさしく、この国にはおれ以外に存在しないはずの日本人だった。

「とっくに調べはついているんですからね！　貴女が私と同じ――異世界からトリップしてきた人

間だってことは！」

そして、その日本人っぽい少女は自信ありげに、またもやメガネっ子店員さんに人差し指をズビシッと突き付けた。

……そう。おれではなく、何故かメガネっ子店員さんに。

「お、おい、君……？」

「あら？　でも見た感じ、肌の色も顔立ちもこちらの国の人っぽいわね……じゃあ、トリッパーじゃなくて憑依《ひょうい》ってことなのかしら？　まぁ、どっちでもいいわ」

横合いから声をかけてみるが、女の子はベラベラと喋り続けて、話を聞いてくれない。

というか、まだおれの存在に気が付いてないっぽい。

「と、トリッパー……？　ひょーい、ですか？」

「そうよ！　あんたも私と同じ、日本からこの世界にやってきた人間なんでしょう？」

「す、すみませんが、私は本当にお客様がなにを仰《おっしゃ》っているかさっぱりなんですぅ……！　それに、私は生まれも育ちもリッツハイム市なんですが……？」

「ふん、まだしらばっくれるのね。でも、これを見てもまだとぼけていられるかしら？」

メガネっ子店員さんは、別にしらばっくれているわけではない。本当に、彼女は生粋《きっすい》のリッツハイム市民だ。

だが、女の子はメガネっ子店員さんの訴えに耳を傾けようとはせず、その代わりに、肩から下げていたポシェットからゆっくりとなにかを取り出した。

それは、ガラス製の小瓶だった。

「これを最初にリッツハイム魔導王国で作ったのは、あんたなんでしょう？」

女の子はそう言って、メガネっ子店員さんの前にずいっと小瓶を突き出す。

瓶の中でちゃぷりと揺れた液体は、ここにいる誰もが見慣れたものだった。

「「「……ポーション？」」」

「そうよ！　このポーションは、リッツハイム魔導王国では絶対に作れないものよ。だって、製造方法どころか、存在すらこの国では失伝してるんだもの。だから、このポーションの製造方法を正規の手段で入手するなら、隣国へ行って古代遺跡から作り方を探し出さなければいけないはずなんだから……！」

……あ。おれ、この女の子がなにを言いたいか、そしてどんな勘違いをしているか分かってきたぞ。

「けれど、隣国の遺跡へ行ったこともないはずの黒翼騎士団の人たちが、このポーションの製造方法を発見したって聞いたわ。……それはつまり！　ゲームの知識を持った人が私より先にトリップして、このポーションの製造方法を黒翼騎士団の人に伝えたということ！」

くわっと目を見開いて、メガネっ子店員さんを睨みつける女の子。

それを見たマルスくんが、おれの服の裾をくいくいと引っ張ってきた。しゃがみこむと、マルスくんが顔を顰《しか》めながら耳打ちをする。

「タクミさん……この人、もしかすると薬物中毒者でしょうか？　言っていることが支離滅裂です」

「い、いや、そういうわけじゃないと思うが」

「僕はひとまず人を呼んできますので、タクミさんは義姉さんをお願いできますか？　なにかあった時、タクミさんなら彼女をうまく宥《なだ》められると思いますから」

「……分かった。なんとか落ち着かせてみるよ」

マルスくんはおれに向かって頷くと、そっとその場を離れて、店のドアへと向かった。

女の子はといえば、マルスくんが出ていったことには気付かなかったようだ。むしろ、彼の存在に気付いていたかどうかも怪しい。

女の子はますますヒートアップして、メガネっ子店員さんにくってかかっている。

「だから、私は怪しいと思って調べてもらったの！　黒翼騎士団にポーションやエリクサーの製造方法を伝えたのは誰なのか……！　そうしたら、どれもここの香水屋で試作されたものだっていうじゃない！　それに、今も騎士団にポーションを卸《おろ》しているのはこの店だって聞いたわ！」

「た、確かに私は、試作品の製作に関わらせていただきましたが……でも、騎士団にポーションを卸《おろ》しているのはうちだけではないですよ？」

「やっぱり貴女がポーションを最初に作った人間なのね！　じゃあ、やっぱり貴女が私と同じ異世界人なんだわ。ゲームの知識があったから、それをこの国の黒翼騎士団に売り込んだんでしょう!?」

「だ、だから、私は黒翼騎士団の皆さんにお願いされて調合と錬成をしただけで、私がポーションを開発したわけじゃないですぅ……！」

「だから、騎士団の人がポーションの製法を知ってるわけがないのよ！　だって、もうそれはこの国には存在しないものなんだもの！」

涙目どころか今にも泣きだしそうになっているメガネっ子店員さんに、女の子は凄《すさ》まじい勢いで捲《まく》し立てる。

「なんでなのよ……あんただけ、ずるいじゃない！　せっかく『チェンジ・ザ・ワールド』に来られたのに、ポーションはすでに開発されて王都では一般に販売されてて⁉　しかも、今ではモンスターの被害もすっかり落ち着いてきて、むしろポーション作りの材料のためにモンスターの養殖を考えるぐらいだとか⁉　いえ、この国が平和なのはいいことだと思うけどね⁉　でも、それとこれとは別なのよ！」

「そ、それはどうもありがとうございます……？」

混乱したままお礼を言うメガネっ子店員さん。

……そ、そろそろ、無理やりにでも割って入ったほうがよさそうだな。あの女の子も、たぶん自分がなにを言ってるかだんだんワケ分かんなくなってるっぽいし。

「おい、そこの君」

おれは少し強めの口調で声をかけながら、女の子の肩を叩いた。

ハッとしたように女の子が振り返る。どうやら本当に、今の今までおれの存在に気付いていなかったようだ。

「あっ……だ、誰、貴方？」

「おれは黒翼騎士団の人間だ、名前はタクミという」

「っ、黒翼騎士団の人……!?」

「少し落ち着け、今のままじゃまともな話し合いなんてお互いできないだろう？　一度、向こうでおれと話そうじゃないか」

とりあえず、この女の子と二人きりで話をしたい。そして、異世界からやってきたのはメガネっ子店員さんではなく、このおれなんだと伝えたい。

……メガネっ子店員さんやマルスくんには、おれが異世界から来たってことは知られたくないからな。二人のことは信用しているけれど、あまりにも荒唐無稽《こうとうむけい》な話だろうからなぁ。

「ぁ……」

しかし、おれを見つめた女の子は、一気に顔をさあっと青ざめさせた。

突然、顔色を一変させた彼女に驚いていると、彼女は一歩、二歩と後ずさった。

ん？　なんだ、もしかしておれが同じ日本人だってことに気が付いたのか？　まぁ、リッツハイム市にはいない黒髪黒目だもんな。

けれど、それにしては少し様子がおかしいような……

「っ……！」

「あっ!?　おい、待て！」

顔を青ざめさせた女の子は、くるりと身をひるがえし、脱兎《だっと》のごとく駆け出した。

慌てて彼女の肩口を掴んだおれの手すら振り払い、そのまま一直線に出入り口へ向かうと、ほとんどドアに体当たりするような勢いで店を出ていってしまった。

あとには、ぽかんと口を開いたおれとメガネっ子店員さんが残される。

「な……なんだったんでしょう、今のお客様……？」

「……なんとも言えないな。ただ、なにか致命的な勘違いをしているようだ」

しかも彼女、おれの世界のRPG『チェンジ・ザ・ワールド』のことを知っているようだった。

つまり、『魔王』や『勇者』のようなゲーム中の登場人物としての『転移者』ではない――本当におれとまったく同じ世界から来た異世界人なのだ。となれば、『チェンジ・ザ・ワールド』の正規の主人公が召喚されたわけでもない。

それにくわえて、彼女の着ていた服。

おれはこの世界に来た時は、自分のもともと着ていた洋服のままだった。

あの女の子がリッツハイム製の服を着ていたということは、彼女に衣食住を提供している人間がいるということだ。

それに、彼女の言葉についても気になるところがあった。

『だから、私は怪しいと思って調べてもらったの！　黒翼騎士団にポーションやエリクサーの製造方法を伝えたのは誰なのか……！　そうしたら、どれもここの香水屋で試作されたものだっていうじゃない！　それに、今も騎士団にポーションを卸《おろ》しているのはこの店だって聞いたわ！』

……確かにハッキリと「調べてもらった」って言ってたよな。

つまり——リッツハイム市の誰かがあの女の子を保護し、面倒を見ている。

そしてなおかつ、彼女のためにポーションやエリクサーの製造に関わった人間を調査してあげたということだ。

一体、どういうことなんだ？

◆

おれは黒翼騎士団に帰った後、店で出会った女の子のことをさっそくガゼルに報告しに行った。

隊舎内にある団長専用の執務室は、毛足の短い赤絨毯《あかじゅうたん》が敷かれ、置かれている机や本棚はすべて、濃茶色のウォールナット材で統一されている。華美な装飾こそないが、その分、落ち着いた雰囲気がある。

扉を開けた正面の執務机には、いつものようにガゼルが座って書類の決裁をしていた。その傍らにはイーリスがいて、おれが入室した時には難しい顔をしていたが、こちらに気が付くと艶《あで》やかな微笑みを浮かべた。

「おう、おかえりタクミ」

「タクミ、おかえりなさい。外は寒かったでしょー、お疲れ様！」

「ただいま、二人とも」

イーリスは女性的な口調が特徴の、黒翼騎士団の軍師だ。赤紫色の髪と色白の肌に、すらりとした身体の彼からそういう笑みを向けられると、同性ながら、ちょっとドキドキする時がある。

そして、おれが香水屋で起きたことを報告し終えると、彼は顎先《あごさき》に指を当てて首を傾げた。

「なるほどね。確かに、その女の子は気になるわね。ポーションの開発を行ったのが、ガゼルとフェリクスじゃあなくて、あの香水屋のお嬢ちゃんだと思い込んでいる……と。当たらずとも遠からず、という部分がちょっと厄介《やっかい》ね」

イーリスは意味ありげにおれを見た。それに対して、おれは肩を竦《すく》める。

そう。あの女の子の予想は、当たってはいないが、大きく的を外しているわけではない。

このリッツハイム魔導王国で流通しているポーションとエリクサー――その製法を伝えたのはおれだからだ。

かつておれは、自分の所属する黒翼騎士団の壊滅イベントを防ぐために、『チェンジ・ザ・ワールド』の知識を基にして、ポーションとエリクサーの製法を彼らに伝えた。

その際に、この黒翼騎士団の団長と副団長であるガゼルとフェリクスに、二つの霊薬の製法発見者となるように名乗り出てもらったのである。

だから、あの女の子の言うことは半分当たっていて、半分外れているのだ。

そう……よりにもよって、一番大事な犯人の名前当てが間違ってるというね！

いや、しかしまさか、メガネっ子店員さんのことを異世界人だと思い込んでいるとは……

「ただ、悪いんだけれど、焦茶に近い黒色の髪に瞳の十代の女の子、というだけじゃあねぇ……でも、できる限り調べてみるわね」

「ありがとう、イーリス。頼んだよ」

対外的にはガゼルとフェリクスがポーションとエリクサーの開発者として認知されているし、騎士団内でもそれで通っている。だが、幹部であるイーリスや、他の何人かはうすうす、おれがポーションとエリクサーの製法を二人に伝えたのだと気付いている。

だが、そのことを言葉にして確かめられたことは一度もなかった。皆、暗黙の了解で尋ねてこないのだ。その気遣いには感謝しかない。

なにせ——おれはいまだ、ガゼルとフェリクス以外の人間には、自分が異世界から来た人間だということは伝えていないからだ。

だから「どうしてポーションとエリクサーの製法を知っていたんだ?」、「何故自分で製法を発表しないんだ?」と聞かれても、最初の前提を話していないのだから、答えられないのである。

そのため、おれは今しがた二人に説明した時も「彼女は異世界から来た人間であるかもしれない」という部分は伝えていなかった。

ただ、「口ぶりから、生粋《きっすい》のリッツハイム市民ではないようだから、誰かの庇護《ひご》下にあるんだと思う。着ているものはなかなかいい仕立てだったから、恐らくはある程度余裕のある人間の世話になっているんだろう」と伝えるにとどめた。

彼女が異世界から来た人間だと説明するとなると、おれの事情まで説明しなければいけないからだ。

イーリスとはおれがこの世界に来た初日からの付き合いだし、彼にはおれが異世界人であることを打ち明けてもいいかもしれないけれど……でも、まだやっぱりちょっと怖いんだよねー。信じてもらえなかったらどうしようという思いがさ……

まっ、当面はガゼルとフェリクスだけに知っておいてもらえればいいかな。二人に打ち明けられただけでも、おれもかなり肩の荷が下りたし。

「じゃあ、またなにか分かったら連絡するわ。またね、タクミ」

イーリスは話を聞き終えた後、おれに向けてウィンクをしてから執務室を出ていった。

ガゼルと二人きりになったおれは、さっそく彼に、イーリスの前では言えなかったことを語る。

だが、おれが先ほど断片的に語った内容でガゼルはうっすらと、彼女が異世界人ではないかと察していたらしい。おれの話を聞き終えた彼に、さほど驚いた様子はなかった。

「なるほどなァ。確かに、その嬢ちゃんは色々と気になるな」

「だろう？　この平穏な状況下で、リッツハイム王家が召喚儀式を実行したとは思えない。だが、現に彼女はこの世界にいる。一体、どういうことなのか……」

「とりあえず、さっきイーリスも言った通り、その嬢ちゃんのことはうちの諜報員に調べさせる。あとは『イングリッド・パフューム』に警護兼、監視役の団員を派遣しておく。聞いた様子じゃ、その嬢ちゃんがまたあの店に訪れる確率は高そうだからな」

「ありがとう、ガゼル」

なんと、『イングリッド・パフューム』に警護もつけてくれるらしい。

ガゼルからのありがたい申し出におれはホッと胸を撫でおろした。

彼女のあの剣幕じゃ、メガネっ子店員さんとマルスくんだけで対応するのはなかなか難しそうだったからな……騎士団の人が警備員としていてくれるなら、これでもう怖いものはない。

「でも、もしも見つけても、あまり手荒な真似はしないように言っておいてくれるか？　きっとあの子も、知らない世界で不安なんだと思うんだ」

「………………」

「ガゼル？」

「お前も不安だったか、タクミ？」

執務机に座ったガゼルが、金色の瞳でじっとおれを見つめた。

いつもは身長差のせいで彼に見下ろされることが多いが、今日は座っているため、どことなく顔の距離が近く感じる。

ガゼルの澄んだ金瞳に、おれの顔が映っている。

「いや？　おれはガゼルとフェリクスがいつも傍にいてくれたからな。だから、不安に思ったことなんか一度もないさ」

「……そうか」

まぁ、「自分、さすがに死ぬんじゃない？」と思ったことは何度もあるけどね！

ドレインフラワーとかワイバーンを目の前にした時とかは特に！

おれがそう言うと、ガゼルが顔を綻《ほころ》ばせて手を伸ばし、そっとおれの左手を取った。

そのまま、手を引かれて腰を抱き寄せられる。そして、優しい手つきで彼の掌がおれの背中や臀《でん》部《ぶ》をなぞっていく。

壊れ物を扱うみたいに触れてくるガゼルの掌をくすぐったく感じていると、ふと、おれはあることを思いついた。

「ガゼル。『イングリッド・パフューム』の警護だが、おれに任せてもらえないか？」

「……んー？」

ガゼルの掌がぴたりと止まった。

「ほら、おれは黒髪黒目だろう？　あの女の子は、異世界から来た人間に用がある様子だった。一目で同郷人だと分かるおれが警備員として店にいれば、話を聞いてくれるかもしれない」

うん、おれにしてはなかなかいい考えじゃない？　さっきは取り乱している様子だったから難しかったけど、冷静になって再び会えば、おれが日本人だと気付いてきっと話ができるはずだ。

そう思い、自信満々にガゼルを見る。だが、予想に反してガゼルは渋面を作った。

「……ガゼル？」

「いや……悪いが、そりゃ駄目だ」

「えっ」

「ほら、嬢ちゃんはお前が『黒翼騎士団の人間だ』って名乗った途端、逃げ出したんだろ？　もしかすると、嬢ちゃんは何らかの理由で騎士団の人間とは関わり合いになりたくないのかもしれねェ。そうなると、今回の件でお前はもう嬢ちゃんに顔を覚えられてるだろう。なら、お前がいると嬢ちゃんが警戒して店に現れない可能性があるからな」

なるほど！　そっかー、言われてみれば、確かに。

それを判断するためには、おれ以外の団員を警備員にするのが最適だ。

「分かった。無理を言って悪かったな」

「いや、いいさ。その嬢ちゃんが見つかったらすぐにタクミに連絡するからよ」

それにしてもガゼルはさすがだ！　おれはそんな可能性には全然思い至らなかったよ！

うんうん、やっぱりガゼルに任せれば間違いないな。

おれは尊敬の眼差しでガゼルをじっと見つめる。ガゼルもまた真っ直ぐにおれを見返した。

SIDE　黒翼騎士団団長ガゼル

まるで黒曜石のような澄んだ瞳に見返され、俺は、さすがに決まりが悪くなって目をそらしそうになった。

透明な眼差しに、俺の腹黒い思いをすべて見透かされている心地になったからだ。

いや、実際にそうなのかもしれない。

タクミを香水屋の警備から外すのは――タクミを、異世界から来たというその少女から遠ざけるためだ。

無論、先ほどタクミに言った通りの意味もある。まだその少女の目的が分からない以上、タクミを店の警備から外す判断は正しい。

けれど、それだけではない。

先日――ある農村で起きた一件。

封印から目覚めた魔王との戦いを経て、タクミは魔王から膨大な魔力を譲《ゆず》り受けた。

タクミも魔王も異世界からこの世界にやってきた渡り人だ。召喚儀式を通してこの世界に連れてこられたタクミたちは、膨大な魔力を使って送還儀式を行うことで、元の世界に帰ることができるという。

それは、客観的に見れば喜ばしい出来事なのだろう。

違う世界からわけも分からずこの世界に来る羽目になった人間が、ようやく元の場所に戻る手段を得ることができたのだ。

目の前の青年……タクミが元の世界に戻れるというのを、本来なら、共に喜んでやるべきなのだろう。だが、俺は建前ですらそれを喜んでやることができなかった。

タクミが元の世界に帰るということは――俺にとっては、タクミとの永遠の離別を意味するからだ。

他の世界に行った人間を、追いかける方法は俺にはない。呼び戻すこともできない。そうなれば最後、もうこいつに二度と会うことはできないのだ。

こうして手を繋ぐことも、指通りのいい髪に触れることも、そのやわらかな唇に口づけることも、二度と叶わない。

それを知った瞬間、俺はどんな手段を使ってもこいつをこの世界に繋ぎとめようと決めた。

まずはフェリクスに話を持ち掛けた。

本来なら恋敵の立場であるフェリクスだが、元から俺とフェリクスの仲は良好だったし、タクミを共に守るのならこいつだろうと感じていた。

フェリクスは同じ気持ちだったようで、すぐに俺の考えに頷いてくれた。

あの屋敷を買ったのも、タクミを繋ぎとめるための手段の一つだ。

あいつがこの世界に残って、俺たちと共にいてくれるなら、あいつの望むものはすべて与えるつもりだった。そのことを形にして示した。

くわえて、タクミの性格上、ああして俺とフェリクスの気持ちを強く示せば、無下にすることはできないはずだ。気持ちはどうあれ、今すぐに元の世界に戻るとは言えなくなるだろうと予想し、実際にその通りになっている。

……姑息《こそく》な方法だとは分かっている。

けれど、もうなりふり構ってはいられなかった。

俺は椅子を引いて立ち上がると、傍らにいたタクミを抱き寄せた。

細い腰を掴み、引き寄せて、そのまま覆いかぶさるように口づける。

突然のキスに、タクミは黒曜石のような瞳を見開いて驚く。

「んっ……ふ」

そのまま、薄く開いた唇に割り入れるようにして舌を滑り込ませる。

舌先でぬるりと歯列をくすぐると、腕の中のタクミの身体がびくりと跳ねた。

この程度のキス、今までだって何回もしているのに、相変わらず慣れないらしい。

タクミは見かけと違って、あんがい初心《うぶ》なところがあるのだ。そんなところが愛おしくて、俺は口づけをより深いものにした。

「ふっ、んぅ……」

甘い吐息を零し、俺の服を掴むタクミ。その身体をますます強くかき抱く。

タクミは純真だが、聡い。

きっと、俺のこの執着染みた気持ちや腹黒い画策も、すべてとは言わずとも、うすうす感づいているに違いない。

「んっ……っ、はっ、ガゼル……？」

タクミの手に肩を叩かれた俺は、そっと唇を離した。

どうやら息が苦しくなってきたらしい。鼻で息をすればいいのだと何度か教えてやったのだが、なかなかできないようだ。

タクミは肩で息をしながら、濡れた瞳で俺を見つめた。戸惑いながらこちらを見つめる顔はあどけない。

その唇が俺とタクミの唾液でてらりと濡れている様も、ますますこちらの情欲を掻き立てる。

目の前に無防備に横たわる雌鹿を見る餓狼のような気分で、俺はごくりと唾を呑みこんだ。

そんな俺をタクミは瞳を揺らして、困ったように見上げてくる。

……ったく。だから、そういう顔は逆効果だというのが分からないのだろうか。そんな顔をされたらますます手放せなくなる。

……タクミが元の世界に帰還する話をあまり口には出さないのは、きっと俺とフェリクスの気持ちを悟っているからだ。

先ほどの香水屋の警護の話をあっさりと引き下がったのも、俺の気持ちを立ててくれたからだろう。

こいつのそんな優しさにつけこむような振る舞いは、あまりにも卑劣《ひれつ》かもしれない。

だが、どんなに卑怯《ひきょう》な手を使ってでも、俺は目の前の愛おしい存在を手放すことができないのだ。

俺はタクミの後頭部を掌で掴むと、その存在を確かめるように、二度目の口づけをした。

◇

翌日。午前中の訓練を終えて昼食を取った後に、おれはリッツハイム市の市庁舎を訪れた。あの不思議な女の子についての手がかりを探すためだ。

訓練の直後にガゼルに「もしかしたら市庁舎にその少女の記録があるかもしれないから行ってきてくれないか」と言われたので、ここまでやってきたのである。

……それにしても昨日は、いきなり執務室でガゼルからキスされてビックリしちゃったなぁ。それに……昨日はなんだかガゼルの様子がおかしかった。気のせいかもだけど。

おれが「ガゼルはすごいなぁ。カッコよくて剣の腕も立って、それでいて仕事もできるなんて……」って尊敬の思いを込めながら見つめてたら、いきなりキスされたからさすがに驚いちゃったよ。

一体、どうしたんだろう？

キス自体は嫌いじゃないけど、心臓がもたないから勘弁してほしいぜ……！

……というか最近、ガゼルだけじゃなくて、フェリクスもどこか様子がおかしいように感じるんだよなぁ。

二人と話していると、なんだかどことなく余裕がないというか、なにかを焦っているような、切羽詰まっているような。

……もしかして、仕事でストレスでも溜まってるのかな？

そういえば、この前買ったお屋敷……もしかすると二人とも、仕事上のストレスが溜まってて、一人になれる時間が欲しくてあの屋敷を買ったとか？

うーむ、あり得ない話じゃないな。二人ともおれなんかとは違って責任ある立場だし、疲れも溜まっているに違いない。

そう考えると、昨日の女の子の調査を依頼したのは、二人の仕事を増やしてしまったようで本当に申し訳なかったなぁ……

「――タクミか？　なんだ、珍しいところで会うな」

そんなことを考えていたら、不意に名前を呼ばれた。

ハッと声のかけられた方向を見ると、そこには見知った顔がいた。

「オルトラン団長！　お疲れ様です」

「久しぶりだな。元気でやっているか？」

「はい、おかげさまで」

オルトラン団長は、市庁舎の待合所に置かれた長椅子の一つに座っていた。彼の威容に気圧《けお》されたのか、その周りには誰も座っておらず、そこだけがガランと奇妙に空いている。

おれはオルトラン団長の傍らに行くと、敬礼と共に挨拶をし、彼のすすめで隣に腰かけた。

「こちらへは騎士団の仕事で？」

「いや、私事だ」

言葉少なに頷くオルトラン団長。

彼は黄翼《おうよく》騎士団の団長で、かつて、ポーションの開発の際には力を貸してもらった。

なお、黄翼騎士団はおれの所属する黒翼騎士団と違い、獣人を主とする騎士団だ。その団長を務めているオルトラン団長もまた鳥系の獣人である。

背丈はおれの頭三つほどは高く、がっしりとした筋肉質な身体つきだ。その瞳は猛禽類《もうきんるい》を思わせる鋭さがある。そして、髪質は人間とは違い、まさしく鳥の羽そのものだ。

今日は長袖のシャツとジャケットの下に隠れているが、前に見た時には、腕にもうっすらと羽毛が生えていた。

「…………」

「………」

それにしても、相変わらず無口な人だなぁ。

隣に座るよう促されたから、ひとまず座ってみたけど……最初の会話が終わったらそのまま沈黙が続くばかりだ。

うーん、おれからなにか話したほうがいいのかな？

「いい顔になったな」

「え？」

黙ったまま、まじまじとおれの顔を見ていたオルトラン団長が、だしぬけにそんなことを言った。

唐突な、そして思ってもみなかった内容に、おれはきょとんとして目を瞬《しばた》かせる。

「前に会った時は、自分に迷いを抱いているようだった」

「……はい」

「自分の迷いに決着がつけられたのだな。よいことだ」

「ありがとうございます」

お礼を言うと、オルトラン団長が頷き、そして口元をふっと綻《ほころ》ばせた。

いつも無口で無表情なオルトラン団長の、初めて見る微笑みだった。かなり珍しい。

しかも、鷹《たか》の瞳のように鋭い眼光はやわらかくなって、とても温かみのある表情を浮かべている。

オルトラン団長から向けられた不意の優しい笑顔に、おれは目を見開いた。

おおう！　こ、これは破壊力抜群《ばつぐん》な……！

……けれども、「迷いに決着」ねぇ？　おれ、今はけっこう悩みが多いほうだけどなぁ？

まず、昨日のあの女の子のことが心配だし。そして、魔王に魔力をもらったはいいものの、元の世界に戻るための送還儀式をどうやったら行えるのかがさっぱりだし……あと、市庁舎でのおつかいが終わったら、外でお昼ごはん食べていいって言われてるから、どこでなにを食べようかも迷ってるし。かなり迷いまくりだけどな？

「しかし……オルトラン団長には、おれがそんな風に見えているんですね。おれは今、かなり迷っていることがあるんですが」

「それはきっと、お前の中ですでに答えの出ている事柄なのだろう。あとは、そこに自分が気付くかどうかというところだな」

「……おれの中で、すでに決まっている……？」

またもや思いがけない言葉だった。

おれの中で決まっているって言われても、クエスチョンマークが頭に浮かぶばかりなんだけど。

まぁ、言われてみれば……あの女の子のことは、今おれがジタバタしてもどうしようもないよなーとは思っているが。

そりゃ心配ではあるんだけどさ、あの様子ならこの国での暮らしに困ってる風ではなかったし。差し迫った危機はなさそうだから、その点については安心してる。

送還儀式については、言われてみればそれで気持ちが暗くなったことはないから、それでかなぁ。もともと自分の世界に帰れるとは思ってなかったしね！

だから、魔力はあるのに送還儀式ができなくても、特段ショックではないかな。せっかくおれに魔力を譲《ゆず》ってくれた魔王には申し訳ないとは思うけれど……

「まぁ、そのうち分かるだろうさ。それよりも最近リスティーニの奴とはどうなんだ？　アルファレッタも」

「ガゼルとフェリクスですか？　二人とも変わらず元気ですが」

「いや、そうではなく。二人に愛を告げられているのだろう？　どうするか決めたのか」

「っ！」

あ、愛と来ましたか！

っていうか知ってらっしゃったんですか、オルトラン団長！

「いえ、その、それは……」

ど、どうしよう。

今のおれたちの状況を素直に説明すると、「ガゼルとフェリクスから告白されてるけれど、おれは二人が大好きなので、三人で一緒の家に暮らすことになりそうです！」って返事になるんだけど、分かってもらえるだろうか……？

いや、絶対に無理だな。おれでも意味が分からないもん。

っていうか屋敷の件は、おれもまだ咀嚼《そしゃく》しきれてないしね！

えっと、えーっと……なにかいい説明は……!?

「どうした？」

「いえ、その……」

答えに窮《きゅう》していると、ふと、市庁舎の正面ドアから新たに入ってきた二人の男性を視界にとらえた。知っている顔を見つけたおれは、藁《わら》にも縋《すが》る思いで二人に呼びかける。

「リオン、レイ！　仕事か？」

「……おや、タクミかい？　それと、そちらにいるのは……」

「黄翼騎士団のオルトラン団長？　なんでお前と一緒にいるんだよ」

二人が不思議そうな顔でこちらにやってきた。

市庁舎に新たに現れたのは、白翼騎士団の団長であるリオンと、その部下である団員のレイの二人だった。

白翼騎士団は貴族の子息を主として構成されている騎士団で、リオンもレイも貴族である。だが、二人とも気さくで親切で、平民であるおれが敬称略で呼んでも気にする風もない。

というか、むしろ向こうから呼び捨てでいいと言われたのだった。本当に懐《ふところ》が深いよね。

「自分は私事だが、タクミは黒翼騎士団の任務だそうだ」

「そうか。では、偶然ここで会ったということかい？」

「ああ、そうだ。受付で呼ばれるのを待つ間、オルトラン団長と話をしていた」

おれとオルトラン団長の説明を聞いたリオンが、何故か安心したように頷いた。なんでだろう？

まぁ、いっか。ひとまず、先ほどのオルトラン団長の質問は二人の登場でうまくかわせたようだからな！　ありがとう二人とも、本当にナイスタイミングです！

「二人とも仕事か？」

「ああ。ほら、先日の詐欺事件で、こちらの職員に逮捕者が出ただろ？　それで、今後の個人情報保護対策について、聞き取り調査をしてこいって上からのお達しでさ」

おれの質問にレイが肩を竦《すく》めて答える。

今回の任務に対し、レイはあまり乗り気ではないようだ。そんなレイを見てリオンは苦笑する。

リオンは白銀の長髪と、アイスブルーの瞳を持つ貴公子だが、そんな表情を浮かべていても麗しかった。身に纏っている白翼騎士団の隊服は白を基調としているので、それもあいまって、まるで童話の挿絵からそのまま抜け出てきたかのようだ。

先ほどから近くを通り過ぎる女性陣は皆、ぽうっとなってリオンに見惚れていた。

いや、よく見れば、注目を集めてるのはリオンだけじゃないな。

気が付くと、市庁舎にいる人間はほとんど全員がこちらをチラチラと盗み見ていた。

耳をすませば「あれはもしかして噂のドルム家の？　なんと麗しい……」、「私服だけど、椅子に座ってるのは黄翼騎士団の団長のオルトランだよな？　すごいな、あの身体」、「傍らに座っている青年は一体誰だろうか？　まるで黒真珠のような美しい髪と瞳だ……」というさざめきが聞こえてきた。うーむ、さすがリオンとオルトラン団長だ。

あ、レイもけっこうな美形なんだけどね？

オレンジ色に近い明るい茶髪と、吊り気味の緑色の目はなんだか猫を連想させる。

彼も顔立ちの整った美形なのだが、いかんせん、リオンとオルトラン団長は頭一つ抜けてるんだよね。

「それは大変だな。呼び止めて悪かった、リオン、レイ」

「いいや。久々に君の顔が見られて嬉しかったよ。……そうだ、よければ今度うちに遊びに来ないかい？　妹から、『噂の黒翼騎士団の黒の君に会いたい』とせっつかれてね」

「リオンは妹がいたのか？　知らなかっ――」

そこで不意に、おれはあることに気が付いた。

黒髪黒目――あの女の子も、おれと同じく黒髪黒目だったよな。日に当たれば焦茶色に近い明るい色合いで、パッと見は分からないかもしれないけれど、黒髪には間違いなかった。

でも、その割には王都で全然彼女に関する噂話を聞いたことがない。

もしかすると、黒髪黒目って皆に言われるほど興味を持たれるものでもないのかな？

「タクミ？　どうかしたのかい？」

「ああ、すまない。それが先日、おれと似たような黒髪黒目の女の子に出会ってな。彼女を保護するためにも黒翼騎士団で捜索しているんだが……」

おれの言葉に、レイが目を丸くする。

「え？　あんたと同じ、黒髪黒目の女？」

「そんな少女がリッツハイムにいると？　噂にすら聞いたことはないが……」

「……その話は私も初耳だな。タクミ、よければ昼食がてら話を聞かせてくれないかい？　私の用向きはすぐに済むだろうからね」

あれ？　そんなにビックリすることなの？

っていうか、え？　昼食？

いや、確かにおれも市庁舎での用事が済んだら、そのまま外でご飯を食べるつもりだったけれど……あれ、これってもはや断れない流れでは⁉

「――今日は私の奢《おご》りだ。好きなものを注文したまえ、タクミ、レイ」

「ほう、悪いなドルム。遠慮なく馳走《ちそう》になる」

「……いや、貴方の分まで奢《おご》るとは一言も言っていないのだが、オルトラン殿」

「なにを言う。白翼騎士団団長ともあろう男が遠慮しなくてもいい」

「それは奢《おご》られる側の人間が言う台詞《せりふ》ではないのでは……？」

しかめ面をしているリオンに対し、オルトラン団長はどこ吹く風だ。

そんな二人の様子を見ながら、おれは隣に座ったレイにこっそりと耳打ちした。

「リオンとオルトラン団長は仲がいいんだな、知らなかったぞ」

「……あれを見てそう思えるのか、お前……」

なんだかレイに呆れた顔をされてしまった。お、おかしいな……

――さて。

市庁舎での用事をそれぞれ終えたおれたちは、王都内にある一軒のレストランへと来ていた。

……そして今、正直、リオンにのこのことついてきたことをちょっぴり後悔している自分がいる。

最初にリオンが「私の行きつけの店でいいかい？」と尋ねてきた時に気付くべきだったのだが、

連れてこられた店はとんでもない高級店だった。

リオンが店に入るなり、支配人とおぼしき人が出てきて直々に個室に案内してくれたのだが……まぁ、この個室の広いこと……！

三階建ての建物の内、最上階にある個室に通されたのだが、壁の一面は全面がガラスになっており、テーブルから市庁舎に隣接した王立公園が一望できる。なお、このガラスは魔法で反射処理が施されているらしく、外側から室内の様子は見えないそうだ。

室内はおれたち四人どころか、十人はゆうに座れるテーブルが置かれている。壁際に置かれた花瓶やテーブル上には大輪の冬薔薇《ばら》が生けられ、頭上にはクリスタルのシャンデリアが輝きを放っていた。

……そうだよね。リオンっていつもおれに気さくに接してくれるから忘れがちだけど、リッツハイムの中でもかなりの地位にいる大貴族のご子息だもんね……そりゃ、彼の行きつけの店っていったらこのクラスになるよね……

どんな素晴らしい料理が出てきても、はたして味が分かるだろうかと思いつつ、それぞれの手元に配られたメニューを眺める。

しかし、なにが書いてあるかさっぱり分からない。

ロニョン・ド・ヴォーってなに？　呪文？

「レイは決まったか？」

「いや、オレは……正直、こういう店にはあまり来ないから。リオン団長と違って、うちはマジで貧乏貴族だし」

レイに話をふったところ、彼は気おくれした様子でごにょごにょとそう言った。

それにおれはホッとする。よかったー、貴族のレイですら、こんなお洒落《しゃれ》なお店になかなか来ないなら、おれがメニューを解読できないのは当然だよね！

「タクミは決まったかい？」

そんな風に安心していたら、今度はおれがリオンに話をふられてしまった。

おれはメニューを静かにテーブルに置くと、リオンに微笑みながら答える。

「そうだな……どれも美味しそうだけれど、せっかくだからリオンのおすすめにしようと思う」

そう言うと、リオンはにわかに嬉しそうに笑った。

「そうかい？　なら……こちらの前菜と、メインは魚でどうかな？」

「ああ、いいな。レイも同じにするか？」

「あ、うん。そうだな。じゃあ、その、それでお願いします、団長」

よし、よし！　なんとかうまいこと切り抜けられたようだ。

隣のレイからホッとした顔で「ありがとうな」とこっそり告げられる。いえいえー、お互い、うまいこと切り抜けられてよかったね！

なお、オルトラン団長は「自分は肉がいい、魚じゃ腹に溜まらん」と言って別のメニューを頼んでいた。その様子はおれとレイと違い、気負ったところがまるでない。

やっぱり、黄翼騎士団の団長ともなれば、こういう高級店もよく行くのかなぁ。もしくは、オルトラン団長の豪胆な性格ゆえなのか……

「さて、それではタクミの話を聞かせてもらってもいいかな？」

注文を終えた後、リオンは真剣な表情でおれに尋ねてきた。

おれは昨日の出来事をかいつまんで説明していく。

けれど、少女が「異世界から来ているだろう」点については話さなかった。

昨日、おれが立ち寄った香水店『イングリッド・パフューム』で店員の女の子を質問攻めにしていたこと。

そして、おれが声をかけたら顔を青くして逃げ出してしまったこと。

その時の様子がどちらも尋常ではなかったことを話していく。

「――今日、おれが市庁舎に来たのもその少女についての調査だ。少女が住民登録や入国の手続きをしていれば、市庁舎に記録が残っているだろうと思ったのだが……職員の方に見てもらった限りではここ一ヶ月の間に、該当する少女の記録はなかった。それに、職員の方も黒髪黒目の少女に覚えはないようだった」

「となると、リッツハイム市に来ている他国民ということかい？」

「ただ、他国から来たにしては彼女の着用している衣服はリッツハイム製のものだったし、質も上等だった。会話の内容的にも、昨日今日でリッツハイムに来たという感じでもなかった。恐らく今はリッツハイム市に住んでいる誰かが、彼女に衣食住を提供しているんだと思う」

「ふむ。まぁ、聞いた限りの容姿ならリッツハイム市での後ろ盾には困らんだろうな。お前もリッツハイムに来てからずいぶんと経ったが、いまだに話題になっているしな」

そう言って、オルトラン団長がおれをじっと見つめた。

話題になっているとはどういう意味かと尋ねる前に、シックな黒ワンピース姿のウェイトレスさんがスープを運んできた。

スープはさつまいものポタージュである。

黄金色のとろりとしたポタージュは甘い芳香を放っており、香りだけでお腹が鳴りそうだった。

オルトラン団長に尋ねるタイミングはすっかり失われてしまったが、まぁ、今はおれのことよりもあの謎の女の子の話だ。

「ともかく、謎が多い女の子でな。どこから来たのかも分からないし、今、どこに住んでるのかも分からない。……ちなみになんだが……リッツハイムには召喚儀式というのがあるんだろう？　過去、魔王を討伐した勇者を召喚したという。その召喚儀式で彼女がこの国に来たということはあると思うか？　確か、その勇者が黒髪黒目の人間だったという話を聞いたことがあるんだが……」

「君はずいぶんと珍しい話を知っているね」

おれの質問にリオンが感心したように目を丸くした。

「けれど、それはないな。召喚儀式には膨大な魔力を使用するし、専用の魔法陣を用いる必要があると聞いている。その魔法陣はリッツハイム王城で厳重に保管されているし……召喚儀式を行うと、その発動者からは永遠に魔力が失われるという話だからね。魔力を持った優秀な魔法使いを失ってまで、今、その召喚儀式を実施するメリットが我が国にあるとは思えないな」

「そうか。そうだよな」

おれは新たに運ばれてきたメイン料理――サーモンと帆立貝と大海老のソテーを食べながら頷

しかしこれ、リオンのおすすめだけあって、本当に美味しいな。

白ワインのソースがちょっと辛めだが、それがまた食欲をかき立てる。

店に来た時は「緊張のあまり味が分からなかったらどうしよう」と思っていたが、一口料理を口に入れた瞬間、緊張などすぐにすっ飛んでいってしまった。

いや、マジでめちゃくちゃ美味しい……！

今度、ガゼルとフェリクスと一緒に来られないかなー、このお店。いつも二人には美味しいお店に連れていってもらってるから、今度はおれが二人にお返ししたい。

「もしも秘密裏に召喚儀式が実施されたとしても、到底隠し通せるものじゃない。ドルム家に情報が来ていない以上、その可能性はないと考えていいと思う。まぁ、そもそもその召喚儀式自体が眉唾な話だと思うけど。三百年前に勇者を召喚したと言われているが、実際には、他国から訪れた優秀な冒険者を強制的に『勇者』として祭り上げたんじゃないか？」

おれたちの会話を聞いていたレイが、おもむろに言った。

彼の意見はとても新しい考えだったし、おれの中に知らず知らずのうちにあった「あの女の子を召喚したのはリッツハイムの人間のはずだ」という思い込みを取っ払ってくれた。それを覆してもらっただけでも、市庁舎にまで足を運んだ意味は充分にあったというものだ。

微笑んで彼に礼を言うと、レイは頬を赤らめて、照れくさそうに肩を竦《すく》めた。

「そ、そうかよ。まぁ、アンタの役に立ったんならよかった」

「ああ、とても助かった。本当にありがとう」

そんな風にレイとにこにこと笑顔で会話をしていると、突然、向かいに座っているリオンが前のめりになった。

「タ、タクミ！　私もドルム家の総力を挙げて、その少女について調べると約束しよう！　リッツハイム市内をしらみつぶしに調べる！」

「え？　い、いや、リオンにそこまでしてもらう必要は……」

「いや、私がやりたいんだ。やらせてくれ。もしも、その黒髪黒目の少女がなにかよからぬ企みにでも関わっていれば大変だからね」

そう言って、おれにずずいと顔を寄せてくるリオン。

どうしたんだ？　いきなりリオンが話に食いついてきたが…………ハッ！　まさか、このことをきっかけに、おれにガゼルとの仲介を頼むつもりなのか⁉

どうも、リオンってうちの団長であるガゼルのことが好きらしいのだ。

おれは先日、リオンがフェリクスに対して「黒翼騎士団に所属している男性に惚れている」と告げているのを、うっかり聞いてしまったのである。

はっきりと「ガゼルが好きだ」と言っていたわけではないのだが、話によれば、リオンの意中の人は、どんな時でも自分の危険を顧《かえり》みず仲間を思いやって前線で戦う男だそうで……

そんなのもう、当てはまるのはガゼルしかいないじゃん！

リオンはまだガゼルに思いを告げる気はないみたいだけれど……うう、もしもリオンから仲介を頼まれたらどうしよう？

おれはリオンのことは友人として好きだけれど、でも……

「……リオンが調べてくれるなら、とても心強いな。だが、さすがにそこまでしてもらうのは悪いし、気持ちだけ受け取っておくよ」

なんとか引きつった笑みを浮かべながら、リオンの申し出をやんわりと断る。

だが、一方リオンは、まるで百合《ゆり》の花が開くような美麗な微笑みを見せた。

「遠慮しないでくれ。これくらいはなんでもないことさ。タクミのためなら、私にとってはどんな試練でも困難ではなく喜びだからね」

そこまで言われてしまうと、もはや断るほうが無粋だった。

リオンさん、貴族でイケメンなのに性格までいいってどういうこと？

ちょっと完璧超人すぎない？

「あ、ありがとう……けれど、無理はしないでくれよ？」

「ふふ、君のためなら無理なことなど何一つないさ。私に任せてくれたまえ」

おれの言葉に頬を上気させて、嬉しそうに頷くリオン。

彼の申し出はありがたいけれど、なんで調査する側のリオンがこんなに嬉しそうなんだろう？

ちょっと不思議だ。

「――くくっ。面白いもんが見れそうだと思ってついてきたが、まさかこんなに愉快な光景が見られるとは。お前、ずいぶんと罪作りだな」

首を傾げるおれに対し、オルトラン団長はくつくつと笑っていた。

え、逆に、オルトラン団長はなんでこんなに楽しそうなの？

レイはレイで、隣でなんか拗《す》ねたような、面白くなさそうな顔してるし……うーむ、謎だ。

◆

「この前に引き続き、今回もリオンにご馳走《ちそう》になってしまったなぁ……」

前回の昼食の時も、リオンが、おれの食べていたサンドイッチの代金をいつの間にか支払ってくれたんだよなぁ。

今回はレイとオルトラン団長も奢《おご》ってもらったとはいえ、こうも連続するとさすがに気が引けてくる。

うーん、これが友人同士なら「今度はおれが奢《おご》るぜ！」って気安く言えるんだけど……リオンは貴族で、しかも白翼騎士団の団長だ。平民で平団員であるおれがそんなことを言うのは、逆に失礼に当たるだろうな……

でも、本当にリオンってできた人だよなぁ。

昼食を食べ終わってレストランを出た後、リオンに礼を告げたら、彼は涼やかな微笑を浮かべて

「そんなに恐縮しないでくれたまえ、タクミ。君と食事の席を共にできたのは、私にとってとても幸福なことだったよ」と言ってくれた。

……リオンがすっごく気前がよくていい人なだけに、ますます罪悪感が募るぜ……

本当、彼の好きな人がガゼルじゃなくて、他の黒翼騎士団団員だったら手放しで、全力でサポートしたんだけどなぁ……

世の中うまくいかないものだなぁと思いつつ、おれは黒翼騎士団の隊舎に向けて歩く。

ちょうど座学が終わったところだったようで、幾人かの団員が午後の訓練のために運動場へ出てくるところだった。彼らにぺこりと頭を下げて挨拶をすると、手招きで呼ばれる。

なんだろう、なにかあったのかな？

「タクミ君、お疲れ様」

「お疲れ様」

「もしかして、これからガゼル団長のところに行くつもりかい？　もしもそうなら、今はお客様が来ているから後にしたほうがいいかもね」

そう言って、彼は手で隊舎の片隅を指し示した。

見れば、確かに見慣れない馬車が停まっている。黄褐色に銀の装飾がされた、なかなか豪奢《ごうしゃ》な造りの馬車だ。

「前回の護衛任務は覚えているかい？　オステル国の貴族の」

「ああ、覚えている。その方が？」

「そうなんだ。なんでも、前回の任務で黒翼騎士団の働きにひどく感激したということで、わざわざお見えになられてね」

おおっ、そうなんだ。あの時は道中、野盗に囲まれて戦闘になるというハプニングもあったけれど、満足してもらえたのならよかった。

おれも恐ろしい思いに耐えて、あのヒゲ男と対峙した甲斐があったというものだ。まぁ、対峙したと言っても、ほとんどなにもしてないけどね！

「分かった。わざわざ教えてくれてありがとう」

「じゃあ、また後で」

最後にもう一度ぺこりと頭を下げて、おれは彼と別れた。

運動場から騎士団の隊舎の中に入った後、うーんと頭をひねる。

どうしよっかなー。ガゼルからは「市庁舎から戻り次第、口頭で結果が聞きたいからそのまま執務室に来てくれ」って言われてたけれど……お客様が来ているなら遠慮するべきだよな。

もしくはフェリクスやイーリスに報告に行ったほうがいいかな？

昨日、執務室で報告をした際にはフェリクスはいなかったけれど、彼にもあの不思議な女の子の話がガゼル経由で伝わっているだろうし……でも、結局のところ市庁舎での調査結果は「なんの成果も！　得られませんでした！」って感じなんだよねー。だから、急ぎで二人の耳に入れることもないわけだ。

そんなことを考えながら、執務室と事務室に向かう廊下の途中で立ち止まって悩んでいると、ふと、廊下の曲がり角のほうから人の話し声が聞こえてきた。

「――いや、それにしても残念だ。あの時の黒髪の彼にぜひとも会って礼を言いたかったのだけどねぇ……」

「ご丁寧にありがとうございます。生憎《あいにく》と彼は留守にしていますが、オッドレイ様のお言葉は今後の励みになるでしょう」

「そうか。それなら私が来た甲斐もあるというものだね！　ではガゼル君、もしも彼が戻ったら――おや？」

曲がり角から現れたのは、ガゼルとこの前の貴族さんだった。二人の後ろには、貴族さんの従者や護衛とおぼしき男性が三人つき従っている。

これから帰る貴族さんをお見送りする途中のようだ。おれは慌てて壁際に避けると、敬礼をする。

だが、何故か貴族さんがピタリとおれの目の前で足を止める。そして、嬉しそうに破顔した。

「なんとまぁ、噂をすればだな！　いや、なんとも嬉しいタイミングじゃないか、ガゼル君！」

ガゼルを振り返って、にこにこと人の好さそうな笑みを浮かべる貴族さん。だが、何故かガゼルは少し引きつった顔で笑う。

「……ええ、ちょうどいいタイミングでした、オッドレイ様。タクミ、こちらはバーナード・オッドレイ様だ。先日、俺たち、黒翼騎士団に護衛を任せていただいたのは覚えているだろう。その際の俺たちの働きを労うためにわざわざお越しくださった」

「タクミです。オッドレイ様、誠にありがとうございます」

今のおれは、ガゼル以上に引きつった表情を浮かべているに違いない。

ま、まいったな〜！　せっかく、さっきの団員さんが「お客様が来てる」って教えてくれたのに……このタイミングでかちあうとは、タイミング悪すぎィ！

っていうか、なんでわざわざおれの前で足を止めるかなー!?

「タクミ君というのだね。いや、思った以上に若いなぁ！　こうして近くで見ると、十代前半にしか見えないよ」

「は、はぁ……」

オッドレイ様は妙に熱っぽく語りながら、おれとの距離を詰めてくる。

なんと言っていいか分からず、生返事になってしまった。

先日の護衛任務の依頼者――オステル国の貴族、バーナード・オッドレイ。

彼は明るい茶髪に、春の空のような明るい水色の瞳を持つ男性だった。

年の頃は三十代前半だろうか？　貴族にしてはかなり鍛《きた》えているようで、おれに握手を求めて差し出してきた掌はかなり分厚く、硬い。

ガゼルよりも背は低いが、その分、筋肉質な体形で横幅がある。四角い輪郭と柔和な垂れ目の顔立ちは、貴族というより、体育会系の先輩って感じだ。

「ああ、気を悪くしたらすまないね！　悪気はないんだ、ただまた会えて嬉しくて……この前、うちの馬車を護衛してもらった時、君は野盗の中で身体の一番大きくて強そうな男を目の前にしても、まったくひるまなかっただろう？　あれには本当に驚かされた。それからどんな子なのかと思って気になっていたんだよ！」

オッドレイ様は満面の笑みで、握手したおれの手をぶんぶんと上下に振った。

「いや、それにしても会えてよかった！　そうだ、今度うちで晩餐会《ばんさんかい》を開く予定でね。ぜひガゼル君もタクミ君も一緒に来てくれたまえよ！」

「ありがたいお言葉です」

な、なんだか人懐っこいお方だなぁ。リオンとは別のベクトルでずいぶんと気さくだ。

それにしても……この手、ずっと握られたままなんだけれど。

そ、そろそろ離してくれないかな……？

先ほどから、握手をしているオッドレイ様の指が、おれの掌や、指の節をくすぐるように触れてくるのだ。多分、指が当たってしまっているだけなんだろうけど……どことなく肌が粟立《あわだ》つような不快感がある。

「あの、オッドレイ様？」

「ぜひバーナード、と呼んでくれたまえ。それにしてもタクミ君の髪も目も、とても美しいね。こんなに間近で見ても、本当に髪も目も真っ黒なんだねぇ！」

「ありがとうございます。お気持ちは嬉しいのですが……おれのような一介の騎士が、そんな分不相応な真似はできません。お許しください」

「そうか……しょうがないね。でも、晩餐会《ばんさんかい》くらいなら、当然、参加してくれるのだろう？」

そんな面倒くさそうな会は絶対にやだー、と思ったが、その言葉をおれはぐっと呑み込んだ。

さりとて、この会話の流れでお誘いをお断りするわけにもいかない。

……もしかして、晩餐会《ばんさんかい》の話を断りづらくするために、名前のことを持ち出したのか？

いや、そんなまさかな。きっとおれの考えすぎだろう。

「そうですね。予定が合えばぜひ」

「うむ、楽しみにしているよ！」

おれの言葉に、にっこりと満面の笑みを返すオッドレイ様。

おっと、これってもしかして断れない流れパート二かな⁉

おれ的には「行けたら行く」程度に返事したつもりだったんだけれど、もうおれの参加は確定してしまった感じですかね⁉

「……バーナード様、そろそろお時間です」

なかなか離してもらえない手にどうしたものかと困惑していると、彼の連れている従者の一人が、おずおずと声をかけてきた。

見れば、オッドレイ様の従者は三人とも長身瘦躯《そうく》の美形ぞろいだ。一人は金髪緑目、もう一人はピンク髪ピンク目、最後の一人は青髪金目と、カラーバリエーションも豊富である。

色んな意味で目が眩《くら》むぜ！

「ああ、もうそんな時間かね。ではガゼル君、タクミ君、また会おう。晩餐会《ばんさんかい》の約束、忘れないでくれたまえよ！」

「ありがとうございます。それではお気を付けて、オッドレイ様」

にっこにこで上機嫌なオッドレイ様に対し、ガゼルは貼り付けたような笑みで事務的に返した。

どうやら、おれたち二人が晩餐会《ばんさんかい》に参加するのは決定事項らしい。いつの間に約束したことになったんだ……？

「……ガゼル、すまない。おかしなタイミングで戻ってきてしまったな」

隊舎の外、運動場に出てオッドレイ様ご一行の馬車を見送った後、おれは苦笑いでガゼルに話しかけた。ガゼルもまた苦笑を浮かべている。

「いや、しょうがねェさ。本当はお前が市庁舎に行ってる間に済ませておきたかったんだが……長々と居座られて、結局こんな時間になっちまってな」

うん？　その話から察するに、ガゼルはおれとオッドレイ様を引き合わせたくなかったから、おれを市庁舎に行かせたのか？

そういえば、市庁舎に行くようにとおれに言いつけた際に、昼食を外で取るように伝えたのもガゼルだったっけ。あれは、市庁舎に行けば、用事が終わる頃にはちょうど昼食の時間になるからだろうと解釈していたが……っていうか、そこから察するにもしかして。

「じゃあ、結局ガゼルは昼食を取ってないのか？」

「いや、あの方が来られる前に早めに取ったよ。だが、さすがにこんな長丁場になるとは思わなかったからな……疲れたよ」

「お、お疲れ様……」

肩を竦《すく》めて、疲れた様子で笑うガゼル。

おおう……確かに、あんなハイテンションの、しかも隣国の貴族さんと話し続けるのはキツかっただろうな……

もちろん、黒翼騎士団の働きを労いに来てくれたのはありがたいことだけどね……

「……お、そうだ。タクミ、今日、仕事が終わった後はなにか予定はあるか？」

「予定か？　いや、今のところはなにもないな」

なーんてカッコつけて答えてみたが、おれは年中無休でヒマしてるんだけどな！

おれの答えに、ガゼルはにかりと白い歯をみせて笑った。

『なら、仕事が終わったら、今日はこの前に行った俺たちの『家』に帰ろうぜ。今日はさすがに疲れたからよ、隊舎の食堂じゃなくて向こうでゆっくり飯が食いてェ」

「あの家か。そうだな、ガゼルも疲れただろう」

「よし、決まりだ。なら、夕飯は作っておいてもらうように連絡はしておくからよ。タクミは今日の訓練が終わったら俺の執務室に来てくれ」

「ああ、分かった」

ガゼルとフェリクスが買ったあの屋敷だが、まだ、正式に入居するには至っていない。

普段はおれを含めて、隊舎に隣接している団員の宿舎に帰っている。

二人とも、黒翼騎士団のナンバーワンとナンバーツーだからね。

おれみたいな平団員が引っ越すなら書類一枚で済むが、責任ある立場の二人だと、色々と手続きやら申請やらが大変らしい。

そのため、あの屋敷には今は離れに使用人さんたちが住んでいるだけで、本宅には誰も住んでいないのだ。だから、こうして屋敷に行く際あらかじめ使用人さんに連絡を入れなければいけない。

……それにしても、『家』かぁ。

やっぱり、自分の身の振り方をちゃんと決めないとダメだよな……

◆

「――おかえりなさいませ、ガゼル様、タクミ様」

騎士団での仕事と訓練を終えた後、おれとガゼルは共に屋敷へ歩いて向かった。

前回、馬車で家に向かったのはおれを驚かせる一環だったそうで、屋敷は騎士団から近い場所にあった。

というか、意外なことに徒歩で行くほうが近い！

徒歩の場合は、馬車では通れない古道や、未舗装の細い小道を抜けることができたからだ。

そうして屋敷に着いたおれたち二人を、前回と同じくきっちりとスリーピースを着こなした初老の男性が門の外で出迎えてくれた。

「おう、どうも。あー……悪いが、毎回毎回、出迎えてくれなくてもいいんだぜ？　俺もタクミも前の住人と違って、あんたと同じ平民だしな。外で待つのは寒いだろう？」

「お気遣いありがとうございます。ですが、騎士団のお仕事が終わられる頃を見て出ていますから、さほど待っておりませんよ」

「そうか？　まァ、あんまり無理はしないでくれよ」

にこやかに会話を交わすガゼルと使用人さんの後に続いて、屋敷に入る。

応接室の暖炉《だんろ》は今日も赤々と炎が灯っており、じんわりと暖かい。

揺らめく炎を眺めていると、ガゼルと話していた使用人さんが声をかけてきた。

「タクミ様は暖炉《だんろ》がお好きですか？」

「ああ。今までおれの住んでいた家や、騎士団の寮にはなかったから」

おれの返答に、にっこりと穏やかな微笑みを浮かべる使用人さん。

「確かに、暖炉《だんろ》に灯る炎とはよいものでございますね。火には人の身体だけではなく、心を慰めて解きほぐしてくれる力がございますから。よければ夕食と湯あみの後、お茶をお持ちしますので、今日もこちらでおくつろぎください」

「ありがとう」

「いいえ、ここはタクミ様の家ですから。タクミ様のよろしいようになさってください」

使用人さんは再びにこやかな笑顔を向けてくれる。だが、その笑顔におれの心臓がずきりと痛みを覚えた。その正体は罪悪感だ。

……だって、これもう「おれ、元の世界に帰ります！」って言える雰囲気じゃなくない⁉

少なくともおれは、この状況でそんなこと言えるようなメンタルの強さは持ってないぜ！

そ、それにさ……そもそもこの屋敷、すでに契約も済んでお金も支払ってる感じだよね？

二階にあるおれとガゼル、フェリクスのそれぞれの私室には、新しい寝台や家具が入れられていたし。

気まずくなり、ついついガゼルの顔色を窺《うかが》うように視線を送る。

するとガゼルは「ん？　どうした？」と微笑んで、おれを見つめ返してきた。

その微笑みにおれはまたもや言葉に詰まる。や、やっぱりこの状況で「おれが元の世界に戻ったらこの屋敷はどうなるのかな？」とは言えないよ、どうしよう……

……あれ？

そういや、今まで考えてこなかったけれど……そもそも、ガゼルとフェリクスはおれが元の世界に帰ることについて、どう考えてるんだろう？

もしかして二人とも、おれが元の世界に戻るって話を忘れてるのかな？

……いや、おれじゃあるまいし、二人に限ってそんなわけないよな。

思えば、おれも二人にそのことを直接、面と向かって聞いたことはなかった。魔王から、彼の膨大な魔力を譲《ゆず》ってもらった後、「元の世界に戻る手段が手に入ったんだから、戻らないといけない」と思うばかりで、それを前提にして行動していたから……だから二人の考えを尋ねたことは一度もなかったっけ。

んー……？

もしかして、このタイミングで三人で住む家を買ったのって……ガゼルとフェリクスって、おれに元の世界に戻らないでほしいって思ってる、とか？

……あ、でもそれはないか。だって、元の世界に戻るために送還儀式について調べてほしいってお願いした時、二人とも頷いてくれたもんな。もし戻ってほしくないのなら、そこで断ってくるはず…………え、ちょっと待って？

つまり――ガゼルとフェリクスはおれが元の世界に戻っても、全然かまわないってことか⁉

マ、マジかよ。じゃあ、この三人で住む家を買ったのって……「タクミが帰る前に、リッツハイムでの最後の思い出作りをしようぜ！」、「最後はせっかくだから三人でのんびり過ごしましょう！」的な感じ⁉

……あっ⁉

この前、ガゼルとフェリクスが、このまま三人でいようって言いだしたのも、そういう意味か！あれはつまり「どうせタクミは元の世界に帰るんだし、もうどちらかを選ぶ必要もないからこのまま三人でいよう」って意味だったんだな⁉

じゃあ最近、二人の様子がおかしかったのも、そのせいなのか？

……ええ、マジかよ。めちゃくちゃショックなんだけど……！

ちょ、ちょっとくらいはさぁ、引き留めてくれてもよくない⁉

い、いや、確かにおれは元の世界に戻るつもりではいたよ？　でも、それは元の世界にいる両親や兄さんが心配しているから戻らなきゃいけないと思って……あれ、違うな？

よく考えれば、おれは元の世界では、恐らく死亡扱いになっているはずだ。だから、家族も誰も心配しているわけがない。

……え。じゃあ、元の世界の家族はまったくおれのことを心配してなくて……

そして、こっちの世界でも、おれは誰にも必要とされてないってことなのか？

「…………」

…………でも、そうだった。

もともと、おれってその程度の人間だったよな……

こっちの世界ではさ、皆、おれなんかに対してすごく優しく接してくれて、おれが失敗しても何一つ責めたりしないから……すっかり忘れてた。

そうだよ。おれなんか、元の世界じゃ恋人どころか友人すらいなくて……休日には部屋で一人でゲームばっかりしてるインドア系の引きこもりで……これじゃダメだと思ってバイトをやってみたりしたけれど、それもやっぱりうまくいかなくて……そんなおれに優しくしてくれるのは家族である兄さんくらいで。

でも、その兄さんも、もうおれのことは死んだものだと思ってるんだよな……でも、兄さんもおれがいなくなって、本当のところは清々しているのかもしれない。

うう……なんか泣きたくなってきた……

「タクミ、どうかしたか？」

あまりのショックにずーんと落ち込んでいると、ガゼルがこちらを覗き込んできた。

ハッと顔を上げる。自分でも気付かないうちに、しばらく黙り込んでしまっていたようだ。ガゼルだけではなく、使用人さんも心配そうにおれを見つめている。

おれは二人に片手を振って、なんとか作り笑いを浮かべた。

「いや、すまない。少しぼうっとしていた」

「そうか？　最近冷え込んできたし、もしかして風邪でも引いたんじゃねェのか？」

そう言うと、ガゼルが指先でおれの前髪をかき分けた。そして、かさついて角張った掌がおれの額にそっと押し当てられる。

「んー……熱はねェな」

「タクミ様。もしよろしければ、湯あみの準備が整っておりますので、夕飯の前に身体を流されてはどうでしょう？　夕飯までには少しお時間もございますし」

「お、そうだな。訓練の後だから、汚れを落としてから飯にしたほうが気持ちいいだろ」

お風呂か。でも、そうだな。このショックから立ち直るには、浴槽に浸かって冷えた身体を温めるのも手かもしれない。

おれは使用人さんの申し出をありがたく受け入れ、頷いた。

「じゃあ、そうさせてもらおうかな。手間をかけてすまない」

「いえいえ。我らリッツハイム市民がこうして心安らかに過ごせているのも、黒翼騎士団の皆様のご尽力あってのことでございますから。そのお手伝いができるのですから、手間などとはとんでもございません」

「はは、そう言ってもらえると俺らも騎士冥利《みょうり》につきるぜ。じゃあタクミ、行くか」

そう言って、ガゼルがおれの手を取った。

って、えっ？　ガゼルさん、行くってどこへ？

おれ、お風呂に行くんですけど……？

「ガゼル？　一体どこへ行くんだ？」

「なに言ってんだ、タクミ。今しがた話してただろ、風呂だよ、風呂」

「――ちょっと待ってくれ。ガゼルと二人で入るのか？」

おかしいな、そういう話だったっけ!?

困惑してガゼルを見つめると、彼はにかりと笑った。

「二人で入ったほうが効率がいいだろ。出たらすぐに一緒に飯に行けるしな」

「そ、それはそうだが……いや、やっぱりなにか違うような……!?」

戸惑うおれの手を強引とも言えるほどの強さで引っ張り、二人揃って浴室へ向かう。

一階の廊下を進んだ先にある浴室は、前回この屋敷を訪れた際にも使ったが、かなり広い。

脱衣所の床や壁、脱衣籠はすべて白で統一され、また、大きな一枚鏡が壁の一面を覆っており、さながら小さな銭湯のようだ。

おれの手を引いて脱衣所に入ったガゼルは、おれがなにか言う前に、さっさと服を脱ぎ始めてしまった。手早く上着とシャツを脱ぐと、ほんのりと汗の匂いがした。

あらわになった彼の身体は、しなやかな筋肉に覆われ、全身に気力が漲《みなぎ》っているのが見てとれた。

煌々《こうこう》と光る灯りの下で、日に焼けた肌や、背中や腹に刻まれた傷や火傷《やけど》の痕がよく見える。

ガゼルはとくに恥じらう様子もなくさっと残った衣服も脱ぐと、それを慣れた手つきで脱衣籠にしまい、代わりに身体を洗うための粗布を手に取った。

「じゃあ、先に入ってるぜ」

「……ああ、分かった」

どうやら、このままガゼルと一緒にお風呂に入るコースは避けられないようだ。

うーん……まぁ、でもよく考えれば隊舎は共同浴場だしな。そこでは団員の皆と一緒に入ってるし、ガゼルもそれと同じ感覚なんだろう。

きっとおれのほうが変なんだよな。

ガゼルと二人きり、という点を意識しすぎているんだろう、うん。

「……よし」

まぁ正直、ショックから立ち直るため、一人きりの時間が欲しかったところだが仕方がない。

そうと決まれば、おれも自分の衣服をそろりと脱ぐ。

屋敷の中は暖房がきいていて暖かかったが、裸になるとさすがに冷気を感じる。おれは手に粗布を取ると、いそいそと浴場へ続く引き戸を開けた。

「おー、先に入ってるぜ」

おれがモタモタしている間にすっかり頭と身体を洗い終えたらしいガゼルが、浴槽の中からおれに向かって片手を挙げた。おれもガゼルに向かって手を挙げて応えた後、洗い場に置かれた椅子に座って、頭と身体を洗っていく。

浴場は脱衣所以上に広い。精緻《せいち》な模様の描かれたタイルで壁は覆われて、真っ白でつるりとした質感の浴槽がなかば床に埋め込むようにして設置されている。浴槽も大きく、ガゼルが入ってもまだまだ余裕はある。多分、大の男が五人入るくらいは問題なさそうだ。

おれは備え付けられていた固形石鹸《せっけん》を手に取ると、それで頭や顔、身体を洗っていった。石鹸《せっけん》には香油が練り込まれているらしく、身体を擦《こす》るたび、ふわりと柑橘《かんきつ》系の匂いが漂う。

いい香りだなぁと思いながら身体を洗っていると、ふと、視線を感じたので振り返る。

すると、ガゼルが浴槽の縁に肘をつきながら、にやにやと笑みを浮かべておれを見つめていた。

「どうかしたか、ガゼル？」

「いいや、いい眺めだなと思ってよ」

「そうだな。確かにいい風呂場だ」

おれが頷くと、何故かガゼルは苦笑する。

「や、そういうことじゃねェんだが……まァいいか。それより、早くこっちに来いよ」

彼の言葉に同意したつもりだったんだが、何故か当のガゼルから否定されてしまった。なんで？

よく分からなかったが、ちょうど身体を洗い終えたところだったので、おれはガゼルに手招かれるまま浴槽へ入る。

足先からゆっくりと入ると、思ったよりも身体が冷えていたのか、指先がじんと痺《しび》れた。

おおう、気持ちいい……

「タクミ」

目を閉じて肩まで浸かっていると、ガゼルがおれの名前を呼んで身体を寄せてきた。

そして、ちゃぷりと水音を立てて、腰を抱き寄せられる。

素肌をぬるりとした水越しに触られる感覚はいつもと異なるもので、ぞくりと背筋が震えた。

「んっ、ガゼル……」

「タクミの身体はきれいだな。前線で戦う奴の身体にしちゃ、ほとんど傷がねェしよ」

「そうか……？　おれはガゼルほど筋肉がないし、見劣りするだろう。あまり見ないでくれると嬉しいんだが」

「そこがいいんだよ。でも、タクミは特に鍛《きた》えてるわけでもないのに、自分より身体の大きな奴やモンスター相手に、よくあれだけ戦えるもんだぜ。戦技の妙ってやつかな」

ガゼルの言葉にあいまいな笑みを返す。

す、すみません、ガゼルさん。おれが戦えているのは自分自身の努力でもなんでもなくて、持っている呪刀のおかげなんです……！

気まずい気分で黙っていると、ガゼルが手を伸ばして、指先でちょいちょいとおれの湿った前髪を弄《いじ》り始めた。

「それに、やっぱりお前の髪はきれいな色だ。俺たちの黒翼騎士団の色でもあるしな」

「今日会ったオッドレイ様も、そんな風に褒めてくださったな」

おれの言葉に、ガゼルが一気に不機嫌そうに顔を顰《しか》めた。

「タクミ。分かってると思うが、あんまりあの貴族サマに気を許すなよ？」

「え？」

「一見、人当たりの好さそうな男だが……どうも胡散臭《うさんくさ》い。晩餐会《ばんさんかい》とやらはなんとか断れるように手を回すから、お前も用心しろ」

えー、そうかなぁ？

確かに距離は近かったし、少し強引なところはあるなぁとは思ったが……わざわざ黒翼騎士団を褒めに来てくれたし、かなりいい人じゃないか？

「おれは特段、そうは思わなかったが……今日のことだって、わざわざ黒翼騎士団を労いに来てくださったんだろう？」

「なに言ってんだよ。あんなのはただの建前で、本当の目的はお前だったのが見え見えだったじゃねェか」

呆れたように言うガゼル。

ええ、そうかなぁ？

確かに、オッドレイ様はおれにすごくフレンドリーに接してくれたけど……わざわざおれに会いに来たなんてことあるか？　実際に今日、会ったってたいした話はなにもしなかったし。

まぁ、でも、ガゼルがそんなに言うなら……用心するに越したことはないのかな？

この前あった護衛任務の際、商人のおじさんが悪い人だったってことに気付いてなかったのは、騎士団の中でおれ一人だけだったしなぁ。あの時はさすがに、自分の察しの悪さにびっくりしたぜ！

「分かった。ガゼルがそう言うなら気を付けよう」

「そうしてくれ。……ったく、タクミはどっか抜けてるっつーか、なんか自己評価が低いところがあるからなぁ。心配になるぜ」

そう言ったガゼルは苦笑して、おれの額に張り付いていた前髪をかきわけ、横に流すように止めてくれた。

「タクミがどこまで自覚してるか分からんが、お前は自分で思ってる以上に人目を引いてるんだぞ？　この黒曜石みたいな目も、黒檀《こくたん》みたいな髪もきれいだけどよ、それを抜いてもお前は見目がいいしな。それに、いつもは凛《りん》とした態度なのに、時々天然なのも可愛いしよ」

「……っ。そ、それはどうも……」

「お、なんだよ赤くなって。はは、照れてんのか？　本当に可愛いなァ」

からかうような笑みを浮かべながら、おれの頬をうりうりと突いてくるガゼル。

おれは仕返しに手で水鉄砲を作って、お湯をぴゅっと弾いてみせる。水飛沫《みずしぶき》がかかったガゼルは目を丸くすると、面白そうにまじまじとおれの手を覗き込んだ。

「へぇ、なんだそれ。どうやるんだ？」

「見たことないのか？　これは、こう……」

「お、できた！」

身振り手振りでガゼルに水鉄砲のやり方を教える。

楽しそうにおれの手つきを真似する様子は、どこか子供っぽい。

……あ。そういや、ガゼルは子供の頃に両親が亡くなってるんだっけ。

その後、生き残った農村の仲間と一緒に王都まで逃げ延びて、その後は子供だけで貧民地区で生きてきたんだよな。貧民地区ではお風呂にゆっくり入ることなんてできなかったろうし……そもそも、こういう遊びを教える大人が周りにいなかったのかもしれないな。

そう思うと、心の中に切なさが込み上げた。

そして、話すつもりのなかった言葉が、ふっと口をついて出る。

「……ガゼル。おれはさ、別の世界からこの世界に来ただろう？」

水鉄砲を作って一緒に遊んでいたガゼルの手がぴたりと止まる。

「……ああ」

農村から王都に来たガゼルと、日本からこの世界に来た自分。

思えば、おれたちは自分の意思でなく故郷を離れざるを得なかったという点で似通っているのだ。

だから、なんとなく、ガゼルにちょっとだけ話を聞いてもらいたくなった。

「おれの元いた世界……元いた国では、黒髪も黒目も別に珍しいものじゃなかったんだ。ごく普通のありふれた色だった」

おれの言葉にガゼルは目を見開いた。かなり驚いている彼を前に、おれは話を続ける。

「だから、そんなに褒められると気恥ずかしくてな。特に、昼間のオッドレイ様みたいな反応をされると、どう返したらいいのか分からなくて、かなり困る」

「……そうか」

そう言って、ガゼルは黙り込んだ。

おれの告げた言葉の意味を咀嚼《そしゃく》しているようだ。

まぁ、無理もない。

ガゼルにとってはおれが「違う世界から来た」というだけでそもそも想像外だっただろうに、そこでさらに「おれのいた国では黒髪黒目の人間は珍しいものじゃなかった」と言われたんだ。

もしもおれが元の世界で、親しい間柄の人間から同じことをいきなり言われたら、混乱していただろう。

ガゼルが冷静に受け止めてくれていることがすごいのだ。

「…………」

「…………」

続く沈黙に、どうしたものかなーとそわそわしていると、ガゼルが独りごちるように呟いた。

「……いや、そうか。違う世界から来たっていうなら、そういうこともあるよな。現に、過去の『勇者』が黒髪黒目だったんだしな」

「ガゼル？」

「ああ、いや、悪い悪い。ちょっとビックリしてな。でも、そうか……どうりでタクミは、あまり自分の容姿に頓着しないんだな……」

ぶつぶつと呟くガゼルの隣で、おれは首を傾げる。

しばらくすると、ガゼルが金色の瞳でおれをじっと見つめてきた。

え、どうしたの？

「なぁ。お前の故郷や家族のこと、聞いてもいいか？」

「故郷と家族のこと？　ああ、別にかまわないが」

そう答えると、ガゼルは何故かホッとした表情になった。

「おれの故郷や家族がどうかしたか？」

「いや、だってよ……タクミが異世界から来たって打ち明けてくれた後に、自分のことを話すのは、これが初めてじゃねェか。今まではさ、言いにくい事情があるのかと思って我慢してたんだぜ」

「ああ、そういう……」

あー、そういえばそうだ。

前に一度だけ、フェリクスにおれの両親の話をしたことがあるけれど……その時に分かったのが、故郷や家族の話をしようと思うと、必然的に、おれが異世界から来たのがバレちゃいそうになるってことだった。

だから、今まではそういう話を自分からするのは避けてたんだよな。

例えば兄さんのことになると、今は法律事務所に勤めていて……とかって話になっちゃうし。

こっちの世界の常識に置き換えてうまく説明すればいいんだろうけど……前にフェリクスと話した時は、そこら辺の言い換えが難しかったから、あまり自分からは話さないようにしていたんだ。

でも、ガゼルとフェリクスからしたら、おれが話さなければ、余計に聞きづらかったよなぁ。

「そうか、気を使わせてすまなかった」

「いや、いいんだ。というか、タクミが違う世界から来たって知って、色々と納得がいったよ。今だから言うがな、最初に出会った時は、お前があんまりにも世間知らずだからよ。奴隷商人にでも捕らえられていたんじゃないかって心配してたんだぜ？」

「ふっ、なんだ、そんな風に思われてたのか？　驚きだな」

……いや、本当にビックリだよ!?

えっ、マジで？　マジでそんな風に思われてたの？

でも、おれみたいなモヤシを奴隷にしても、なんのメリットもなくない？

あ、鉱山とか危険な場所での労働奴隷ってこと？　いわゆる使い捨てタイプの奴隷的な？

「まぁ、お前が辛い目に遭っていたわけじゃないって分かって安心したぜ」

「……いらない心配をかけたみたいで悪かった。ただ、その……出会ったばかりの時だと、おれが違う世界から来たと言っても、信じてもらえないだろうと思ってな」

「そうだな。俺も今でこそ信じるが、あの海賊船の上で言われてたら、すんなり信じてやれたかどうかは分からんな」

まぁ、普通に考えてすんなりは信じられないよねぇ。そもそも、おれが最初はここが違う世界だとは気付かず、てっきり映画かなにかの撮影だと思い込んでたし……

「タクミは故郷に家族はいたのか？」

「ああ。今も元気にしてると思うぞ」

「そうなのか……家族とは仲がいいのか？」

「そうだな。おれは二人兄弟で、兄さんとは仲がよかったな。両親とは普通だったと思う」

「え、兄貴がいるのか？」

ガゼルは何故かそこで目を丸く開いて驚いた。

「……おれに兄がいるのがそんなに意外か？」

「ああ、ちょっと驚いた。タクミはどっちかっていうと、弟妹の面倒を見るのがうまいほうに見えるぜ？　あの香水屋のお嬢ちゃんとか、チビになった魔王サマとかよ」

「そうか？　そう言われるほうが意外だな。兄さんにはよく『お前は本当に、おれがいないとなにもできない駄目な奴だなぁ』って言われていたんだが」

「…………」

って、あれ？　なんかガゼルが固まっちゃったぞ？

「……タクミって、兄貴とは本当に仲がよかったのか？」

「ん？　よかったぞ。兄さんはよく『お前はおれがいないとなにもできないんだなぁ。でも、お前の面倒はおれが一生見てやるから安心しろよ』って言ってくれたしな」

「…………」

おれの説明に対し、ガゼルは眉間のしわをますます深いものにした。

「ガゼル、どうかしたか？」

「いや……その……もう一回聞くけどよ、兄貴とは、本当に仲がよかったのか？　本当に？」

何故か同じことを聞かれる。

ガゼルの態度がおかしいけど、どうしたんだろう。いつもは率直な物言いをする彼なのに、何故か今は奥歯にものが挟まったような言い方をする。

「ああ。おれは元の世界だと、人間関係が特にうまくいかなくて……でも、兄さんはそんなおれを見捨てずにいつも優しくしてくれた」

「うまくいかない？　お前が？」

「ああ。おれが十代になったあたりからかな……友人を作ってもいつの間にか『タクミ君のお兄さんって、その……いやなんでもない。悪いけど、明日からはもう話しかけないでくれ』と言って遠ざけられてしまうことが増えて」

「………」

そういや、友人だけじゃなくて、学校の部活動の教師から『すまないけど、明日からはもう来ないでくれ。理由？　その、実は君のお兄さん……いや、やはり聞かなかったことにしてくれ』と言われたこともあったっけ。

多分皆、兄さんの『弟』であるおれに期待していたんだろう。

兄さんは子供の頃から勉強も運動も芸術も抜きんでていて、おれなんか比べ物にもならなかった。

たとえば、兄さんが小学校の頃に描いた水彩画が、県の絵画コンクールで賞をもらった時だ。審査員だったある有名な画家がその絵をすごく気に入ったとのことで、わざわざうちの家に「私の援助で彼の個展を行わせてほしい」と尋ねて来たことがある。その後、東京のギャラリーで行った兄さんの個展はなかなか好評だったようで、雑誌や新聞の取材がその後も何度もうちに来たっけ。

とにかく――兄さんはなにをやらせても人並み以上にこなせた。

身内贔屓《びいき》を抜きにしても、すごい人だった。

だからきっと、あの人たちは『弟』であるおれに、兄さんの十分の一くらいのことはできると期待していたのではなかろうか。それをおれが裏切ってしまったから、彼らは失望して離れていったのだろう。

けれど、当の兄さんはいつもおれに優しかった。

「でも、そういう風におれが人間関係でうまくいかない時は、そのたびに兄さんは『だから言ったただろ。他のくだらない奴らと付き合うなんて時間の無駄だって。お前にはおれだけいればいいよな？』と、おれを慰めてくれたんだ」

「……い、いや、タクミ。それは慰めるというより……」

兄さんが慰めてくれたからこそ、おれも「兄さんは優しいなぁ。よーし、おれもこんなことでめげてちゃ駄目だな！　明日からまた頑張るぜ！」と心機一転できたっけ。

元の世界では、おれが失敗したり、困ったことがあると、兄さんがすぐにやってきて……問題を解決してくれたり、おれのやろうとしていたことを代わりにすべてやってくれたりしたのだ。

そしていつも『お前は本当におれがいないとなにもできないなぁ』と、にこにこしながら慰めてくれた。

「……まぁ、その、なんだ。お前の兄貴がとんでもねーヤツだってことは分かった」

「ああ、おれの兄さんはすごい人なんだ」

褒め言葉とは正反対に、何故か苦い顔をしているガゼル。

本当にどうしたんだろう？　湯あたりでもしたのかな？

「あー……ちなみに、タクミの親はどんな人だったんだ？　いや、言いたくないならいいんだが」

「両親は普通だぞ。こちらの世界で例えるなら、平民身分の商会勤めというところかな。それに、家族仲も悪くはなかったと思っている」

「悪くなかった……ねぇ。……そんだけ兄貴が優秀な人間っていうなら、その、お前は比較されるようなこともあったんじゃねぇのか？」

「そんなことはなかったぞ。まぁ、兄さんとおれとじゃ出来が違いすぎたというのもあるが」

兄さんはとびきり優秀で、兄さんの手にかかればできないことは何一つなかった。

正直、あまりにもレベルが違いすぎて、嫉妬も羨望もなかった。むしろ「どうしてこんな人がおれと兄弟なんだろう」とさえ思ったものだ。

両親もおれと同じ思いだったらしく「お前は本当によくできた子だ。父さんと母さんの子供だなんて信じられないくらいだ」と、いつも兄さんのことを褒めていたっけ。

「でも、本当に父さんも母さんも、おれと兄さんを比べるような真似はしなかったぞ」

「ふぅん？」

「むしろ二人とも、おれには兄さんとの付き合い方をアドバイスしてくれたしな」

「……たとえば、どんな風にだ？」

「そうだな……『ぜんぶお兄ちゃんに任せておけば問題ない。お前はお兄ちゃんの言うことを、ただ黙って聞いていればいいんだ』とか。『お兄ちゃんは立派な弁護士になるために努力しているんだから、弟の貴方がお兄ちゃんを応援しなくてどうするの。いいから、お兄ちゃんの機嫌を損ねるような馬鹿な真似はしないで』と、いう感じだな」

「………」

おれは両親のその言葉に「なるほど、その通りだなぁ。兄さんは色々と大変なんだから、せめておれは兄さんに迷惑をかけないように、兄さんの言うことを聞こう」と頷いたものだが――この世界に来てからは、両親や兄さんの言葉を思い返すたびに、不思議と心のどこかに引っかかるようになった。

何故だろうか。もしかすると、ガゼルやフェリクスに出会って、黒翼騎士団に入団して――イーリス、リオン、レイ、メガネっ子店員さんたち、様々な人と出会ったからだろうか？

様々な人と出会い、話をして、世界を広げることで……元の世界でのおれの家族の、そして、兄弟関係の歪《いびつ》さに気付いたからだろうか？

……多分、あのまま行けば、おれはずるずると兄さんの優しさに依存してしまっただろう。

兄さんもそんなおれを突き放すことはしなかったんじゃないかと思う。この世界に転移せず、日本でずっと過ごしていたら……学校生活もうまくいかず、就職活動もはかどらず、兄さんに完全に依存するような人生になっていたんじゃないだろうか？

そんなの、もう普通の兄弟じゃない。どこかおかしくて、異様だ。

……そう考えると、この世界に来たのはおれにとっても、兄さんにとってもいいことだったのかなぁ。

強制的に距離を置かなければ、なんとなく、おれは兄さんから離れられなかった気がする。

……そうなると、すごく寂しいけれど……おれは元の世界に帰らないほうが、おれの家族にとってはいいことなのかな……

悲しい事実に気付いてしまいちょっと落ち込む。対して、隣のガゼルは何故か合点《がてん》がいったように頷いていた。

「あー、なるほどな……ようやく分かった。タクミの自己評価がどうにも高くない理由はそれか……っていうか、話を聞けば聞くほどとんでもねェ家族だな。ある意味、奴隷商人よりもとんでもねェ奴らだぜ……」

「え？」

ガゼルの言葉の意味を聞き返そうとしたが――それよりも前に、彼がおれの腕を引いた。

強引に抱き寄せられ、水の浮力もあって、湯船の中に座るガゼルの足の上に乗せられてしまう。

「っ、ガ、ガゼル？」

向かい合う体勢のせいで、いつもとは違って、彼の頭をおれが見下ろす形になる。

そして、ガゼルはおれの胸元に顔を寄せると、どこか怒りの入り交じった低い声音で囁《ささや》いた。

「そんなろくでもねェ家族じゃ、ますます帰せねェな」

浴場で反響したその言葉は、おれの耳にしっかりと届いた。珍しく怒っているガゼルに、おれは首を傾げる。

……っていうかガゼル、今、おれの家族をろくでもないって言わなかった？

え、なんで⁉

こちらの戸惑いに答えず、ガゼルはおれの胸に顔を寄せると、左胸の上にちゅっと音を立てて唇を落とした。それはちょうど心臓の真上に与えられた。

どきりと胸が高鳴ったのが、ガゼルに分かったんじゃないかとちょっとひやりとする。

「ぁ、ガゼルっ……んっ！」

ガゼルの唇がおれの胸の上を這《は》い、そして、突起を口に含んだ。

乳首を唇で挟み込み、かと思えば、舌先でチロチロとくすぐってくる。

「ガゼルっ……こ、ここは風呂だぞ！」

「ああ。風呂で、俺たちの家だろう？」

「確かにここはガゼルとフェリクスの買った家だが、おれは――」

おれは一銭も払ってないんだけど、と言おうとしたが、その前に唇を閉じた。

ガゼルの金瞳が剣呑《けんのん》な光を帯びていたからだ。殺気すらこもっていそうな視線に二の句が継げなくなったのである。

「ガゼル？」

「俺とフェリクスの家だから、なんだ？　ここは……お前の居場所じゃないって言いたいのか？」

「……それは……」

頷くことも否定することもできず、おれは言葉を濁す。

いや、そりゃ、確かに贈り物だとは言われたけれど……だからってそんな、一銭も出していない家を自分の家だと声高に主張するほど、さすがのおれも厚顔無恥にはなれないというか……！　というか！　おれがそもそも言いたかったのは、お風呂でするというのは、その……お、音が反響するから！　声とかえっちな音が大きく響くから、それが嫌だという話なんだけど⁉

だが、おれの返答にガゼルは苦虫を噛み潰したような顔になると、その逞《たくま》しい両腕でおれを抱きしめてきた。込められた腕の力が痛いぐらいだ。

「ぁ……」

「なぁ……俺じゃ駄目なのか？　お前を蔑《ないがし》ろにするような親や兄貴のところに、そんなにも帰りたいのか？」

思ってもみなかった言葉に、おれは目を見開いた。

ガゼルの「お前を蔑《ないがし》ろにするような親や兄」という言葉は、正直、あまり意味が分からなかったのだが……おれがハッとなったのは、その後に続いた言葉だ。

帰りたい——そういえば、おれ、元の世界に「帰らないといけない」と思ってはいたけれど……「帰りたい」って思ったこと、あったっけ？

そりゃあ最初の頃はもちろん、元の世界の平穏な生活が恋しかった。でも、今は……

「んっ！　ぁ、ガゼル、そこはっ……」

びくりと身体が跳ねる。

ガゼルがおれの臀《でん》部《ぶ》に回した手、その指先が後孔に触れたからだ。

指先が中に埋まると、同時に風呂のお湯がぬるりと体内に入り込んでくるのが分かった。その奇妙な感覚に、ぞくぞくと肌が粟立《あわだ》つ。

「っ、ガゼル、ちょっと待っ……ん、あぁっ！」

「ここだとお前の可愛い声がよく響くな」

慌ててガゼルの頭を押しのけて膝の上から下りようとしたが、その前にガゼルが人差し指をさらに体内に埋めていく。

温かいお湯に浸かって身体がほぐれていたせいか、痛みはない。痛みはないが、ガゼルの指が体内で蠢《うごめ》くたびに、お湯が中に一緒に入り込んでくるので、気持ち悪いようなぞわぞわするような、たとえがたい感覚に襲われる。

「ぁ、んっ……ふっ」

自分の声が反響するのが恥ずかしくて、慌てて唇を噛みしめて声を押し殺す。

「なんだ、恥ずかしいか？　はは、本当にお前は慣れねェなー」

「っ、んあァっ！」

だが、悪戯《いたずら》っぽく笑ったガゼルが指を二本に増やしたことで、あられもない声をあげてしまった。

二本の指がぐちゅぐちゅと蠢《うごめ》き、かと思えば、指の先で肉壁を抉《えぐ》るように擦《こす》られる。その刺激になんとか耐えようと身体に力を入れると、今度は体内にある敏感なしこりを爪先でカリッと引っ掻かれた。

「ひぅっ⁉」

思わず身体が跳ねる。それと共に、ばしゃりと水飛沫《みずしぶき》が立った。

飛沫《しぶき》はわずかにガゼルの顔にかかったものの、彼はむしろ愉しげに笑っていた。

だが、その表情が不意に曇る。

「なぁ、タクミ……お前にこの世界に残ってくれって言うのは……故郷を捨てろって意味と同義だ。だから、俺は自分がどんなに酷なことを言ってるのかは分かってる」

「っ、ガゼルっ……？」

「まっとうな男なら、笑顔でお前を送り出してやるのが正しいことなのかもしれねェな」

切なげな声音に、驚いてガゼルを見下ろす。

ガゼルもまた、その金瞳で真っ直ぐにおれを見つめ返した。心を射抜くような強さの眼光に、思わず身体が竦《すく》む。

すると、ガゼルがおれの体内に埋めていた指をゆっくりと引き抜いた。

片腕でおれの腰を引き寄せ、もう一方の腕を太腿の下へ、下から抱え上げるように回す。

「けれど、それでもよ――俺は駄目だ。俺は絶対にそんな風にはなれねェし、できねェんだよ……！」

「っ、ぁっ……ひっ、ぁああっ！」

ガゼルは喉の奥から絞り出すように言うと――おれの身体をそのいきり立った熱い肉棒の上に落とした。

指でほぐされていた後孔は、あっけなく熱杭を呑み込んでいく。挿入される瞬間、またもやお湯が体内に一緒に流れ込んできた。

「ぁあっ、んあ、ああっ！」

「タクミ……もしもお前が、どうしても元の世界に戻るっていうんなら……俺は、お前を……！」

低い声で名前を呼ばれ、同時に、下から勢いよく突き上げられる。

そのたび、水面が揺れて飛沫《しぶき》が辺りに飛び散る。

逃げようにも、下から抱え込まれているこの状況では、身体を引くことすらままならない。

「ひぁっ、んっ、ぁああッ！」

ガゼルは的確におれの体内にある弱い部分を、ガツガツと肉棒の先端で突いてくる。

その遠慮のない突き上げと同時に、彼の目の前にある突起——おれの胸の上でつんと尖っている乳首を口に含んだり、歯で甘噛みをしたりしてきた。

いつしか、おれの陰茎は触られてもいないのに、すっかり勃ち上がってしまっていた。

その先端からはとぷとぷと先走りが溢れているが、すぐにお湯に混じって見えなくなってしまう。

「ガゼルっ、ぁっ、頼むっ、一回抜っ……んっ、ぁあッ！」

ガゼルの首に手を回して、彼の頭を抱きかかえるようにして縋《すが》りつく。

だが、突き上げはより激しくなる一方だ。

水の浮力でおれの身体を支えるのが普段より容易のようで、容赦のない抽送が繰り返される。

「ぁ、だめっ、ガゼルっ……ひあアッ！」

力強く、断続的に揺さぶると同時に、蜜を零すおれの陰茎にガゼルは手を伸ばした。お湯の中ではしたなく主張しているそれを掌で包み込み、幹を上下に擦《こす》る。

「ガゼルっ、ぁ、それっ……！」

「こっちはまだ触ってなかったよな？　ほら、見ろよ、タクミ。俺に触られて、お前のココはこんなに嬉しそうにしてるぜ？」

「ど、同時に、するのは駄目だって……んあっ！」

揺らめくお湯の中で、おれの陰茎はガゼルに触られてビクビクと震えていた。

「ぁ、ガゼルっ……それ、いやっ……んぅ！」

「いやじゃないだろ？　お前の後ろも、初めて会った時に比べてすっかり俺の形を覚えこんで……ほら、ここが好きだよな？」

「ひぁっ⁉」

ガゼルはおれの陰茎の先端を指先でぬるぬると擦《こす》りながら、肉棒の先端で敏感な部分を穿《うが》つ。

「あっ、やっ、ぁああッ！」

お湯の中で、濡れたガゼルの手は容赦なく亀頭を擦《こす》り、幹を扱《しご》く。普段とはまったく異なる感触に、ひっきりなしに嬌声が漏れた。

次第に、快楽と風呂の熱で頭がくらくらし始める。

「んぁ、ァあああッ、ぁ、やっ……んくぅっ⁉」

ガゼルの肉棒が引き抜かれ、そして再び埋められた瞬間――風呂のお湯がガゼルの肉棒と一緒に再びどぷりとおれの中に入り込んできた。ガゼルは熱っぽい息を吐き出し、そのまま肉棒でお湯をかき混ぜるようにして、中をじゅぷじゅぷと上下に擦《こす》り上げる。

「ん、ア、ッ……ぁアあーーッ！」

未知の感覚に思わず身体を引いてしまう。が、おれが逃げる前に、ガゼルがおれの背中に腕を回して自分のほうへ引き寄せた。

「ぁっ、ガゼルぅっ……！」

「お前は、俺から離れられると思ってんのか？　こんなにいやらしい身体になって……それでもまだ、俺から逃げられると思ってんのか？」

そう言って、食い入るように俺を下から覗き込んでくるガゼル。

ぎらついた金色の眼光は、目の前の獲物を仕留める直前の肉食獣そのものだった。

ガゼルの唇はぬらりと光っていたが、一瞬だけ、唇を濡らす唾液を赤い血潮のように幻視してしまう。

「タクミっ……！」

「っ、ふ、ぁっ……！」

ガゼルは両手でおれの腰を鷲掴みにすると、まるで獣が獲物の喉笛に噛みつくように、勢いよく口づけてきた。

その間にもおれの身体を上下に揺らし続け、音を立てながら肉棒を激しく出し入れする。それと同時に、パシャパシャと湯舟のお湯が揺れて床に零れていく。

「ん、ぅ……っ」

口内にぬるりと入り込んできた肉厚の舌は、すぐさまおれの舌を探し出した。そして、貪るように、ねっとりと絡みついてくる。

熱いキスを交わしながら、ガゼルはおれの腰を再び強引に引き寄せ——陰茎をギリギリまで引き抜く。そして、次の瞬間、一気に最奥まで突き上げた。

「ぁっ……ぁ、ぁあああッ！」

「くっ……！」

ガツンと衝撃を与えられた瞬間、あまりの快感に、目の前で火花が散った。身体の奥深くから勢いよく熱が溢れ出て、頭の中が痺《しび》れるほど感じてしまう。

ガゼルはそんなおれの腰をますます強く鷲掴みにした。先ほどの言葉通り、逃がさないと暗に告げられたようだった。

そして、快楽にびくびくと震えている最奥に、えらの張った肉棒の先端を押しつける。

「ひっ、ぁ、ぁっ……！」

「っ、タクミっ……！」

否応なしに性感を押し上げられて、おれはとうとう絶頂を迎えた。そして、一拍遅れてガゼルもまたおれの中で果てた。どくどくと熱い白濁液が体内に注ぎ込まれていくのを感じる。

「ふっ、ぁ……」

中に出されるのはいまだに慣れなくて、おれはぶるりと身体を震わせた。

するとなにを思ったのか、ガゼルが精を吐き出したばかりのおれの陰茎に再び手を伸ばしてきた。

そして、尿道に残った精液を吐き出させるように、裏筋をぐりぐりと指で攻め立てる。

「あっ、ガゼルっ……！　それ、やめっ……んぅっ⁉」

「ほら、ちゃんと見ろよタクミ。お前のココはイったばかりでも、俺が触ってやればすぐに嬉しそうにするんだぜ？」

「わ、分かった！　分かったから、もう、本当にっ……！」

敏感になっている陰茎を容赦なく虐《いじ》めてくるガゼルに、思わずおれは涙目で縋《すが》りつく。

な、なんでもいいからもう休憩させてほしい。

っていうかさ、リラックスしにお風呂に来たのに逆に疲れてるんだけど、どういうことなんですかね!?

「そうか。まぁ、分かったんなら、今日はこのへんにしておいてやるか」

ガゼルは満足そうに笑って、おれの陰茎からゆっくりと手を離した。おれのそこはガゼルに与えられた刺激で再び頭をもたげていたため、おれは慌てて両手で自身を押さえつけた。

そんなおれの様子を見て、ガゼルはおかしそうに唇をにやりと持ち上げる。

「なんだよ？　今更隠すこともないだろ」

「っ……」

ジト目で睨むも、ガゼルは不敵な笑みを崩さなかった。

ただし、代わりに手を伸ばして、おれを宥《なだ》めるようによしよしと背中を擦《さす》る。

「はは、悪かったって。もう今日はなにもしねェよ」

「……はぁ。身体を休めるために風呂に来たのに、逆に疲れたぞ」

「そうか？　俺はあと三戦くらいは行けそうだが」

「つまり、おれに死ねと？」

そう言うと、ガゼルはますますおかしそうに笑い声をあげた。

いや、あのガゼルさん？　冗談じゃなくて、わりとおれはマジで言ってるからね⁉

……でも、なんだろう。行為は恥ずかしかったし、二戦目は絶対に無理だけれど……その……ちょっと嬉しかったな。

ガゼルもフェリクスも、おれを引き留めるそぶりがないから、おれが元の世界に帰っても全然かまわないのかと思ってたけれど……でも、そういうわけじゃなかったみたいだ。

フェリクスはどう思っているかまだ分からないが、少なくともガゼルはおれにこの世界に残ってほしいと思ってくれているようだ。そのことが嬉しい。

……嬉しいんだけどさぁ、でも……

「……なぁ、ガゼル」

「うん？」

「おれはさ、多分ガゼルが思ってるような人間じゃないぞ」

おかしそうに笑っていたガゼルが、おれの言葉に真剣な顔になった。

「ガゼルがきれいだと言ってくれた髪も目も……先ほど言った通り、おれの元の世界じゃ別に特別なものじゃない。ありふれたものだ。それに、おれはまだガゼルに言ってないことや、隠し事がたくさんあるんだ。……そんなおれなんかでも、この世界に残ってほしいと思うのか？」

しばしの間、ガゼルはじっとおれを見つめ返した。そして、その両腕をおれの背中に回して、力強くぎゅうっと抱きしめる。

「――残ってほしい、とは違うな」

「っ！」

その言葉に、びくりと肩が跳ねる。だが、ガゼルはかまわずに低い声で囁《ささや》いた。

「言ったろ？　俺はお前を逃がさねェし、絶対に離さねェ。たとえ、お前が嫌がってもな」

「っ……ガゼル……」

「あとよ。お前、おれなんか、とか言うなよ」

「え？」

出し抜けに続いたガゼルの言葉にきょとんとしてしまう。

ガゼルは抱きしめていた腕の力を抜いておれを離すと、やれやれと肩を竦《すく》めた。

「タクミはさ、初めて会った時からよくそういう風に自分を卑下するだろ？　……前から気になってたんだが、それはお前の家族の言葉だったんだな」

思わず目を瞬《しばたた》かせる。ガゼルの指摘は、おれの思ってもみないものだった。

同時に、胸がざわつく。脳裏に兄さんの顔が浮かび、おれを諭すような優しげな台詞《せりふ》がこだまする。途端、昏く重いなにかに搦《から》め捕られるような心地がして、胸の中が冷えた。

だがそれは、ガゼルがおれの顔を両手で包み込むように触れてきたことで霧散した。ハッとして見ると、彼の瞳には深い想望が浮かんでいて、どきりと心臓が鳴る。

「俺にとって、お前以上に貴い人間はいねェ。だから自分のことをそんな風に言うのはやめろ。もう、お前の家族は俺で、お前の居場所はここなんだからな」

「ガゼル……」

彼の金色の瞳に、おれの顔が映っている。戸惑いを浮かべた、頼りない表情だった。

その顔が近づいてきたと思った時、おれとガゼルは何度目か分からないキスをしていた。

「んっ……」

……ガゼルの言葉の意味は、おれにはまだ理解できないことが多い。

でも、その言葉に込められた真摯な愛情は理解できた。

だから、おれはたどたどしく彼の舌に応えた。

ガゼルの巧みな舌技と違ってあまりに拙《つたな》い愛撫だったが、ガゼルはおれの応えに喜び、ますます口づけを深いものにしたのだった。

◆

——さて。それから二週間が経過した。

その間、香水屋『イングリッド・パフューム』に一度だけ、件《くだん》の女の子らしき人物がやってきたそうだ。

らしき、というのは、黒翼騎士団の団員さんが『イングリッド・パフューム』を警護していた際に、一度だけ、女の子がやってきたらしい。

ただ、彼女は外套《がいとう》のフードをすっぽり被っていたため、顔がハッキリ見えなかったそうだ。また、フードからちらりと見えた髪は太陽の光に当たって明るい茶色に見え、黒髪かどうか断定できない……とのことだった。

団員さんが少女の存在に気が付いた時、彼女は外から窓を覗き込み、店内の様子を窺《うかが》っていた。背格好からして、自分たちが捜している人物かもしれないと思い、団員さんが声をかけたところ、彼女は非常に驚いた様子で後ずさりをした。

そして、おびえたように背中を向け、そのまま走って逃げてしまったということだった。すぐに後を追いかけてくれたそうなのだが、人ごみに紛れたのか、あっという間に姿が見えなくなってしまったという。

そして、それきり彼女は『イングリッド・パフューム』には姿を見せていない。

うーむ……彼女の目的が謎だ。

再び『イングリッド・パフューム』を訪れたのは、おそらくはメガネっ子店員さんを、自分と同じ異世界から来た人間だと思い込んでいるからだろうが……しかし、騎士団員を見かけたら逃げてしまうのは何故だろうか？

だが、よかったと思える点もある。

それは、彼女が少なくとも衣食住には困っておらず、また、不当に自由をはく奪されるような状況下にいるわけでもないというのが分かったことだ。

団員さんの話では、その時の服装や、しっかりとした足取りからして、生活に困窮《こんきゅう》している様子はなかったとのこと。やはり何者かは分からないが、彼女をこの国で保護してくれている人物がいるのだろう。

そして、また『イングリッド・パフューム』に現れたことから、彼女は行動を制限されているわけでもないと判断できる。

だから心配することはないいんだろうけれど……なんだかしっくりこないいんだよなぁ。

「……分からないことのほうが多いが、あまり考えても仕方がないか」

やれやれ、と肩を竦《すく》める。

彼女のことは気がかりだが、あまりそれにかまけているわけにもいかない。

なにせ、おれにはおれの仕事がある。あまり余所事ばかり考えていて、目の前の任務をおろそかにしてはよくない。

特に、油断したらすぐにモンスターにモグモグされちゃうような任務の時はね！

「――しかし、これはでかいな」

おれは目の前の光景を見つめ、感嘆の息を吐く。隣にいるフェリクスが厳しい顔つきで頷いた。

「はい、私も初めて見ました。これは報告にあった通り、やはりドレインドライアードのようですね。一説には、ドレインフラワーが養分を蓄えて進化した姿だとも言われています」

ドレインフラワーは、おれも以前遭遇し、戦ったことのあるモンスターだ。

人間よりも二回り以上大きい胴体に、そこから伸びる草の触手をムチのようにしならせて襲いかかってくる厄介《やっかい》な敵だった。植物系モンスターなのに、意外にも動きが素早いんだよね……

そして、そのドレインフラワーの進化系が、このおれたちの目の前にいるモンスター――ドレインドライアードだという。

まず、目に飛び込んでくるのが、美しい女性の姿だ。

目をつぶって穏やかな微笑を浮かべる様は、さながら地母神のようで神々しい。

肌や髪の色は鮮やかな緑だが、そんなことは気にならないくらい美しかった。

上半身はなにも身に着けておらず、ふっくらとした乳房と腹が丸見えだが、胸はただ丸みを帯びているだけだ。乳首や臍《へそ》はなく、本来なら臍《へそ》があるべき部分から大きな緑色の幹が生えている。

そして、幹の下は根っことなってしっかりと大地に根付いていた。

これだけで彼女が人間ではないと分かるが――なにより、規格外なのはその大きさだ。

身の丈はゆうに四メートルはあるだろう。幹回りは、大人の男が両腕を回してもなお余るほどの太さだ。おれが今まで見たどんなモンスターよりもでかい。

今はまだなにも動きはないが、こいつが過去のドレインフラワーのように移動や触手攻撃を放ってきたらと想像すると、思わずぶるりと身震いしてしまう。

「……目を閉じているが、眠っているのかな？」

「さて……なにぶん、ドレインドライアードはその生態がほとんど不明ですからね。ですが、なにも仕掛けてこないのであれば、今が好機です」

さて――今の状況であるが、黒翼騎士団は、王都から離れた場所にある森を訪れていた。

この森の近くにある小さな農村――トミ村といって、かつておれも訪れたことがある――に住んでいる青年が森に薪《まき》を集めに入ったところで、このドレインドライアードを発見したのがきっかけだ。

その日、青年はなんとなしに、普段は立ち入らない森の奥へと足を向けたのだという。そこで、この巨大なモンスターを発見し、ただちに村へと逃げ帰って村長へ報告。

その討伐依頼が、めぐっておれたち、黒翼騎士団に回ってきたというわけである。

なお、ドレインドライアードの討伐隊のメンバーは、副団長であるフェリクスをリーダーとして、以下、十人の団員で構成されている。

団長であるガゼルや、幹部であるイーリスはここには来ていない。

正直、なんでおれがこんな巨大モンスターの討伐隊メンバーに選ばれたのかはさっぱりだ。

しかも、この任務の期間内に限りだが、副団長臨時補佐なんていう役職つきで！　明らかにおれよりも適任の人はいっぱいいると思うんですけどね！

ガゼルは「タクミが討伐隊のメンバーとして王都を離れてくれれば、あのオステル国の貴族サマのお誘いを断る口実ができるから」って言ってたけれど……オステル国の貴族って、オッドレイ様のことだよね？　まぁ確かに、隣国の貴族様に晩餐会《ばんさんかい》のお誘いをされても困っちゃうしねー。

「――フェリクス副団長！」

「どうかしましたか？」

「それが……先ほどから私たちで、エリクサーをドレインドライアードの根元にかけ続けておりますが、あまり効果があるようには見えません」

ここに来るまでの経緯を思い返していたら、団員の一人が血相を変えてフェリクスのもとへと走ってきた。その手には、空っぽのガラス瓶が握られている。

フェリクスは彼の報告を受けると眉を顰《ひそ》めて、すぐにドレインドライアードの根元に足を進めた。報告に来た団員さんとおれは、慌ててフェリクスの後へ続く。

——ドレインドライアードは目撃例がほぼないレアモンスターで、冒険者ギルドや騎士団にもほとんど戦闘記録がなかった。

一件だけあった過去の討伐事例では、やはり今回と同じように森の奥深くに根を張っているところを発見されたのだという。

その後、十名の冒険者から成る討伐隊が結成され、ドレインドライアードの討伐に向かったそうなのだが……ドレインドライアードの戦闘で半数以上の冒険者が負傷。

前衛がいなくなったことでパニック状態になった魔法使いが、炎系魔法を辺りに乱発。その炎はドレインドライアードどころか、周囲の木々にも燃え移り、火災が発生。結果的にはドレインドライアードを討伐できたものの、延焼の被害も甚大なものになってしまったそうだ。

この失敗例を踏まえて、黒翼騎士団は巨大ドレインドライアードの討伐のために大量のエリクサーを準備した。

エリクサーには怪我や病気を治癒する効果があるが、モンスターに使うと正反対の効果を発揮する。つまり、モンスターに対しては毒薬となり、その身体の動きは著《いちじる》しく鈍くなる。

そのため、まずはエリクサーをドレインドライアードにかけて体力を減退させ、その後、炎系魔法と剣での攻撃によって討伐をする流れだ。

奇妙なことに、進化前のドレインフラワーは自分から積極的に人間や、小型のモンスターに襲いかかるが、ドレインドライアードはそうではない。大地に根を張り、ただ静かに佇んでいるだけなのだそうだ。

実際、こうしておれたちが武器を持って周囲を取り囲んでも、なにもアクションを起こそうとはしない。

だが、目に見える被害がないからといって放っておくと、だんだんと周囲の草木は枯れ、大地の養分が枯渇していく。ドレインドライアードが大地から養分を吸収するからだ。

前回の討伐では、森林近くの農村の作物に多大な被害が出始めたことから、原因を調べるために森林に入った冒険者によってドレインドライアードが発見されたそうである。

つまり、このままここでドレインドライアードを放置すれば、この周囲の森や田畑——つまりは過去に、おれによくしてくれたトミ村の人々にも被害が出てしまうわけだ。

そのため、おれもできる限り役に立ちたいと思ってこの場に臨んでいるわけなのだが……でもちょっと待って。エリクサーが効かないって言いましたか⁉

「——通常であれば植物系モンスターでも、エリクサーをかけられればなんらかの状態異常を表すものなのですが……」

「…………」

エリクサーを大樹の根元にかけていた団員たちは五名だが、彼ら全員が困惑顔でフェリクスを見つめた。

確かにおれとフェリクスが見る限り、ドレインドライアードの根っこはエリクサーがかかったことにより濡れてはいるものの、それだけだ。弱っている様子は見受けられない。

ドレインドライアードは穏やかな表情で目をつぶったままだ。

過去の事例では、冒険者たちで周囲を取り囲んだ時にはなんの反応も見せなかったが、剣での斬撃や炎系魔法で攻撃をしかけると、ドレインドライアードが攻撃態勢に移行したということだった。

だが、エリクサーをかけられたドレインドライアードはまったく反撃をしてこない。

「フェリクス、なにか様子がおかしい。ここはいったん引いて、作戦を変えたほうがいいんじゃないか？」

「……そうですね。幸い、まだ周囲への被害は出ていません。一度戻り作戦を立案し直しましょう。このまま攻撃をしかけることは容易いですが、やみくもに戦闘に入るのは避けたい」

「了解しました、副団長」

フェリクスの言葉におれたちは頷いた。

風はそれほど強くもないのに、周囲の木々がざわざわと嫌な音を立てている。

この巨大なモンスターが一筋縄ではいかないという予感をひしひしと抱きながら、それでもその不安を表には出さず、黙々と撤収準備を始める。

おれもまたフェリクスから離れ、ドレインドライアードから少し離れたところで待機していた残りの団員たちに、エリクサーが予想に反してなんの効果も見せなかったこと、いったんこの場を撤収して作戦を立て直すことを伝えた。

彼らは頷くと、すぐさまテキパキと撤収の準備を始めた。

なにを手伝おうかとキョロキョロと辺りを見回していると、ふと、撤収準備をしている団員のうち、二人がある木の前で何事か話し込んでいるのが気になった。

その木はドレインドライアードの周囲に生えている樹々のうちの一つで、あまり王都周辺では見かけない種類のものだった。

辺りの樹々は紅葉し、中には葉っぱがすっかり落ちているのもあるのに、ドレインドライアードの周囲の樹々だけは鮮やかな緑の葉をたくわえているのだ。なんとなく、ドレインドライアードから養分を分け与えられているかのようにも見える。

「どうしたんだ？」

「ああ、タクミ君。いやなに、戦闘の時に邪魔になるだろうから、せめてこの周辺の木だけでも今日のうちに処理しておいたほうがいいんじゃないかと思ってね。フェリクス副団長にもそう具申するべきじゃないかと思ったんだが、こいつが……」

「俺たちは木こりじゃねェんだぞ。それに剣が傷んじまうよ」

「斧《おの》だってあるだろう。それにそこまで太い木ではないし、これぐらい……」

鼻息を荒くした団員さんが、そう言っておもむろに自分の腰に佩《は》いていた剣を抜いた。

そして、その切っ先で目の前の木の枝をばっさりと切り落とす。

鮮やかな緑の葉をたくわえた太枝が、どさりと地面に落ちた——その瞬間だった。

「――オ……オぉォおオォオお！」

地の底から湧き上がるような、空虚な響きの雄叫びだった。

「――な、なんだ!?」

「一体なにが……！」

おれの傍にいた二人の団員さんが顔を青くする。

その二人の視線は、おれの後方にあるドレインドライアードに注がれていた。おれも恐る恐る振り返る。

「っ……！」

げぇ、と声を出さなかった自分をほめてやりたい。

おれが見たのは、柔和な微笑を浮かべていたドレインドライアードが、ぱっちりとその瞼《まぶた》を開いている様だった。

だが、その眼窩《がんか》には目玉がなかった。ただ、真っ暗な穴が二つ、ぽかりと空いているだけなのである。

「オぉおォオお」という空虚な声は、その黒々とした眼窩《がんか》から響いているのだ。現に、その下に続く唇はしっかりと閉じられている。

な……なんだこれ、気持ち悪っ！

先ほどまで、このモンスターを神々しいなんて感じていた自分が信じられない！

「オオォおぉぉオ……いィおおおオオぉぉーーー！」

ドレインドライアードの幹から伸びる枝がざわざわと蠢《うごめ》く。

見れば、ドレインドライアードどころか、周囲に生える樹々までもが奇妙なざわめきを奏でていた。

な……なんかこれ、かなりヤバい雰囲気じゃないか？

「うっ……!?」

「お、おい、どうした!?」

すると、傍らにいた団員さんが呻《うめ》き声をあげてしゃがみこんだ。

もう一人の団員さんは慌てて彼の顔を覗き込む。だが、彼は立ち上がることができないようだ。

おれもしゃがみこんだ彼の傍らに膝をついて、様子を窺《うかが》う。

彼の顔は青ざめて血の気が失せ、わなわなと唇を震わせていた。

見回せば、しゃがみ込んでいるのは彼だけではない。彼以外にも、何人かの団員が地面に膝をついて、呻《うめ》き声をあげている。

い、一体なにが!?

まるで、状態異常みたいに突然……待てよ、状態異常？

思い当たることのあったおれは、支給されていたエリクサーの瓶を腰に吊り下げていたベルトから取り出すと、その口をしゃがみ込む団員さんに押し当てた。

そして、瓶を傾けて無理やり中の液体を飲み込ませる。

「うっ……はぁッ！　げほっ、けほっ」

どうやら気管に入ってしまったようで、団員さんは咳き込んだ。

だが、先ほどまで真っ青だった顔には血の気が戻り、意識もしっかりとしている。

「あ、ありがとう、タクミ君……今、何故か気が遠くなって立っていられなくなって……けほっ」

「ああ、どうやらドレインドライアードのスキルのようだな」

「スキル？」

「ハウリングという、敵対者を一定の確率で恐慌状態にし、戦意喪失に陥《おちい》らせる状態異常のスキルだ。先ほどの奇妙な雄叫びがそうだったんだろう」

「ああ、そういえばそんなスキルがあるとは、教習で聞いたことがあるな！　しかしまさか、ドレインドライアードがそんな高度なスキルを使うとは……！」

おれは空っぽになった小瓶を腰のベルトに素早く戻して立ち上がると、フェリクスたちに向かって声を張り上げた。

「フェリクス、皆！　しゃがみ込んでいる団員は、先ほどのドレインドライアードのスキルによって状態異常になっている！　ポーションでは解除されないからエリクサーを飲ませてくれ！」

「――分かりました！」

おれの声を聞き、スキルを弾いた団員たちが、一斉にエリクサーをしゃがみ込んでいる団員に飲ませた。

「オィおおおオオぉぉーーー！」

「っ、くそ、またか……！　動ける人間は今のうちに離脱しろ！」

おれたちが態勢を立て直そうとすると、それを阻《はば》むようにして、再びドレインドライアードがハウリングを放った。

びりびりと鼓膜に響く声。

周囲の樹々は、その雄叫びに拍手喝采《かっさい》するようにざわりざわりと揺れている。

「ぐっ……!?」

がくり、と膝の力が抜けた。どうやら先ほどは運よくハウリングを弾くことができたが、二度目はそうはいかなかったらしい。

視界がぐるぐると回り、吐き気が込み上げてきた。

逃げたい、戦いたくない、なにもしたくない、というネガティブな感情が湧き上がってくる。

っ、こ、これがハウリング……！　かなりキツいな！

ゲームの時も厄介《やっかい》なスキルだったが……実際に食らってみると厄介《やっかい》なんてもんじゃない！

「はっ、ぁ……！」

手持ちのエリクサーは先ほどの団員に飲ませてしまったため、すでにない。

しかも、ドレインドライアードは完全に攻撃態勢に入ったらしい。

真っ黒な眼窩《がんか》をおれに向けると、その触手をゆるりと持ち上げた。その太さと大きさたるや、おれの身幅の倍はある。触手というよりはもはや丸太と言ってもいい。

そして、ドレインドライアードは風を切りながらその触手を振り下ろし——

「——ハァアアッ！」

おれの頭に向けて振り下ろされた触手を、その寸前で駆け付けたフェリクスの剣尖が切り落とした。

切り飛ばされた触手は、ずどんと音を立てて地面に落ちる。

驚いてフェリクスを見上げる。そんなおれを、フェリクスが剣を持つ手とは反対の腕で抱き上げる。そして、おれの口に硬いなにかを押し当てた。

聞かずとも分かる。エリクサーだ。

少しとろみのある液体が、おれの喉を滑り落ちると、すぐに身体に満ちていた吐き気や倦怠感は消えた。まるで清涼な風が吹き抜けたように、一気に身体が軽くなる。

「立てますか、タクミ？」

「ああ、ありがとう。もう一人で大丈夫だ」

一人で立ち上がることはできるようになったが、しかし、状況はよくない。

ドレインドライアードはその幹から伸びるいくつもの枝を、勢いよく頭上で振るっている。

言葉が通じずとも理解できる。あれは、「そろそろこっちも本気になっちゃうゾ☆」というメッセージだ。

「オォおォオおおお……！」

顔に空いた真っ黒な二つの穴から空虚な音を響かせて、何本もの触手を振るい続けるドレインドライアード。

フェリクスは、そんなドレインドライアードを最後にもう一度だけ悔しげに睨みつけると、団員たちへ撤退の指示を出したのだった。

◆

「なんでエリクサーが効かなかったんだろう……」

——おれは一人、ぽつりと呟いた。

あの後、おれたちは森から撤退し、仮の拠点としているこの村——おれにとっては二度目の来訪となるトミ村に戻ってきた。

宿屋の人はおれのことを覚えてくれていたようで、また会えて嬉しい、ゆっくりしていってほしいと温かな言葉をかけてくれた。

宿屋以外のトミ村の住民も、前回、ドレインフラワーの襲撃から村が救われたことを感謝しているようで、黒翼騎士団の来訪を歓迎し、もてなしてくれた。

それぞれの宿屋で夕食を取った後は、村の広場をお借りして今日の反省会を行った。

しかし、残念ながらあまりよい意見は出ず、ひとまず、明日の朝にもう一度ドレインドライアードのもとへ行って様子を見るということで落ち着いた。

「うーん……？　やっぱり、おかしいよなぁ。だっておれ『チェンジ・ザ・ワールド』で戦った時には、ドレインドライアードに苦戦した記憶はないんだけど」

あてがわれた自分の部屋で、ベッドに寝転がって首を傾げる。

前回この宿屋に泊まった時とは違い、窓の向こうに広がる山並みはすっかり葉が落ちてわびしい景色になっていた。部屋には暖房器具——炎の魔石を組み込んであるという魔導ストーブ——が入っていたが、それでも足先が冷える。

さて。思い返すのは元の世界の記憶——RPG『チェンジ・ザ・ワールド』の記憶だ。

ゲーム内では、ドレインドライアードは通常のクエストではなく、とあるイベント戦で出てくるモンスターだった。

主人公たちが向かった古代遺跡で、進路を塞いでいるモンスターである。

植物系モンスターのため、炎系魔法や物理攻撃に弱い。身体から生えている大きな触手の叩きつけや、ハウリングのスキルを駆使して攻撃を仕掛けてくるのが厄介《やっかい》だ。

だが、それは初めて戦った時の話であって、ゲームの二周目からは苦戦する相手でもなかった。

二周目からは、ポーションもエリクサーも潤沢に使える。それに、ドレインドライアードはもともとそこまで動きが速いほうではない。

だから、エリクサーを大量に持っていれば、相手がハウリングを使用する前にスキルの封じ込めと弱体化を行い、完封することができる相手だった。

「確かにゲームの中だったら周囲への延焼被害なんて考えずに、バンバン炎系魔法を使えたけれど……でも、それにしたっておかしいよな。どうして最初にエリクサーが効かなかったんだ？」

しかも、エリクサーが効かなかっただけじゃないのだ。

実は、おれのいる場所からは見えていなかったが、ドレインドライアードがハウリングのスキルを発動した際に、動ける団員さんの何名かで剣での攻撃を試みていたらしい。

だが、その攻撃はまったく通らなかったそうだ。まるでなにか見えない障壁に覆われているかのように、なんの手ごたえも感じられなかったのだという。

「うーん……？　なんだろう。多分、なにか見落としてるんだよな……『チェンジ・ザ・ワールド』ではどう戦ってたっけ？」

攻撃が通らなかったことも、エリクサーが効かなかったことも、きっとなにか理由があるのだ。

それに冒険者との戦いの記録では、彼らはドレインドライアードを討伐することに成功しているのである。周辺の森ごとドレインドライアードを丸焼きにするというダイナミックな手段ではあったが……彼らに討伐できた以上、なんらかのからくりがあるはずだ。

……あるはず、なんだけど！　それがぜんっぜん分からない！

っていうか、ゲーム画面で見た時はそこまで気にならなかったけれど、こうして実際に見てみるとドレインドライアードってすごく不気味なんだな……

あの顔の造形を思い返すと、いまだにぶるりと背筋が震えてしまう。

「――タクミ。今、お時間よろしいでしょうか？」

ベッドの上でうんうんと唸っていると、おれの部屋の扉がコンコンと控えめに叩かれた。

そして、ノックの後に続いた声は、おれのよく知る人のものだった。

「フェリクスか？　ああ、どうぞ入ってくれ」

「はい、失礼します」

ババッとベッドから跳ね起きて、床に立ってくしゃくしゃになっていた髪を整えた後、なんでもない風を装って返事をする。

おれの返事から一拍置いた後、扉が静かに開いて、フェリクスが入ってきた。

「夜分遅くに申し訳ありません、タクミ」

「いや、大丈夫だ」

入室してきたフェリクスは、隊服を脱いでおり、生成り色のシャツと紺色のズボンというラフな格好だった。シャツの上にはモスグリーンのざっくりとしたカーディガンを羽織っている。

かくいうおれも似たような格好だけれど……おれとフェリクスだと、相変わらずこなれ感がまったく違うんだよな……

着飾らない簡素な服装でも、フェリクスが着ていると、ファッション雑誌の一ページからそのまま抜け出てきたかのようにあか抜けているのだ。

対して、おれが同じ格好をしているとまんま寝間着にしか見えない。顔面偏差値の差なのか？

「それにしても、なにかあったのか？　まさかドレインドライアードが活動を始めたとか……？」

こんな時間に訪ねてきたのだから、よっぽどのことに違いない。

「いえ、ドレインドライアードのことではありません。タクミの体調が心配で来たのです」

「おれが？　ハウリングのスキルを食らった件なら、別に後遺症はないぞ」

「そちらではなく……その、タクミは、戦闘後に状態異常になることがあるでしょう？　麻痺《まひ》や……その、発情状態と申しますか」

「…………」

……し、しまったーーー！

その設定、すっかり忘れてたよ！　そういえばそうだったね⁉

「あ、ああ。そうだな。今日は特にそういったことはないようだ。まぁ、たいした戦闘はしていなかったしな、うん」

腕を組みながら、もったいぶった口調で頷くおれ。しかし、背中は冷や汗でびっしょりだ。

い、いっけねー……そうだよ。おれ、ガゼルとフェリクスにはまだ、おれの持ってる呪刀の件は説明してないんだ。

つまりおれにとっては「刀を抜いて戦闘していない」＝「状態異常にならない」というのは自明の理だけれど、フェリクスにとってはそうではないわけで……

だからフェリクスは、おれがまた戦闘後の状態異常になってないかを心配して、わざわざ部屋を訪れてくれたのだ。

それなのに、自分で説明したことをすっかり忘れてトンチキな回答をしてしまったぜ……

もしかしてフェリクスに不自然に思われたかとちょっと心配になったが、むしろ彼はホッとしたような顔で「タクミが苦しい思いをしていなくてよかったです」と優しい微笑みを浮かべていた。

ほ、本当にフェリクスはいい奴だなぁ……それなのにおれって奴は、いつまで経っても隠し事ばっかりで……うう、かなりの罪悪感……

「あー……その、なんだ。せっかく来てくれたんだし、少し話でもしないか？　フェリクスがよければだが」

「いいのですか？」

せっかくおれを心配して来てくれたフェリクスをこのまま帰すのもどうかと思い、そんな提案をすると、フェリクスは顔をぱあっと輝かせた。

頭の上にゴールデンレトリバーの犬耳が見えるような気がする。

「お茶もなにも出せないんだが、それでよければ」

「かまいませんよ。貴方と共にいられるのであれば、他にはなにもいりません」

「っ……」

ど、どストレート……！

ガゼルもフェリクスも、こういう言葉をしれっと言えるの、本当にすごいよね！

日本人にはなかなか真似できないぜ。この前、屋敷に行った時のお風呂場でのガゼルも……って、しまった。

お風呂場でのことを思い返したら、ガゼルとのあれやこれやまで思い出してしまった……！

うわ、どうしよう。フェリクスの顔が見られないかも。し、しかも……考えてみれば、ガゼルと二人っきりで最後までしたのって、あれが初めてだったような……

浮気したわけじゃないんだけど、なんかすごく気まずいぜ……！

「タクミ？　どうかしましたか」

「いや、なんでもない。やっぱり下に行って、水かなにかもらってこようかと思っただけだ」

ぎこちなく視線を外すおれを見て、訝《いぶか》しげな表情になるフェリクス。

そして、ずい、とおれに身を寄せて顔を覗き込んできた。

「タクミ……やはり、具合がよろしくないのでは？」

「え？」

「また無理をしているのでしょう。貴方はいつも、自分からはなにも言ってくださらないから……」

フェリクスが心配した様子で、視線を合わせてじっと見つめてくる。

澄んだ紫水晶の瞳に間近で見つめられ、少しどぎまぎしながら、おれはやんわりとフェリクスの腕に触れて首を横に振った。

「おれは大丈夫だ。本当に、今日はなにも悪いところはないぞ」

「貴方はどんなに体調がよくない時でも、大丈夫だ、と仰《おっしゃ》るではないですか」

し、信頼がないな、おれ！

いやでも確かに、発情状態の時は、大丈夫だから放っておいてくれ、とか言ってる気がする。

フェリクスの疑念ももっともだった。

「フェリクス、本当に、おれは今日はなにもな——フェリクス？」

触れているフェリクスの前腕を、ゆっくりと押し返したところで、ふいにフェリクスが顔を歪《ゆが》めて「っ、」と小さな声を漏らした。

おれは驚いて手を離す。

そして、すぐに彼のシャツの袖をめくり上げた。

すると、あらわになったそこは、青紫色に変色していた。

なにかにぶつけたのだろうか？　折れているわけではないようだが、見た目にかなり痛々しい。

ぎょっと目を見開くおれに、フェリクスはばつの悪そうな表情になる。

「どうしたんだ、これ？　それにポーションは持ってるだろう、どうして治さないんだ？」

「いえ、その……触れなければ痛みはありませんから。それに、王都から離れたここではポーションにも限りがありますし、ひとまず明日まで様子を見ようかと思いまして」

「………」

おれは部屋の片隅に置いてあった自分の鞄《かばん》に手を入れた。

そして、そこに入っていた騎士団支給のポーションを手に取り、フェリクスに渡す。

「タクミ、私は大丈夫です。強く触らない限りは痛みもありませんし、動くのに支障はありませんから」

「いいから飲んでくれ、フェリクス。頼むから」

「……分かりました」

フェリクスは少し迷うようなそぶりを見せたが、それでも最終的にはその小瓶の中身を一息に飲み干した。彼の前腕がほんのり淡く光を放った後、まるで逆再生の映像のように、青痣がみるみるうちに癒えていく。

すっかりきれいになったフェリクスの腕に、おれはそっと手を伸ばして触れた。

「他に痛むところはないか？」

「大丈夫ですよ。ありがとうございます」

にっこりと優しく微笑むフェリクスに、ホッと安堵の息をつく。

それにしても、フェリクスがこんな怪我をするなんて珍しい。

おれがこの世界に来てからというもの、彼がこんなに目立つ怪我をしたのを見たことがない。

恐らくは今日のドレインドライアードとの戦いで負ったものなのだろうが、フェリクスが攻撃を食らっているところなんて見なかったのに。一体いつ――あ。

「もしかして、その怪我……おれを庇《かば》った時か？」

「っ！」

フェリクスがわずかに目を見開いた。

その表情に、おれはがくりと肩を落とす。

やっぱりか。おれがハウリングのスキルを食らって行動不能になった時――ハウリングの影響で気付かなかったが、フェリクスはあの時、触手による攻撃を受けてしまっていたのだ。

「……おれのせいだな、すまない」

おれが『チェンジ・ザ・ワールド』でのドレインドライアードのことを思い出せていれば……！

まさかエリクサーが効かないなんて予想していなかったけれど、その前提が狂った時点で、もっと考えを巡らせるべきだったのだ。

そのせいでハウリングをもろに食らって足手まといになった挙句、フェリクスに怪我までさせてしまうなんて……うう、自分が情けない……

フェリクスの顔が見られず俯いていると、ふいに、身体をぐいと引き寄せられた。

フェリクスがおれを自分の胸元に引き寄せ、抱きしめたのだ。

「フェリクス？」

「そんな風に自分を責めないでください、タクミ。むしろ、今日は貴方のおかげで助かりました。まさかドレインドライアードがハウリングを使うとは予想していませんでした。あの時、貴方が声をあげてくれたおかげで、誰一人死ななくて済んだのです」

「いや……おれが悪いんだ。もっとよく考えておくべきだった……完全におれの油断だ」

「それを言うなら、私を含む団員全員に驕《おご》りがありました。エリクサーが効かない可能性を考慮した作戦も事前に考えておくべきでした」

「だが」

フェリクスの言葉を否定しようと口を開く。

だが、それを遮るようにして、フェリクスがおれを抱きしめる腕の力をぎゅっと強めた。

おかげで、おれの顔にますますフェリクスの胸板が密着する。フェリクスは素肌にそのままシャツを羽織っているようで、布越しに熱い肌の存在を感じ、ちょっとどきっとしてしまう。

「いつだって、貴方は自分を責めてばかりですね。でも、この程度の傷は本当にどうってことないのですよ。騎士見習い時代は、全身がこれよりももっとひどい痣だらけでしたし、あばらだって折れたことがあります」

「……想像つかないな。フェリクスがそんなになるなんて」

おれが苦笑いを浮かべながらそう言うと、フェリクスは昔を思い出したのか、「ふふ」と笑い声を零した。そして、掌でおれの背中をゆっくりと撫でながら言葉を続ける。

「それに、これは私にとっては名誉の負傷です。ですから貴方が気に病むことはなにもありません」

「名誉の負傷？」

騎士団の任務で負った傷だからってこと？

フェリクスは腕の力を少し緩めると、首を傾げるおれの顔を覗き込み、その掌で優しく頬を包み込んだ。

「貴方のために負った傷ですから、私にとっては名誉の証です。いつも貴方は一人で無茶ばかりしますからね……今日は貴方を守ることができて、本当によかった」

瞳を細めておれを見つめるフェリクス。

だが、おれが彼の手を押しのけて首を横に振ると、彼は驚いて眉を上げた。

「タクミ？」

「そんなことを言わないでくれ、フェリクス。おれは……おれのために、なんて……おれは本当に、フェリクスにそんな風に思ってもらえるような上等な人間じゃないんだ」

フェリクスの優しさが過ぎて、もはや罪悪感で圧死できそう！

っていうか、おれ、フェリクスに守ってもらってばかりだし！　以前のドレインフラワーとの戦いの時も、メヌエヌ市防衛戦の時も、フェリクスがいなかったらとっくにあの世行きだったよ……！

それにこの前の、魔王がおれを勧誘しに来た時だって、ガゼルもフェリクスもおれを必死で守ろうとしてくれて……

……あの時は本当に、二人が殺されちゃうんじゃないかと思ってめちゃくちゃ怖かったな……ちょっと泣いちゃったし。あ、やべ。思い出したらまた涙が。

「タ、タクミ？　な、泣いているのですか？」

途端に、フェリクスがおろおろと困ったような声をあげた。

中途半端な位置で手を右往左往させる。

「っ……いや、すまない。つい、この前のことを思い出した」

「この前？」

「魔王に二人が殺されそうになった時だ」

おれは目元を手の甲でごしごしと擦《こす》り、フェリクスから視線を逸らしたまま言葉を続ける。

「あの時——魔王が二人を殺すんじゃないかと……二人を失うんじゃないかと思ったら、すごく怖かったんだ」

「タクミ……」

「だからフェリクス。おれのためになんて、そんな風に言わないでくれ。フェリクスが怪我をするくらいなら、おれは……！」

フェリクスが怪我をするくらいなら、今度からおれはなりふり構わず逃げるから！

そう言葉を続けようとした時、いきなりフェリクスが、がしりとおれの腕を掴んだ。

あれ、フェリクス？

きょとんとするおれをよそに、フェリクスがいささか強引な仕草でおれの腕を引いて、そのままベッドに投げ出される。背中からベッドに倒れ込んだおれが起き上がるよりも前に、フェリクスが上からのしかかってきた。

「……フェリクス？」

「タクミ……貴方は時折、ひどく残酷ですね」

「え」

フェリクスは下唇を噛みしめ、苦々しくおれを見下ろした。

彼からそんな言葉を言われたことは初めてで、おれはびっくりして彼を見上げる。

そして、ポカン状態のおれの頬に、フェリクスがそっと指先で触れてきた。

「貴方こそ、いつもいつも一人で矢面に立って、誰かの盾になって……傷を負うのを躊躇《ためら》わない貴方に、私がどのような気持ちでいるのかを知って、そのようなことを言うのですか」

「フェ、フェリクス……？」

フェリクスの顔には苦渋の色が浮かんでいる。初めて見る彼の表情に思わず息を呑んだ。

「それに、失うのが怖い、だなんて……」

頬に触れていたフェリクスの指が、つつ、と横に伝って、今度はおれの唇に触れてくる。

唇の輪郭をなぞるようにして触れる指先にどきりと心臓が高鳴る。

「貴方は元の世界に帰るおつもりなのでしょう？　ならば、永遠に貴方を失うのは、私のほうではないですか」

唇に触れた指が、今度はおれの眦《まなじり》へと移動した。

先ほど涙が零れたそこに、フェリクスの指がゆっくりと優しく触れてくる。

「それなのに、どうして……どうして、貴方がそんなことを言うのですか……！」

「ぁっ、フェリクスっ……！」

おれの顔に触れるのとは反対の手で、フェリクスがおれのシャツのボタンを性急な仕草で外し始めた。

強引に外されたボタンが一つ、シャツから弾けてベッドの上に飛んでいく。

この段階になって、ようやくおれはなんだかフェリクスの様子がおかしいことに気が付いたが、多分、それはあまりにも遅かった。

フェリクスを制止しようとしたおれの肩を掴みベッドに押し付けると、彼はおれに覆いかぶさるようにして口づけてきた。

「ふっ、ぅ……！」

唇を割り開いて、フェリクスの舌が口内に入ってくる。

ゆっくりと丁寧に歯列や顎裏《あごうら》をなぞってくる舌先に、ぞくぞくと背筋が粟立《あわだ》った。

「んっ!?」

キスと同時に、フェリクスの手がおれの上着とシャツを脱がせて、素肌に触れてくる。

少し温度の低い指がおれの脇腹や臍《へそ》に触れていく。外気と冷たい指先がするりとやわらかい皮膚を撫でていく感触に、思わずぶるりと震える。

そんなおれを、フェリクスは唇の端で少し笑った。

だが、彼はキスも指先も止めようとしない。むしろ、キスはますます角度の深いものになり、肌をなぞる指先は上に移動した。

体勢のせいで、フェリクスの唾液が舌を伝って口内に落ちてくる。おれの唾液と混ざり合い、溢れたそれは、唇の端から伝ってシーツに零れ落ちた。

「んぅ、ふっ……！」

気が付くと、フェリクスの指先はおれの胸に移動していた。

外気に触れて少し尖り始めたそこを、フェリクスは指で摘まみ、指の腹でくにくにと揉みこむ。

さすがにおれは慌てて顔を背け、フェリクスとのキスを強引に終わらせた。

「っ……ぷはっ！　フェリクスっ、どこ触って……！」

「おや。貴方だってここを弄《いじ》られるのは嫌いじゃないでしょう？」

ふふ、と揶揄《やゆ》するような含み笑いをするフェリクス。

「ほら、貴方のここは嬉しそうにしていますよ？　私の指の中で、硬くなってきたのがタクミにも分かるでしょう？」

「フェ、フェリクス……んぁっ！」

おれの必死の抗議も空しく、フェリクスは乳首を弄《いじ》る手を止めようとしない。

それどころか、右の乳首を指の腹で揉みしだきながら、左側の乳首を爪の先でカリカリと引っ掻いてきた。

「ぁっ、フェリクス……！　それ、やめっ……！」

「ふふ。タクミは別々の愛撫を同時にされると、すぐに可愛い声を出してくれますね」

にっこりと嬉しそうに微笑むフェリクスだが、対するおれはそれどころじゃない。

慌ててフェリクスに「やめ」とか「だ、だめだ」と涙目で伝えたのだが、何故か、彼はごくりと唾を呑み込んだ後に、ますます愛撫を強いものに変えてきた。

「ぁっ、んぅ、ぅ、フェリクスっ……！」

「ふふ……貴方が切羽詰まった声で私の名前を呼んでくれる瞬間が、一番好きです。可愛いですよ、タクミ」

いや、あの、おれの話聞いてるフェリクスさん⁉

やめてって言ってるんですけどね⁉

っていうか、さっきの話から察するに、どうやらフェリクスもガゼルと同じように、おれに元の世界に帰らないでほしいって思ってくれてたみたいだけど……って、ちょっ、フェリクスの舌が！

だ、だからそこ弄《いじ》るのやめてって言ってるのに……！

「ぁ、フェリクスっ……！　そこ、本当にだめなんだって……ひぅっ！」

おれの言葉に答えず、フェリクスは舌を這《は》わせた。

先ほどまでしなやかな指先で弄《いじ》られていた胸。今、その左の乳首にフェリクスの舌がぬるぬると絡みついている。

「っ、フェリクスっ……なんでそこばっかり……あぅっ！」

「もちろん、恥ずかしがる貴方が可愛いからですよ。それに……」

フェリクスは身体を起こしてくすりと笑うと、自分の足をおれの足の間に割り込ませた。

そして、膝でぐり、とおれの股間を押し上げる。

「んぁっ！」

「それに、貴方もここの刺激だけでずいぶんと感じていらっしゃるではないですか。胸だけで勃たせるなんて、本当に女の子みたいですね」

「ぁ、やだ、それっ、フェリクス……っ！」

フェリクスはおれがいやいやと首を横に振るのにもかかわらず、むしろ浮かべた笑みをいっそう深いものにすると、自分の膝をますます上に押し上げた。

そして、そのまま股間をズボン越しにぐりぐりと圧迫される。

「あっ、ひぁ、ん、あぁっ……！」

同時に、胸の上で硬くなっている乳首を指で攻められる。指の腹で乳輪を優しくなぞられたかと思えば、今度は爪先でカリカリと尖った先端を引っ掻かれ、そして今度は指で摘まれ上下に引っ張られる。

自然と口から甲高い声が漏れ出た。与えられる愛撫によってすっかり力が抜けてしまい、ベッドの上から逃げることもできない。

だが、それでもフェリクスは容赦がなかった。

気が付けば、いつの間にかフェリクスはおれの服をすっかりと脱がせていた。彼もまた、カーディガンを脱いでシャツのボタンを完全に開けている。

フェリクスは自分のシャツを床に投げ捨てながら、うっとりとした微笑を浮かべ、再びおれの胸に顔を寄せた。

「ぁ、フェリクスっ……」

ちゅっ、と音を立てて赤い唇に吸い付かれると、胸の上に痕が残った。

だが、一度だけでは終わらず、フェリクスはいくつもおれの身体にキスマークを散らす。

胸の上、心臓の真上。首筋、鎖骨の下、臍《へそ》の上、脇腹。

キスマークを刻まれるたび、こそばゆくてびくりと肩が跳ねた。

そんなおれを見て、フェリクスは満足げに瞳を細める。

「タクミは初めて触れた時から感じやすい身体をしていましたが……ふふ、最近はますます敏感になりましたね」

「っ……」

恥ずかしさに顔を横に背ける。

すると、それを咎めるように、再び股間を膝でぐりり、と押し上げられた。

「んあっ、っ、フェリクスっ……！」

だが、おれの制止を聞かず、フェリクスは再びおれの胸に頬を寄せてきた。

そして、硬く、赤いグミのように尖った乳首を口に含む。

「ッ、あぁっ！　ん、くぅっ……！」

しこった乳首を舌全体でねっとりと舐《ねぶ》ると、歯で挟み、ゆっくりと引っ張り上げた。

それと同時に、おれの股間を膝で小刻みに緩急をつけて押し上げる。おれの勃ち上がった陰茎はそのたびに、はしたなく透明な先走りを零してびくびくと脈打った。

「ひ、ぅっ！　ん、ぁっ……フェリクスっ、おれ、もうっ……！」

目尻から涙が零れる。

もう離してくれ、と懇願したつもりだった。

けれど、フェリクスはおれの言葉が耳に届いた瞬間、口に含んだ乳首を前歯でかりっと甘噛みした。

「ぁッ……んぁッ……あああぁアッ！」

瞬間、おれの陰茎からどくりと白濁液が吐き出された。

だが、それを恥ずかしいと思っている暇はなかった。

おれのそこがどくどくと精液を吐き出している間にも、フェリクスは口に含んだ乳首を唇で食《は》み、前歯で甘噛みを続けたからだ。

そこから更なる性感に呑み込まれ、甘い声がひっきりなしに零れた。

「やっ、フェリクスっ！　おれ、今、イってるから離しッ……んぁああッ！」

結局、射精をしている間、フェリクスが乳首を解放してくれることはなかった。理性が弾け、ぼろぼろと涙を流しながら身をよじらせる。

波が過ぎると、自分があまりに乱れすぎたことを自覚する。羞恥に襲われ、両腕で顔を覆ったまま、しばらくフェリクスの顔を見ることができなかった。

「……すみません。私はまたやりすぎてしまいましたね」

フェリクスの苦笑い交じりの言葉に、おれは顔を隠していた腕をゆるゆると下ろす。

すると、フェリクスはどこか寂しげにこちらを見下ろしていた。

うっ！

そ、その顔はかなり反則だろ……おれ、フェリクスのそういう表情に弱いんだよ……！

あーもう、そんな表情されたら、怒るに怒れないじゃん……

おれの錯覚だと分かっているけれど、フェリクスの頭の上に、しゅーんと垂れ下がっているゴールデンレトリバーの犬耳が見える……

言葉に詰まるおれに、フェリクスは悲しげに目を伏せた。

「……本当は分かっているのです。どんなに貴方の身体を快楽で染め上げようとも、痕を刻もうとも……豪華な屋敷を買って居場所を無理やり作ろうとも……そんなことで、本当に貴方を繋ぎとめることはできない」

「フェリクス……？」

おれを繋ぎとめるって……じゃあやっぱり、フェリクスもガゼルと同様に、おれに元の世界に戻ってほしくないと思ってくれてるんだ。

前回、ガゼルからは彼の考えをはっきりと聞けたけれど、フェリクスとはなかなか改まって話ができてなかったしな。

だからフェリクスの思いを聞くことができて嬉しい。

そんな気持ちを伝えようと思ったが、おれが言葉を発する前にフェリクスが話を続けた。

「タクミは、本当は送還儀式のことも気付いているのでしょう？　私もガゼル団長も、送還儀式の情報を調べるどころか……その情報をわざと貴方から遠ざけているということを」

はっ⁉　えっ、そ、そうなの⁉

初耳なんだけど⁉

「……いや、全然気付いていなかった。今、かなり驚いてる」

っていうか、え？　本当に？

ガゼルもフェリクスも、おれに元の世界に戻ってほしくないから、送還儀式の情報をおれに伏せるようにしてたってこと？　マ、マジで？

……そういや思い出してみれば、ガゼルもフェリクスも「難しいだろうが調べてみる」って言ったきりで、その後の調査がどうなったか全然話に出なかったな。

確かに客観的に見れば、あの時の二人は表面上こそ普段通りだったものの、かなり消極的な反応だったかもしれない。

思いがけない言葉にまじまじとフェリクスを見つめていると、彼は苦く笑った。

「ふふ、嘘が下手ですね。タクミは今まで、ガゼル団長にも私にも、送還儀式の調査の進捗《しんちょく》がどうなっているか、一度も尋ねてこられませんでした。初めから私たちの思惑を知っていたのでしょう？」

「………」

いや、あの。全然知りませんでしたし、本気で気が付いてませんでしたよ……？

その後の話がなにも出ないのも、「ガゼルもフェリクスも忙しいんだろうなぁ」と思ってあまり気にしてなかったよ……

気まずさに黙り込むおれをどう解釈したのだろうか。フェリクスはおれの上半身を抱きかかえるようにして起こすと、両腕を背中に回してぎゅうと抱きしめた。

「フェリクス？」

「お願いです。この世界に……私の傍にいてください、タクミ」

「っ！」

「その選択が、貴方から永遠に故郷と家族を奪うことだとは分かっています。それでも、私は貴方を失いたくない。貴方と共に生きたいと望んでしまうのです……！」

フェリクスの声は震えていた。

縋《すが》るような、苦しげな声音に、おれは驚いてフェリクスを見上げる。すると、切ない光を湛えた紫水晶の瞳と視線が合った。

一瞬、フェリクスが泣いているのかと思ったが、涙は浮かんでいなかった。だが、今にも泣き出しそうな表情だった。

「もしも、貴方を傷つけるものがあれば、それらは私がすべて遠ざけます。貴方が望むものがあれば、すべて差し上げます。だから、お願いです。どうか……！」

おれを抱きしめるフェリクスの腕の力がますます強くなる。

その腕の強さと、フェリクスの哀れな声音にどう答えていいか分からず、おれは視線をさ迷わせる。

「おれは……」

先日のガゼルの言葉を思い返す。

そして、フェリクスに告げられた言葉の意味を噛みしめた。

どうやら今までおれが気付かなかっただけで――二人はおれが思っている以上に、おれにこの世界に残ってほしいと望んでくれていたらしい。そのために、おれに嘘をつくほどに。

……残っても、いいのだろうか？

おれは――ある日、いきなりこの世界で生きていくことになって。元の世界に戻る方法なんてないだろうと思っていたから、そんな望みを抱いてはこなかった。

でも、魔王が自分の魔力をおれに譲渡してくれたことで、あとは送還儀式の手配さえできれば元の世界に戻れるという望みが出てきた。

けれど――そんな希望があるにもかかわらず、「元の世界に戻りたい」という気持ちが一度も湧いてこなかったのだ。「元の世界に戻らなければいけない」と漠然と思ったことはあるが、それは心からの望みというより、正体のない義務感のようなものだった。

「フェリクスは……」

「はい」

「……もしも、おれがこの世界に残るって決めたら……なにがあっても、ずっと一緒にいてくれるか？」

おれの言葉に、フェリクスの顔が喜びに輝いた。

だが、すぐに気を引き締めるように唇を噛みしめてこくりと頷く。

「無論です。むしろ貴方が嫌だと言っても、手放せそうにありません」

「本当に？　そんなことを言って、途中で愛想をつかさないだろうな？」

「そんなことはあり得ませんよ。逆に、私が愛想をつかされないように、貴方に誠心誠意尽くさねばと思っております」

「……先ほどの会話で思ったんだが、おれは、フェリクスが考えてるよりもかなり察しが悪くて鈍い男だぞ。他にも駄目なところばかりだ。だからおれは、自分がフェリクスにそこまで言ってもらえるほどの人間だとは思えない。それでも……んっ⁉」

最後まで言葉を続けることはできなかった。

フェリクスがおれの後頭部に掌を回し、口づけてきたからである。

重なる唇から吐き出される吐息は熱かったが、口内に侵入してきた舌はより熱かった。

フェリクスの舌は先ほどのキスよりも、いっそう積極的におれの舌に絡んでくる。

「んむっ……ふぅ、ぁ」

フェリクスのもう一方の手がするりとおれの下肢に伸ばされた。

そして先ほどおれの下腹部に零れた白濁液を指ですくうと、そのぬるついた液体をおれの後孔に塗り付けた。

「あっ、フェリクスっ、そこは……っ！」

「貴方が悪いのです。あんなに健気なことを言われては……さすがの私も抑えがきかなくなる」

フェリクスは再びおれをベッドに横たえると、片手でおれの膝を抱え上げて足を割り開かせた。

そして、おれの精液をまとってぬるついた指が、つぷり、と後孔の中に入り込んだ。

「んぁ、あぁっ！　ひっ、ぅ」

ちゅくちゅくと水音を立てて指が上下に蠢《うごめ》く。

「……相変わらず、可愛い声だ。本当に、貴方という人は私を煽《あお》るのがうまい」

「ぁ、んぅっ！　ぁ、フェリクス、そこっ……ひぁッ!?」

「ほら、タクミはここを弄《いじ》られるのが好きでしょう？　ふふ、分かりますか？　貴方の中は熱くぅねって、私の指を嬉しそうにきゅうきゅう締め付けていますよ」

「そ、そんなこと言わないでくれっ……ぁうっ、ッアあ！」

人差し指に続き、中指までもがゆっくりと後孔に埋められる。

フェリクスの言葉通り、おれのそこは二本の指を難なく受け入れ、ひくひくと絞り上げる。

しかも、おれの陰茎はまたもや頭を持ち上げ始めた。

おれは真っ赤になった顔を横に背けて、枕に押し付ける。

すると、頭上からフェリクスの忍び笑いが降ってきた。

「ふふっ、そんなに恥ずかしがらないでください、タクミ。私は嬉しいですよ？　貴方の身体が、私を求めてくださっている証なのですから」

「っ……でも、こんな、おればっかり……」

「貴方ばかりではありません。ほら、私のここも、こんなに熱くなっています」

フェリクスがおれの膝を押さえていた手を離すと、おれの手を取り、自分で膝裏を支え持つように誘導した。少しためらったが、しぶしぶとおれは自分の膝裏を抱える。

フェリクスは空いた手でズボンと下着をくつろげると、そこから自身の陰茎を取り出した。

確かに、長大なそれはすでに頭をもたげ、血管を浮き上がらせてどくどくと脈打っている。

そして、フェリクスはいきり立った陰茎をおれの股間にゴリ、と押し当てた。

「ひ、ぅっ」

おれの陰茎が零す先走りで、フェリクスの陰茎がぴちゃりと濡れる。

「分かりますか、タクミ？　私も貴方が欲しいのです。早く、貴方を私のものにしたい……」

「わ、分かった。分かったから……ァぁああッ！」

フェリクスが腰を動かすと、お互いの裏筋がぬるりと擦《こす》れ合った。熱く硬い彼自身が触れると、それだけでたとえようもなく気持ちよくて、身体の奥から勢いよく熱が溢れてくる。

どくんどくんと脈打つフェリクスの陰茎からも先走りが零れ、おれのモノを淫猥に濡らす。

「あっ、フェリクスっ！　これ、やだっ……ぁっ、んぁあッ！」

ぬるぬると陰茎同士が擦《こす》れ合う感覚は、指や掌で愛撫されるのとはまったく違った。フェリクスの陰茎がびくびくと震えるのが、おれのモノにダイレクトに伝わってくる。逆に、おれが愛撫されるたびにあさましく反応しているのも、彼には伝わっているはずだ。

「ああぁっ、んあッ、ふ、ぅッ……！」

後孔に埋められたフェリクスの指が、コリコリと中で膨れているしこりを引っ掻く。快感が背筋を駆け抜け、腰が跳ね上がった。

フェリクスの指は中でぐるりと円を描き、そして、穴を広げるようにくぱりと左右に広げられる。すると、おれの陰茎はとぷりとつゆを溢れさせて、フェリクスの陰茎をしとどに濡らした。

「ぁ、んぁっ、ぁあッ、ぁっ、フェリクスっ……！」

あまりの羞恥に涙目になったおれを見下ろし、フェリクスがうっとりと微笑んだ。

「ふふ……貴方は恥ずかしいことをされている時のほうが、ずっといい反応をしてくれますね」

そして、顔を寄せて、おれの目尻に浮かんだ雫を舌先でぺろりと舐め取る。

「羞恥心と快楽に翻弄《ほんろう》されている貴方を見るのはとてもたまらないですが……今日はこれぐらいにしておきましょう。……あまりおあずけが続くと、私が辛い」

ぷちゅり、と水音を立ててフェリクスがゆっくりと指を後孔から引き抜いた。愛撫によってぽっかりと開いたそこに、脈打つ肉棒をぐっと押し付ける。

おれの後孔が、我慢できないというように肉棒の先端にひくりと吸い付くのが自分でも分かってしまった。フェリクスは、おれの身体をかき抱き、ゆっくりと腰を進めた。

「ぁっ、あ……んぁッ、ぁッ――――！」

「くっ……！」

挿入の瞬間、フェリクスが顔を顰《しか》めて苦しげな声をあげた。

身体の力を抜かなければと思ったのだが、長大なそれが肉筒を圧迫し、その余裕を失った。

えらの張った肉棒がずちゅずちゅと肉襞を押し広げ、蹂躙してゆく。深いところまで犯され、おれは喘《あえ》いだ。

「ひっ、ァ！　ぁ、んぁああッ！」

「っ、タクミっ……！」

目に涙を浮かべ、フェリクスを見つめる。すると彼は、噛みつくようにおれの唇を貪り、中を容赦なく突き上げ始めた。

張りつめた亀頭が肉壁をごりごりと削り、最奥へと突き進んでいく。かと思えば、ずるずると肉棒が中から引き出されていき、抜かれる時にぷっくりと膨らんだしこりを雁首《かりくび》で引っ掛けるようにして擦《こす》られた。

「ぁアッ、んぁっ、ひ、ぁあッ！」

「タクミっ、タクミ……ッ！　愛しています、タクミっ！」

フェリクスがおれの名前を何度も呼んだ。

乞われるように名前を呼ばれると、胸がいっぱいになる。思わずおれは両腕を伸ばし、フェリクスの首に回した。

その合間にも、フェリクスは腰を上下に揺らして、おれの中を肉棒で抉《えぐ》り続ける。中の特に感じる場所を重点的に攻め立てられ、快楽に溺れ、頭の中が白く染め上げられていく。

「っ、タクミっ……！」

「ぁ、フェリクスっ……ぁっ……おれ、もうっ……！」

おれが切羽詰まった声をあげると、抽送がよりいっそう激しいものになる。

今や部屋の中には絶えず、肉同士がぶつかる音と、淫らな水音が響いていた。

そして、フェリクスはおれの最奥を肉棒で突き上げ、おれの身体を腕の中に閉じ込めるようにして、今までで一番力強く抱きしめた。

「アッ、あぁっ……んぁ、ぁあああッーーーーッ！」

「く、ぅッ……！」

おれが二度目の射精を迎えたと同時に、フェリクスもまた低い声を漏らしながら、おれの中にどくどくと白濁液を放った。

どろどろとした液体が自分の体内に注ぎ込まれるのを感じながら、おれはハァハァと荒い息を吐く。フェリクスも同様に肩で息をしていた。

しばらくおれたちは繋がり合ったまま、呼吸が整うまでお互いを抱きしめ合っていた。額を重ね合わせ、慈しむような口づけを何度も交わす。

「……すみません、タクミ。貴方にはまたもや無理をさせてしまいましたね」

なんとか普通に呼吸ができるようになった頃、フェリクスがぽつりと呟いた。

おれはゆるゆると両腕をフェリクスから離すと、苦い顔の彼を見つめ返した。

「申し訳ありません。先日、リオン団長との件で貴方に嫉妬心をぶつけてしまったことで、自省しようと努めてはいるのですが……」

……リオンとの件？　嫉妬？

え、なに？　フェリクスは、今度はなんの話をしてるの？

話の内容がおれにはさっぱりなんだけど……えーっと、リオンについて思い当たる話題というと。

「先日というと、リオン団長がガゼルを好きだっていう話か？」

「はい、そうです。リオン団長がガゼル団長を…………失礼、今なんと？」

頷きかけたフェリクスが、はたと止まり、おれをまじまじと見つめ返してきた。

おれは小首を傾げながら、先日の話を思い返す。

「リオンはガゼルが好きなんだろう？　あの時、木の下でフェリクスにそう言ってたもんな」

「…………」

何故かフェリクスがピシリと固まった。

「どうした、フェリクス？　どこか具合が悪いのか」

心配になって、石像のように硬直したままのフェリクスの顔をおろおろと覗き込む。

「だ、大丈夫です。どこも具合は悪くありません。それよりも、タクミ……今、貴方がなんと言ったのか、もう一度聞いてもよろしいですか？」

「ん？　リオンがガゼルを好きだって話か？」

「………まさかとは思いましたが、やはり私の聞き間違いではなかったのですね。あの、一体何故タクミはそのような結論に至ったのでしょうか？」

「え？　いや、だってリオン自身が言ってたじゃないか。リオンの好きな人は、黒翼騎士団にいる人物で、危険を顧《かえり》みずに自分から先陣を切っていくような人なんだろう？　その条件を満たしていて、なおかつリオンと親しい人物となると……これはもうガゼルしかいないじゃないか」

「……確かあの時、もしもリオン団長が想いを告白する日が来た時には、タクミは彼を応援すると言っていたと思うのですが……それは……」

「それは当然だろう。おれはリオンには個人的によくしてもらってるし、彼はいい人だ。確かに、ガゼルと親密な関係にあるおれがリオンを応援するのはおかしいかもしれないが……でも、リオンが真剣に告白するなら、友人として応援をしたいとは思ってるぞ」

「…………………ははは」

フェリクスはなんだか脱力したような様子で、乾いた笑みを浮かべた。

「フェリクス？　本当に大丈夫なのか？　やっぱりどこか具合が悪いんじゃ……」

「いえ、本当に大丈夫です。ただ、……自分がなんとも空回りをしていたのだなぁと思いまして……」

ふむ、空回りとな？

フェリクスもそんなことあるんだねー。おれなんかしょっちゅうだぜ！

「そうか。具合が悪いわけじゃないならよかった」

「……お気遣いありがとうございます。ちなみに、リオン団長の名誉のために訂正しておきますが、リオン団長が好意を抱いているのはガゼル団長ではありません。まったく別の人ですよ」

「なに？」

フェリクスの言葉に、信じられない気持ちで彼を見つめ返す。

だが、どうやら嘘をついている様子も、冗談を言っている様子でもない。

「そうなのか？　しかし、先ほどの条件を満たしていて、なおかつリオンと親しい黒翼騎士団の団員となると、もう他には該当者がいないと思うんだが」

「……タクミ、本当に思い至らないのですか？　あの、本当に？」

フェリクスは念押しするように、おれに何度も問いかけた。

ええ？　とは言っても、もうガゼル以外にリオン団長と親しい黒翼騎士団団員なんて……ハッ!?

そういえば——確かに該当者はもう一人いるじゃないか！

「っ！　ま、まさか、リオンはフェリクスのことが……!?」

「違います。どうしてそうなるのですか!?」

フェリクスは呆れた表情でそう言った。

彼はなかば、信じられないものを見るかのように、おれをまじまじと見つめてくる。

あれー？　だって本当に、ガゼルとフェリクス以外で、リオンが好きになるような人ってもう思い当たらないんだけどなぁ……？

「……ああ、そういえば、貴方は先ほど自分自身で言っていましたね……確かに、貴方はそういう人でした。私は貴方に好意を寄せる好敵手《ライバル》のことばかり気にかかって……貴方が自分への好意にとんでもなく疎い人なのだということをすっかり失念していましたよ」

「お、おう……？」

なんだか疲れた笑みを向けてくるフェリクス。

よ、よく分からないけどごめん？

でも、おれに好意を寄せる好敵手《ライバル》ってなんだ？　そりゃ、確かにおれの周りにいる人は、気さくに接してくれる優しい人ばかりだけれど……ん？

周りにいる人……？

……あーーーっ⁉

SIDE　黒翼騎士団副団長フェリクス

――タクミと出会って私は、胸を焦がすような劣情というものを、生まれて初めて知った。

また、自分は性に淡白な人間だと思っていたのだが、そうでなかったことも初めて分かった。

黒曜石のような瞳で真っ直ぐに見つめられるたび、胸の内から、途方もない愛情が湧いてくる。

それは、家族に抱く愛とはまた別種のものだった。

彼が微笑みかけてくれるだけで、温かな幸福感に満たされる。同時に、その微笑みを自分だけに向けてほしいと願ってしまう。

こんな気持ちは初めてだった。

そして——誰かをこんなに疎ましく、憎んだのも初めてのことだった。

——先日。タクミが訪れた香水屋で、ある少女に出会ったのだという。

その少女の特徴的な容姿と、その会話の内容から、タクミと同じ「異世界」からこの世界に来たのだろうということだった。

しかし、彼女はタクミが声をかけると逃げてしまったらしい。

タクミは彼女のことを気にかけ、そしてもう一度、その少女に会いたいと望んでいるようだった。

——その話を聞いた時、私はタクミからは見えない位置で自分の拳を握りしめていた。

自身の爪が食い込んだ掌にうっすらと血の滲んだ痕が残るほど、強く。

だが、そのことを決してタクミには悟らせないように、むしろ表面上は彼に協力的な態度を示した。

言葉にせずとも、ガゼル団長も私と同様に、その少女のことを疎ましい存在だと思ったようだ。

ガゼル団長もタクミに協力するそぶりを示しながら、その実、彼のことを香水屋から遠ざけるように取り計らった。

……先日の一件で、魔王から膨大な魔力を授かったタクミ。送還の儀式さえ整えば、彼はすぐにでも元の世界に戻ることができる。

だが、そんなことを許せるわけがない。

タクミから、元の世界に戻る送還儀式についての情報を調べてほしいと言われた時——私はいっそ彼を閉じ込めてしまおうかと思案した。

タクミが元の世界に戻るということは、私にとって、彼との永遠の別離を意味するのだ。

だから、無理やりにでも彼のことをベッドの上に鎖で繋ぎとめ、部屋に鍵をかけて、どこにも行かせないようにしてしまいたかった。

……だが、そんなことをすれば、きっともう彼は私に笑いかけてくれないだろう。

私は彼に憎まれたいわけではないし、彼に嫌われると考えただけで胸が張り裂けそうな心地になる。

だからせめて、タクミを香水屋から遠ざけた。送還儀式についての質問をやんわりとかわした。

タクミが少女のために行動しようとするたび、私は顔を合わせたことすらない少女のことを憎んだ。

その少女との邂逅《かいこう》のせいでタクミに里心がついたのではないかと焦燥感に苛《さいな》まれた。

だが——私の予想に反して、タクミは少女のことや送還儀式のことを、話題に出すことは一切なかった。

……しばらくしてから分かった。

タクミはきっと、初めから私のこの醜《みにく》い気持ちに気付いていたのだろう。

気付いていながらも、なにも言わなかったのだ。

「——嘘が下手ですね。タクミは今まで、ガゼル団長にも私にも、送還儀式の調査の進捗《しんちょく》がどうなっているか、一度も尋ねてこられませんでした。初めから私たちの思惑を知っていたのでしょう？」

ベッドの上で身体を重ねながら、思い切ってそのことを尋ねると、タクミは気まずげに黙り込んだ。

やはり、彼は私の汚い思惑を知っていたのだ。

彼の度量の広さに恐れ入ると同時に、自分の未熟さがとてつもなく恥ずかしくなる。

タクミは私の醜悪《しゅうあく》さに気付きながらも、それを責めることもなく、ありのままに受け止めてくれていたのだ。

なのに、私ときたらどうだろうか？

豪華な屋敷を買って彼の居場所を無理やり作り上げ、彼の欲している情報をわざと遠ざける——そんな卑怯な手ばかり使っている自分が、この実直な青年に果たして見合っているのだろうか？

いや、自問自答するまでもない。

思えば、自分は彼をここに繋ぎとめる手段を講じることに夢中で……まだ、真っ直ぐに自分の想いを彼にぶつけていなかった。

そんなことすらできない男が、彼に釣り合うはずもないのに。

「お願いです。この世界に……私の傍にいてください、タクミ」

覚悟を決め、私は思いが溢れるに任せて唇を開いた。

声はみっともなく震えていた。どんな計略を練った時も、これほど緊張したことはない。

「もしも、貴方を傷つけるものがあれば、それらは私がすべて遠ざけます。貴方が望むものがあれば、すべて差し上げます。だから、お願いです。どうか……！」

私の言葉を聞いたタクミは、しばらく無言だった。

その間、自分の心臓がばくばくとうるさかった。まるで断頭台に立つ罪人のような気持ちで、彼の唇が開くのを待つ。

「フェリクスは……」

「はい」

「もしも、おれがこの世界に残るって決めたら……なにがあっても、ずっと一緒にいてくれるか？」

しばらくしてから、タクミが迷うように告げた言葉を、私は奇跡ではないかと思った。

彼の肩を鷲掴みにして、今の言葉は本当かと詰め寄りたい気持ちに駆られたが、理性を総動員してその衝動をこらえる。

「無論です。むしろ貴方が嫌だと言っても、手放せそうにありません」

「本当に？　そんなことを言って、途中で愛想をつかさないだろうな？」

私の言葉に、困ったようにタクミが笑う。

そんなこと、天地がひっくり返ったとしてもあるわけがないのに。

「そんなことはあり得ませんよ。逆に、私が愛想をつかされないように、貴方に誠心誠意尽くさねばと思っております」

「……先ほどの会話で思ったんだが、おれは、フェリクスが考えてるよりもかなり察しが悪くて鈍い男だぞ。他にも駄目なところばかりだ。だからおれは、自分がフェリクスにそこまで言ってもらえるほどの人間だとは思えない。それでも……んっ⁉」

もう、耐えきれなかった。

彼のあまりにもいじらしい言葉に、思うまま彼の唇に自分のそれを重ねた。

その後は、タクミが恥ずかしがって抵抗するのもかまわず、彼の身体を貪った。

……というか、彼が羞恥で顔を赤くする様子や、目尻を涙で光らせながらこちらを見上げてくるのがとても愛らしくて、ついつい言葉や手技で虐《いじ》めぬいてしまった。

ちょっと反省しなければならない。

……ただ、残念ながら、タクミがこの世界に残るとはっきり約束をしてくれたわけではない。

だが、彼の気持ちはかなり揺れ動いているようだった。

先日、ガゼル団長がタクミと二人きりで会話をして情を交わした際も、元の世界へ帰還するという決意が揺れている様子だったと聞いている。

かつて、私とガゼル団長の間で、三人が揃っていない時には性行為には及ばない……という暗黙のルールがあった。

だが、タクミが元の世界に帰ることを阻止するために、そうしてもいられず、結局お互いこうして情を交わしてしまった。正直に言えば、ガゼル団長に先を越されてしまったことに対して口惜しい気持ちがないわけではないが……だが、今はタクミを私たちのもとに繫ぎとめることのほうが重要だ。

そして、あと一押しだ。

あと一押しで、彼は自分たちの手の中に堕ちてくる。

その瞬間まで、気を抜かないようにしなければならない。

そのためなら、どんな卑怯な手段でも使うし、彼の望むものなら愛情でも金銭でもなんでも捧げよう。

彼が願うなら、この命を捧げることだって惜しくはないのだから。

◇

――あくる日の朝。おれたち討伐部隊は、再びドレインドライアードの前にいた。

まだ太陽が昇ったばかりの森の中はうっすらと暗い。普段ならばこの時間は、鳥たちが囀《さえず》り始めている頃だろうが、奇妙なことに辺りは生き物が死に絶えたかのように、しんと静まり返っていた。

おれの隣で、フェリクスが神妙に呟く。

「――それにしても、一定の条件を満たさない限り攻撃が通らないモンスターとは……」

「ああ。聞いたことはないか？」

「申し訳ありません。私は寡聞《かぶん》にして存じませんでした」

「いや、おれもすぐに思い当たらなくて悪かった。まさか、ゲームのギミックそのままだとは……」

「げーむ、ですか？」

「あ、いや、なんでもない」

昨夜、おれはフェリクスとの会話で思い出したことがあった。

『チェンジ・ザ・ワールド』でドレインドライアードと戦った際には、物理攻撃も炎系魔法もきちんと通っていた。

だが、それだけでは駄目だったのだ。

ゲーム内での戦闘の際——ドレインドライアードの周囲には四つの樹木型のオブジェクトがあった。そして、そのオブジェクトを壊さない限り、ドレインドライアードに攻撃は通らないのだ。

……RPGではよくある仕掛けだ。

戦う前に両脇で浮遊している球体を壊さないと攻撃が弾かれるとか、そんな感じのありふれたギミックである。

だが、あまりにもよくあるギミックすぎて、おれは昨日その可能性を除外してしまっていた。

……というか、そんなゲームシステムが現実にもそのまま反映されているとは思わないだろ！

「——フェリクス副団長。予定通り、まずはこの周囲の木を我々で一気に伐採する、ということでいいのですね？」

黒翼騎士団の団員は、それぞれの配置についていた。

ドレインドライアードの周囲に生えている、青々とした木の前に一人ずつ団員が立っている。彼らは戦闘用の武器ではなく、手斧《ておの》を持っていた。

皆、固唾《かたず》を呑んでフェリクスを見つめている。

おれとフェリクスが立つのは、ドレインドライアードの真正面だ。昨日のように、ドレインドライアードが覚醒して攻撃態勢に入れば、真っ先におれたち二人が狙われるだろう。

フェリクスは質問を投げてきた団員にこくりと頷くと、心配げな視線をおれに向けた。だが、彼はおれの言葉を疑ってこのような顔をしているわけではない。純粋におれのことを心配してくれているのであった。

「フェリクス、おれのことなら大丈夫だ、昨日のように足手まといにはならないさ」

「……分かりました」

フェリクスが不承不承といった様子で頷く。

言葉とは裏腹に、納得がいってないというのが丸分かりだ。

……まぁ自分でもさ、おれのようなモヤシは後方に回ったほうがいいってのは分かってるよ。

っていうか、この場に立ってるだけでもプレッシャーが半端ないし！

でもさ、フェリクスが「なにかあった時に自分が団員の逃げる時間を稼げるように」って、この一番危ない位置に立つって言うんだもん……

フェリクスがそんな覚悟でいるのに、この作戦を立案したおれが後方に下がれるわけがない。

というかそもそも、おれの今回の役目は副団長補佐なんだ。フェリクスの補佐をするために来たんだから、一人だけ後方に配置してもらうわけにはいかない。

「では、タクミ。絶対に、私の傍を離れないでくださいね？」

「ああ、分かっている。なにがあってもフェリクスの傍にいるさ」

言われずとも、絶対にフェリクスから離れないぜ！

その思いを強くしてフェリクスに頷き返す。すると、彼は嬉しそうに唇を緩めた。

が、それは本当に一瞬のことだったので、もしかするとおれの見間違いだったのかもしれない。

おれがフェリクスの顔を見直した時には、彼は覚悟と戦意を固めた表情で、周囲の団員をぐるりと見回した。

「――では、皆！　まずは第一班が周囲の樹々を断ち切ります。タイミングを合わせるように！」

「「「――ハッ！」」」

フェリクスの掛け声に、皆いっせいに表情を引き締める。

そして――その時は訪れた。

「よし、始め！」

号令と共に、目の前の幹に、第一班の皆がいっせいに斧《おの》を入れる。

歴戦の騎士団員たちによって斧《おの》の鋭い一撃が樹々に繰り出されたことで、森の中には凄《すさ》まじい音が響いた。

初冬にもかかわらず、鮮やかな葉をつけていた樹木は、斧《おの》の衝撃を受けておれたちの頭上にバサバサと葉の雨を降らせた。

「――よし、次！」

さすがに一撃では幹を完全に折ることはかなわないようだが、そう太い木でもない。

あともう一度か二度で完全に折れるだろう。

フェリクスは間髪《かんはつ》を容《い》れずに団員たちに指示を出した。

すると、その時だった。

「オ……おぉオオォおおおぉ……！」

「っ……来たな、ドレインドライアード……」

その恐ろしい声に、皆、ごくりと唾を呑み込んだ。

だが、その顔に恐れはない。フェリクスもいたって冷静なままだ。

「皆、慌てないように！　打ち合わせ通り、自分の組になった相手は傍にいますね？　それでは一方は耳栓を！」

フェリクスの指示に従って、団員たちは決められていたペアのうち、一人だけが支給されていた耳栓をつける。

これはドレインドライアードのハウリングのスキルに対応するためだ。

ドレインドライアードのハウリングは、その咆哮《ほうこう》を聞いた相手を一定の確率で恐慌状態に陥《おちい》らせる。

そのため、騎士団は二人一組でペアを組み、片方の人間だけが耳栓をすることで対策とした。

咆哮《ほうこう》さえ聞こえなければ、ハウリングのスキルは恐ろしいものではない。

とはいえ、全員が耳栓をつけると今度は命令伝達に支障が出てしまうので、片方の人間だけとしたのだ。これならもう一方がハウリングにかかっても、相方がエリクサーを使って恐慌状態を解除することができる。

おれも皆と同じように耳栓をつけた。おれはフェリクスとのペアだからだ。

耳栓をつけると、一気に周囲の音が聞こえなくなる。

それでもすぐ近くにいるフェリクスの声だけは、彼が声を張り上げていることもあってか、くぐもった状態ながらも耳に届く。

「――よし！　では次は第二班、エリクサーを！」

フェリクスが声を張り上げると同時に、ハンドサインによって団員に指示を出した。

第一班は手斧《ておの》によって周囲の樹木を破壊し、見事木を切断することに成功している。フェリクスの指示によって、ドレインドライアードの周囲に配置された第二班がすかさずエリクサーを根に向けてまいた。

「オォおォ……おオおォおおオオぉ～～～～～！」

「おお、これは……！」

周囲の樹木がすべて折られた後、エリクサーを振りかけられたドレインドライアードの変化は顕著だった。

つやつやとしていた緑色の葉は、みるみるうちに萎《しお》れて枯れていく。

幹から生えていた女性の身体も同様に、どんどんと乾き、ひび割れていった。

昨日とは段違いの効きっぷりだ、やったぜ！

「おォ……オォおォ……」

美しい女性の姿をしていたドレインドライアードは、今や、精根尽き果てた老婆の姿へと変貌した。そんなドレインドライアードの幹に、周囲の樹木を片付け終えた第一班が、火炎瓶を放り投げる。パリンと音を立てて割れたそれは幹に次々と火を灯した。

続いて、第二班も剣を抜いて、次々にドレインドライアードへ切りかかる。

「オ、おぉオォ……おォォオォおおお！」

ゆっくりと顔を上げたドレインドライアードが、顔面に開いた空虚な二つの穴を、おれとフェリクスへと向けた。

瞳があれば、もしかするとおれたちを睨んでいたのかもしれない。

「オォおォおォおおお！」

ドレインドライアードは今までで一番激しい声をあげた。

悲鳴のようなそれは、耳栓をしているおれの耳にすらビリビリとした振動をともなって響いた。

だが、ハウリングのスキルは発動することはなかった。周囲を見渡すが、恐慌状態に陥《おちい》っているものはいない。

団員たちの絶え間ない攻撃のおかげで、ドレインドライアードがかなり弱っている証拠だった。

「オ……ぉおォオォぉおおおお！」

「っ、フェリクス！」

ドレインドライアードは最後の力を振り絞るようにして、ひときわ巨大な触手を持ち上げた。

そして、周囲に散開している団員たちへ向けて触手を振り下ろし、彼らを殴打しようとする。

だが——おれが声をかけるまでもなく、その攻撃が仲間に届くことはなかった。

流星のようなきらめきを放って振るわれた剣が、団員たちに伸ばされる触手をあっという間に両断していたからだ。

「オォっ……！」

「——往生際《おうじょうぎわ》が悪いですよ！」

触手を切り裂いたフェリクスは転身すると、続けて振るわれる触手を素早い身のこなしですり抜ける。そして、ドレインドライアードの懐《ふところ》に潜り込むと——地面を蹴り上げ、今や老婆と化した人体部分に向かって剣を突き刺した。

「オ、お……オ……！」

人間でいう心臓の真上に、鋭い刺突を食らったドレインドライアードは、喘《あえ》ぐような悲鳴を漏らした。だが、フェリクスは躊躇《ためら》うことなく、再び地面を蹴り上げると、ドレインドライアードに向けて斬撃を繰り出す。

「——ハァアッ！」

フェリクスの剣が、ドレインドライアードの首を断ち切った。

瞬間、ドレインドライアードがぴたりと硬直する。そして——

「……オ……ぉ……ぉオ……」

ドレインドライアードが、かぼそい声を最後にがくりと項垂れた。

残っていた触手も同様に力なく地面に落ちていく。

「っ、フェリクス！」

地面に膝をついて、肩で息をするフェリクスのもとに慌てて駆け寄る。先ほどの一撃は、フェリクスの全身全霊を込めたものだったのだろう。

つけていた耳栓を外し、フェリクスが立ち上がるのに肩を貸す。

「フェリクス……素晴らしい一撃だった。ドレインドライアードは討伐成功だ」

まだ息の荒いフェリクスの身体を支えながら、おれはドレインドライアードを見上げた。

フェリクスによってとどめを刺されたドレインドライアードは、最初に見た時の荘厳さをすっかり失い、今やただの巨大な枯れ木と化していた。

人体部分からはぱらぱらと乾いた木片が落ち続けており、鼻や唇の部分がすっかり欠けて、もはや顔の体《てい》を成していない。

幹や根からも水気が失われて、幹から伸びる巨大な触手もパキパキと音を立てて急速に乾き始めている。触手から生えていた葉も枯れて、はらはらとおれたちの頭上に降り落ちた。

フェリクスはドレインドライアードを見上げた後、ついで、隣にいるおれを見つめた。

おれはフェリクスに頷いてみせると、彼は誇らしげな笑みを浮かべた。

「――皆、よくやった！　私たちの勝利だ！」

フェリクスが周囲の団員をぐるりと見回して、右手を挙げて高らかに告げた。勝鬨《かちどき》を聞いた団員たちはわっと顔を輝かせると、お互いの身体を叩き合い、労い合う。

ドレインドライアードの討伐に、完全に成功したのはこれが国内初になるのだ。そのため、誰もが興奮した面持ちだった。

「タクミ……」

皆の様子を嬉しく思いながら眺めていると、フェリクスが囁《ささや》くようにおれの名前を呼んだ。

見上げると、フェリクスはうっすらと額に汗をかきながら、おれにやわらかな微笑を向けていた。

「貴方の助言のおかげです。本当に、ありがとうございます」

「なにを言うんだ。フェリクスこそ、最後の攻撃はとても素晴らしかった。それだけじゃない、誰一人怪我をせずに済んだのはフェリクスの采配のおかげだよ」

おれがそう言って彼を褒めると、フェリクスはちょっと照れくさそうに微笑んだ。

「ええ、死傷者を出さずに任務を達成できたことが、私も誇らしいです。それになにより……」

「それに？」

「初めて、タクミを守ることができました。貴方に怪我をさせないというのもそうですが……他人が傷ついても、貴方はとても悲しそうな顔をしますから。貴方を守りきることができたのが、なによりも誇らしいのです」

「っ……！」

薔薇《ばら》の蕾が綻《ほころ》ぶような笑みを向けられ、おれは自分の頬が熱くなるのを感じた。

……フェ、フェリクスったら、本当にどこまで男前なんだよ、もう！

っていうかその台詞《せりふ》だと、まるでおれに怪我をさせないために、自分から一人でドレインドライアードに突っ込んでいったように聞こえるんだけど……!?

……うーむ、その、なんだ。

先日のガゼルとの会話や、昨日のフェリクスとのあれやこれやで思ったけれど……おれ、自分が思っている以上に二人から大事に思われてたんだなぁ……

むしろなんで今まで気付かなかったんだろう、自分？

もしかして、おれって自分で思ってる以上に鈍い？

……ま、まぁ、それはともかくとして！

二人にあそこまで言わせたんだ。

今までおれは、元の世界に戻るということを漠然と考えているだけだったけれど——いい加減、きちんとここらで答えを出さないといけないよな。

おれだけじゃなく、二人のためにも。

◆

「いらっしゃいま……あれ、タクミさん？　お久しぶりです！」

扉を開けた先、おれを出迎えてくれたのはメガネっ子店員さんではなく、マルスくんだった。

彼はおれを見ると、顔をぱあっと輝かせて嬉しそうに笑う。

確かに彼の言う通り、前にこの香水屋、『イングリッド・パフューム』を訪れた時からだいぶ日が空いてしまっている。

「やあ、久しぶり。悪いな、ちょっと最近忙しくて、なかなか来られなかったんだ」

「そうでしたか。でも、タクミさんがお元気そうでよかったです」

ドレインドライアードの討伐を終えて、王都に帰還したのは昨日のことだ。

任務が無事に、そして大成功に終わったご褒美として、ドレインドライアード討伐隊のメンバーは今日から三日間の休養をもらうことができた。

そのため、おれはこの機会に香水屋を訪れることにしたのだ。

以前、ガゼルから、あの少女の目的を探るため、おれが香水屋に来るのは控えるようにと言われていたが、結局、あれから彼女はここに来ていない。

前回、団員が彼女に会った時の反応を考えても、三度目はないだろうと判断された。

なので、おれが香水屋に行っても、もう問題はないと許可をもらえたのだ。

「そういえば、聞きましたよ！　黒翼騎士団がドレインドライアードの完全討伐に成功したとか！」

「マルスくんも聞いてたか」

マルスくんが店の奥から、椅子を持ってきてくれたので、店のカウンターの横に置かれたそれにありがたく腰を下ろす。

再び店の奥に行ったマルスくんは、今度は湯気の立つ紅茶を持ってきた。そして、向かいに置かれた椅子に腰かけると、おれに紅茶を手渡してくれた。

紅茶にはジャムを入れてくれたようで、口に含むと、甘酸っぱい味と花の香りが一気に口の中に広がった。冷えた身体がホッと温まって、とても美味しい。

ここまで大通りを歩いてきたが王都はますます冷え込んでいる。この調子なら、二回目の降雪もすぐかもしれない。

「もしかして最近あまり顔をお見せにならなかったのは、タクミさんもその討伐隊に参加されていたからでしょうか？」

マルスくんが小首を傾げておれに尋ねてくる。

ドレインドライアードの討伐成功は、リッツハイムの国中でずいぶんと話題になっているようだ。この香水屋に来る前も、道を行く人たちはほとんど皆、その話をしていた。

そういえば昨日、ガゼルが苦笑しながら「もしかすると討伐成功を記念した祝賀会が王城で開かれるかもしれねェ。覚悟しておけよ、タクミ」なんて言ってたっけ。

王城で祝賀会かぁ。もしもそうなったら、緊張するけどちょっと楽しみだ。

「ああ、そうだ。とは言っても、おれはたいした働きはしてないんだがな」

「やっぱりそうだったんですね！　さすがタクミさんです、おめでとうございます」

にっこりと微笑を浮かべるマルスくん。

その笑みは可愛らしく、こうして見ても、彼があの魔王と同一人物だとはまったく思えない。

すると、マルスくんが不意にその笑みを陰らせた。

「本当は、義姉さんもいればよかったのですが……ちょうど材料の仕入れで出てまして、今日は夜中にならないと帰ってこないんです。タクミさんとちょうど入れ違いになってしまいましたね」

「そうか。おれも会いたかったが、間が悪かったな」

「そうですね。……タクミさんが来られたことを知ったら、義姉さんはとても残念がるでしょうね」

そう言うマルスくんは、言葉とは裏腹に、唇を緩めておかしそうに微笑んでいた。

きっと、メガネっ子店員さんが帰ってきたあとのことを想像しているのだろう。

その笑みは、本当に姉を思う弟のそれで、じんと胸が震えた。

いつ来ても、二人は本当に仲がいい。マルスくんの頭に生えている角がなければ、二人が本物の姉弟だと思う人もいるだろう。

しみじみと感動しながらマルスくんを見つめていると、マルスくんがおれの視線に気付き、やわらかく笑った。

「僕、タクミさんには感謝しています」

「おれに？」

「はい。ここに来られたのも……こんな僕に新しい家族ができたのも、ぜんぶ、タクミさんのおかげですから」

そう穏やかに語るマルスくんの顔はとても大人びていて、どきりとしてしまう。

一瞬、魔王――大人になった彼がダブって見えたのだ。

なんだかいたたまれなくなって、おれはマルスくんから少し顔を逸らした。

……おれがガゼルとフェリクスに言ってここに来るのを許してもらったのも、今日、マルスくんに会いたかったからだ。

マルスくん——魔王はかつておれに、自身の持つ魔力をほとんど譲渡してくれた。とはいえ、その魔力を有している実感はおれにはまったくないのだけれど……

でも、彼は意識を失う間際までおれのことを案じてくれていた。

だから——もしもおれが元の世界に戻らず、この世界に残ることを決めた場合、魔王はなんと言うだろうかと思ったのだ。

……もしかすると怒られたり、がっかりさせたりしてしまうだろうか。

それが気がかりで、だからこそ今日、マルスくんに会いにこの店にやってきた。

とはいえ、そんな心中を打ち明けてもマルスくんは困ってしまうだろう。これはおれの胸の内に秘めておくべきことだ。

「おれはたいしたことはしていないぞ。戸籍や養子縁組の手続きは、全部ガゼルとフェリクスがやってくれたんだしな」

「いえ、そういうことではなく……っ」

「マルスくん？」

マルスくんが急に、辛そうに顔を歪《ゆが》めながら頭を両手で押さえた。

おれは慌てて椅子から立ち上がる。

「どうした？　頭が痛むのか？」

「っ……すみません。最近、時々こうなるんです……」

膝をかがめて頭を押さえるマルスくんの背中に手を当てる。

すると、服越しに触れたそこはびっくりするぐらい熱を持っていた。

誰か人を呼ぼうかと思ったが、生憎《あいにく》、今日はメガネっ子店員さんは店にはいないのだ。医者を呼んでこようかと思うが、マルスくんを一人きりにするのも躊躇《ためら》われる。

ど、どうしよう……!?

大通りに出て、誰かに代わりに医者を呼んできてもらうか？

それともその人にマルスくんを見てもらえばいいのか？

マルスくんの背中を擦《さす》りながら逡巡《しゅんじゅん》するおれだったが、その時、店の入り口の扉がガチャリと開く音がした。

おお、よかった！　どうやらお客さんが来てくれたらしい！

よし、その人には申し訳ないが、おれが医者を呼んでくる間にマルスくんを見てもらおう。

そう思って振り返ったおれは、はっと息を呑んだ。

店に新たに来たその客は、今日は臙脂《えんじ》色のワンピースの上に温かそうな厚手の外套《がいとう》を羽織っていた。

店の入り口で外套《がいとう》のフードを取ると、そこから零れたのはつややかな髪だった。

日の光に透けたところは明るい茶色に見えるが、間違いなく、おれと同じ黒髪の持ち主である。

「――あら？　その子、どうかしたの？」

そう。訪れたのは――前回この店で出会った、おれと同じ『異世界人』たる少女だった。

「その子、具合でも悪いの？　大丈夫？」

頭を抱えて小さく呻き声をあげているマルスくんに気付いた少女は、心配げな顔でこちらに歩いてきた。

おれは呆気に取られて彼女を見つめる。

う——嘘だろ、まさかこのタイミングで!?

まさかこんな時に彼女がこの店にもう一度来るなんて……！

「よかったら人を呼んできましょうか？　あ、でも私、病院がどこにあるか知らないんだった」

「——いや、いい。それには及ばん」

少女の問いかけに答えたのは、おれではなくマルスくんだった。

だが、その声音は少年のそれではなく、一段低い声だった。しかも、喋り方も普段のマルスくんのものではない。

むしろ、マルスくんの前の——彼が魔王であった時の口調に近かった。

「マ、マルスくん？」

ぎょっとしておれはマルスくんの肩を掴み、彼の顔を覗き込む。

マルスくんはぼんやりとしていたが、おれと視線が交わると、次第に目に光を取り戻した。そして、不思議そうにおれを見つめる。

「あれ、タクミさん？　どうかしましたか？」

「……覚えてないのか？　今、マルスくんが頭痛がすると言いだして……かなり具合が悪そうだったぞ」

「ああ、そういえばそうでした。ご心配をおかけしてすみません。でも、今はもう大丈夫です」

「そうか？　あんまりしんどいようなら、医者を呼んでくるが……」

「それには及びません。今は本当にすっかり大丈夫ですから。多分、ここ最近、王都が急に冷え込んだせいでしょう」

「本当本当、最近すごく寒いよね！　気圧の変化のせいで、私も最近頭痛気味でさー」

マルスくんの言葉に、何故か少女が相槌《あいづち》を打つ。

うーん……大丈夫かなぁ。さっきのマルスくんの苦しみっぷりは、並大抵のものではなさそうだったけれど……

「それはそうと、お姉さんはこの前もこのお店に来られた方ですよね？　今日はどういったご用件でしょうか」

おれの心配をよそに、マルスくんはすっかりいつもの調子を取り戻した様子だった。

そして、少しだけ棘《とげ》のある口調で少女に問いかける。

初めて来店した際に、義姉であるメガネっ子店員さんを困らせた件で、少女のことをあまりよく思ってないのが分かった。

「うっ……ま、前のことは私も今は悪かったと思ってるわよ……あの時は頭に血が上ってたんだもの……」

マルスくんの言葉にしょぼんと肩を落とす少女。

その落ち込みように、マルスくんはいささか拍子抜けしたようだ。

「……そういえば、今日はあの女の子はいないの？」

少女が気を取り直したように、キョロキョロと辺りを見回す。

その様子に、再びマルスくんの表情が警戒し張りつめたものへと変わった。そんな彼を目線でそっと制し、おれは少女に向き直る。

「彼女なら今日は留守にしているぞ。あの子になにか用ならおれが聞こう」

「あら。そういえば、貴方の顔……どこかで見覚えが……」

少女は小首を傾げて、こちらを見つめる。何故か今日は逃げ出そうとしない。

もしかすると、服のせいだろうか？　前回、彼女に会った時、おれは騎士団の隊服を着ていたが、今日のおれは私服だ。だからおれを騎士団員と認識していないのかもしれない。

「おれはタクミだ。君に会うのは二回目だが……」

「ふぅん。そうだっけ？」

「ああ、そうだ」

が、そこでぷっつりと会話が終わってしまった。

え？　それだけ？

……おれの黒髪黒目を見ても、同じ日本人だって気付かないのか？

それとも他になにかの目的があるのか……？

「……あの。おれの容姿を見ても、なんとも思わないのか？　おれも君と同じ黒髪黒目なんだが」

おれのことなど意に介さない様子で、店内を物珍しそうに眺めている彼女に、おれは耐えきれず声をかけた。そんな自由奔放な彼女に、後ろのマルスくんはちょっと呆れている。

「え？　……あら、ほんとね！　なーんだ。この世界じゃ、黒髪黒目って珍しいって聞いてたけれどそうでもないのね。私以外にもいるんだ。それにしても、タクミって日本人っぽい名前ねぇ。あ、わたしの名前はハルカよ」

ええ、そういう反応？　もしかしてこれ、とぼけられてるのか？

いや、でも見た感じマジで素っぽいな……

「……いや、あの……おれはれっきとした日本人だ。君と同じ世界から来た……『チェンジ・ザ・ワールド』のプレイヤーの一人だ」

おれの言葉に、少女は目をぎょっと見開いた。

そして口をぱくぱくと開閉させておれを見つめた後、ずかずかとおれに詰め寄る。

「そ――それ、本当!?」

「ああ、本当だ。というか、この世界の住人だったらそもそも『チェンジ・ザ・ワールド』のことを持ち出すわけがないだろう」

「じゃ、じゃあ、あの眼鏡の女の子じゃなくて……貴方がこの世界を、原作の流れをめちゃくちゃに掻き回した張本人なのね!?」

思わず「今更!?」というツッコミを入れそうになるのをグッと堪える。

「ああ、そうだ。そのことについて文句があるなら甘んじて聞こう。だが、おれは自分が間違ったことをしたとは思っていない」

「っ……」

少女――ハルカちゃんは、おれの言葉に対してなにか言いたげに顔を顰《しか》める。

だがそれは一瞬のことで、すぐに唇を噛みしめ、勝気な瞳で真正面からおれを睨みつけた。

「……ふん。いいわ、そこまで言うなら聞いてもらおうじゃないの」

しばらくの沈黙の後、ハルカちゃんはおれにビシリと指を突き付けた。

「この国の状況を見るに――貴方が『チェンジ・ザ・ワールド』の知識を利用して、この国の人たちの運命を変えたことは間違いないわね？」

「ああ、さっき言った通りだ」

「ということは！　つまり貴方は――『チェンジ・ザ・ワールド』の主要なキャラクターと会ったことがあるってことよね⁉」

「うん？　ああ、まぁ……全員ではないが」

なんだろう？　話がなんだかおれの予想外の方向に行っているような……

小首を傾げたおれに、ハルカちゃんがずずいっと距離を詰めてきた。そして、おれの手を両手でぎゅうっと握りしめる。

その力強さたるや、本当に女の子の握力なのかと思ったほどだ。

「じゃあ、貴方にお願いがあるの！」

「お願い？」

「一度だけでいいから――私が、私の推しに会えるように協力して！　一生のお願いだから！」

「………はい？」

——その後、おれは香水屋の店の一角をお借りして、ハルカちゃんとしばらく話をした。

マルスくんがおれと彼女のために壁際に椅子を寄せてくれたのだ。そして、自分は店の奥に引っ込み、おれとハルカちゃんをわざわざ二人っきりにしてくれるという気遣いまで見せた。

マルスくんの気の利かせっぷりたるや、子供のそれとは思えない。なんていい子なんだろう……

ただ去り際に、マルスくんがおれにそっと「もしも彼女に襲われでもしたら大声をあげてください。すぐに飛んでいきますから」と耳打ちしたのが気になるけれど。

残念だが、マルスくんはやっぱりまだハルカちゃんのことを信用してないらしい。

まぁ、最初の出会いがあれだったもんなぁ……

さて、そのハルカちゃんだが——

「——でね!?　タクミさん、ちゃんと聞いてる!?　もうね、『チェンジ・ザ・ワールド』の世界に主人公として召喚されたかと思ったら、もうすべての危機的状況は終わってる状態だったのよ!?　普通、こういうのって召喚された人が主人公に成り代わるもんじゃないの!?」

マシンガントークでおれに愚痴を吐き出し続けていた。

「異世界に転移している時点で、普通もなにもないと思うが……」

「普通はそういうものなの！　……結局、私を召喚したのはメインキャラクターでもなんでもない人だから、私の推しには全然会えないし……！」

「そんなに会いたいのか？」

「当たり前よ！　……だって私もタクミさんも、もう二度と元の世界には戻れないのよ？　なら、せめて……この世界に来られてよかったって思うこと、なにか一つでも見つけたいじゃない……」

しょんぼりと肩を落とすハルカちゃん。

「……私、パパにもママにも二度と会えなくなるなんて思ってもみなかった……ペットのチーコだって……ぐすっ」

次第にハルカちゃんはぐすぐすと鼻をすすりながら、自分の目元を擦《こす》り始めた。

女の子が自分の隣で泣いているという状況に、おれはパニックになりかける。

少し逡巡《しゅんじゅん》した後、なんとか気を取り直してそっと彼女の背中を掌で擦《さす》った。

……それにしても、ハルカちゃんはおれとは違い、この世界に人為的に召喚されたのか？

一体、誰が、なんのために？

「それで……今日はどうしておれに会いに来たんだ？」

「タクミさんに会いに来たんじゃなくて、あのメガネの店員さんに会いに来たつもりだったんだけれど……ぐすっ。あの子にはちょっと悪いことをしたから謝ろうと思ったのと……あの子がもしも転移者か憑依《ひょうい》者なら、私の気持ちを分かってもらえるかなって思って……」

「なるほど」

ふむ。やっぱりハルカちゃんはそんなに悪い子ではないみたいだ。

よくも悪くも、裏表のない真っ直ぐな子である。

だが、だからこそいくつか疑問が残る。

「それなら、どうしておれが最初に声をかけた時……黒翼騎士団の人間が声をかけたら逃げ出したんだ？　騎士団に保護を求めようとは思わなかったのか？」

ハルカちゃんはおれの質問に困ったように俯く。

「えっと……今、私のことを保護してくれているのは貴族の方なんだけれど……その人はリッツハイムに住んでいる人じゃないの」

「そうなのか？」

「うん、隣の国のオステル国から来た貴族なんだって。その人が、森で一人ぼっちになっていた私を見つけて、保護をしてくれたの。私を召喚した人間は、何故かその場にはいなくて……ただ召喚儀式のための魔法陣が残されてたわ。だからきっと、偶然その方に見つけてもらえなかったら、私は森でモンスターにでも食べられてたと思う」

そう言って、自分の身体を両腕で抱きしめてぶるりと震えあがるハルカちゃん。

なるほど。オステル国の貴族がハルカちゃんを保護していたから、騎士団の情報網に引っかからなかったのか。

てっきり、リッツハイムの有力者のもとにいるのだとばかり考えていた。

「でね、その人が言ってくれたの。『君を元の世界に帰せるように、リッツハイムの王族に送還儀式を実行してもらえないか頼んでみる。だが、それはそれとして、君は自身の身分を証明するものをなにも持っておらず、また、リッツハイムへの入国手続きをとっていない人間だから、密入国者と疑われたらそれを否定できる術《すべ》がなにもない状態だ。すまないが、騎士団や私以外の貴族には関わらないように。声をかけられてもそれとなく離れてくれ』って……」

「ふむ、そういうことか」

なんと、世の中には親切な人がいるものだ。

ハルカちゃんを助けてくれたのが善人だったのは幸いだ！

……ただ、まだまだ不思議な部分もある。

その人は『リッツハイムの王族に送還儀式を実行してもらえないか頼んでみる』って言っていたそうだけれど――オステル国の貴族が、リッツハイムにそんな依頼をしているという話は聞いたこともない。

公式にそんな依頼があれば、話題になりそうなものだけれどなぁ？

なんらかの理由で秘密裏にその話が進められていたとしても、団長であるガゼルや、伯爵家の子息であるフェリクスの耳に情報が入りそうなものだけれど……

「……でも、あの人はそう仰《おっしゃ》ってくれたけれど……絶対に無理よね、元の世界に帰るなんて」

考え込むおれの隣で、再び、ハルカちゃんが悲しげにぽつりと呟いた。

「なんでそう思うんだ？」

「だって、『チェンジ・ザ・ワールド』でも主人公が元の世界に戻る時は、送還儀式とは別に、膨大な魔力を捧げることが必要だったでしょう？　よしんば送還儀式ができる状態になったとしても……シナリオ通りなら、送還儀式を行えるほどの膨大な魔力を持っているのって、召喚された主人公か魔王くらいだったじゃない！　でも、魔王は貴方が討伐したのよね？」

「討伐をしたわけじゃないが……今はもういないな」

「そうなると、私が元の世界に戻るための膨大な魔力を備えている人なんて、この国のどこにもいないことになるわ！　ほら、やっぱりどのみち無理じゃない！」

「それならおれが戻してあげるよ。おれ、魔王から魔力を譲《ゆず》り受けたんだ。それに、もうあっちに戻る気はないしな」

「え？」

ハルカちゃんがポカンとしておれを見つめる。

だが、おれもまた自分の告げた言葉に驚いていた。

あれ。今、おれ――無意識に「あっちに戻る気はない」って言った……よな。

「ま、魔王から魔力を譲《ゆず》り受けたって……え？　それに、元の世界に戻る気はないって、えっ!?」

「ああ、まぁ……その、こっちで色々あってな。とりあえず、そういうことになった」

「い、色々の部分を詳しく聞きたすぎるんだけど!?　っていうか、え？　本当に――本当に私、あっちの世界に戻れるの？　ママとパパに、もう一度会えるの……？」

泣き止んでいたハルカちゃんが、再びその瞳を潤ませておれを見つめた。

おれは彼女の肩に優しく触れて、ゆっくりと頷く。

「ああ、大丈夫だ。おれが必ず元の世界に戻してやる」

「っ……！」

ハルカちゃんの大きな焦茶色の瞳からぽろぽろと涙が零れる。

ここまで、どれほど不安だったんだろう。この世界にいきなり一人ぼっちで放り出されて……きっと最初に訪れた時、メガネっ子店員さんにあんなに激しい感情をぶつけたのは、鬱屈《うっくつ》した行き場のない感情が弾けてしまったからに違いない。

あの時のハルカちゃんは、メガネっ子店員さんを同郷の人間だと信じていたのだ。

メガネっ子店員さんなら自分の心細さを分かってくれるという思いが、心の中に少なからずあったのではないだろうか。

……おれとしても、魔王から譲《ゆず》り受けたもので、ハルカちゃんを元の世界に戻せるなら……彼にようやく申し訳が立つ。

彼が自分の命を振り絞ってまで渡してくれた魔力を、持ち腐れにする状況は心苦しかったのだ。

それに……これはおれの個人的な思いだけれど、おれが送還儀式の実行に魔力を捧げれば、ガゼルとフェリクスも安心してくれるんじゃないだろうか。

二人とも、おれが元の世界に戻っちゃうんじゃないかって心配してくれてたみたいだし。

だからハルカちゃんのために魔力を使って、おれが元の世界に戻ることがないと二人に覚悟を示せば――ようやく、おれも二人に胸を張って自分の思いが告げられる。

この世界で生きたい――二人の傍で、この先もずっと生きていたいって……

「……ありがとう、タクミさん……」

「お礼なんていいさ。むしろ、おれがお礼を言いたいぐらいなんだから。……ただ、魔力の都合はついても、肝心の送還儀式がおれのほうは目途がさっぱりついてなくてな」

「そうなの？　うーん……私も送還儀式のことはオッドレイ様に任せっぱなしなのよね……急かすのも悪い気がしてて」

「そうだよな。まぁ、おれもガゼルとフェリクスにもう一度――待て。今、なんて言った？」

「え？」

「オッドレイ様って……オステル国のバーナード・オッドレイ様か？」

おれの問いかけに、ハルカちゃんがぱっと明るい笑みを浮かべた。

「なーんだ！　知ってるの？」

「ああ。前に、黒翼騎士団が彼の護衛依頼を請け負ったことがある」

「ならよかった！　オッドレイ様はとってもいい人だもの。オッドレイ様と、タクミさんのいる黒翼騎士団に協力してもらったら、すぐに送還儀式について分かるわよね？」

安心しきった笑顔ではしゃぐハルカちゃん。

そうだな、と頷き返したものの、おれの胸の内は困惑でいっぱいだった。

まさか、オッドレイ様がハルカちゃんを保護していたとは……世間は狭いものだ。

しかし、ハルカちゃんの話だと、彼は最初からハルカちゃんが異世界から召喚されてきた人間だと知っていたってことだよな？

じゃあこの前、おれに話しかけてきたのも、ハルカちゃんと同郷の人間――異世界から来た人間かどうかを確かめるために、それとなく様子を窺《うかが》っていた、ということか？

「ハルカちゃん。よければ一度、おれもオッドレイ様と話をしてみたいんだが、取り次ぎを頼めるか？」

「もちろんいいわよ！」

ご機嫌な様子でにこにこと笑うハルカちゃん。

それだけ、元の世界に戻って家族に会えることが嬉しいんだろう。

「なんなら今から一緒に来る？　私、そろそろ戻らないといけないところだったから」

「いいのか？　急に行くのは迷惑じゃないかな」

「大丈夫だと思うわ。オッドレイ様が言うには、もうリッツハイムでの仕事は全部片付いてるんですって。でも、オステル国に帰らないのは個人的な目的があるからだって。だから最近はそんなに忙しくないみたい」

「そうなのか。で、オッドレイ様は今はどこに滞在してるんだ？」

ハルカちゃんから聞いた場所は、なんと、この前ガゼルとフェリクスが買った屋敷と同じ区画だった。

オッドレイ様はそこにある空き家を月単位で借りているそうだ。

「従者の方が馬車で迎えに来てくれる予定だから、タクミさんも一緒に来たらいいわ」

「馬車？」

「まだ地理に慣れない私のために、待ち合わせ場所に馬車がお迎えに来てくれることになってるの」

その言葉で合点《がてん》がいった。二回目にこの店にハルカちゃんが来た時、団員さんが見失ってしまったのは、ハルカちゃんが馬車に乗り込んだからだろう。

「マルスくん。おれは彼女の保護者に話をしに行ってくるけれど、本当に体調は大丈夫か？」

そうと決まれば、さっそくオッドレイ様に会いに行こう。おれはマルスくんに声をかけた。店の奥にいたマルスくんがぴょこりと顔を出す。

「僕はもう大丈夫です。タクミさんこそ、気を付けてくださいね」

「ああ、もちろん」

「そうだ。大丈夫だとは思いますが……これを持っていてもらっていいですか？」

「これは？」

マルスくんから受け取ったのは、おれの掌に収まるほどの、小さな袋だった。

鼻先を近づけると、ふわりとラベンダーに似た花の香りが漂う。

「匂い袋です。お守りですので、よければポケットにでも入れておいてください」

「わざわざおれのために作ってくれたのか？　ありがとう」

「い、いえ。それほどのことでも」

微笑んでお礼を言うと、マルスくんが頬をほんのりと赤らめた。

マルスくんの体調はまだちょっと心配だったけれど、血色は戻ったようだし、これなら平気そうだ。

それに、オッドレイ様の滞在先に行った後で、またここに様子を見に来てもいいしな。

「じゃあ行こうか、ハルカちゃん」

「うん！」

にっこりと笑ったハルカちゃんが、手に持っていた外套《がいとう》を羽織る。

おれもまた自身の外套《がいとう》を羽織った後、マルスくんからもらった小さな匂い袋をズボンのポケットにしまい込んだ。

二人で香水屋を出ると、外の空気は来た時よりもいくぶんか冷え込んでいた。吐く息は白く、本格的な冬の到来をますます感じさせる。

「……向こうの世界も、雪は降ったかなぁ……」

大通りを歩きながら、ハルカちゃんが寂しげに呟いた。

慰めようかと思ったが、結局、おれはなにも言わないまま、ただ黙って隣を歩く。

しばらくそうやって二人で並んで歩き続けたところで、大通りの一角に馬車が停止しているのが見えてきた。以前、黒翼騎士団の敷地内に停まっていたのと同じ豪奢《ごうしゃ》な装飾の馬車だ。

すると、その馬車の扉が開き、フロックコートを着た男性が道路に降りてこちらに駆け寄ってきた。

「――ハルカさん、遅いですよ！　約束の時間を過ぎていま……」

男性はハルカちゃんの隣に立つおれに気付くと、はたと口をつぐんだ。その後、まじまじとおれの顔を見つめる。

「貴方は……」

あ。この前、騎士団にオッドレイ様と一緒に来た人だ。

ピンク髪にピンク目の容姿が強烈だからすぐに分かったぞ。

……もしかして、向こうもおれのことが分かったかな？　オッドレイ様は、ハルカちゃんに「騎士団の人間には近づかないように」って言いつけていたようだし、おれが黒翼騎士団の人間だってバレると、まずいかもしれない。

背中に冷や汗をかきながら、表情はなんとか平静を保つ。すると、ピンク髪の男性はハルカちゃんに顔を向けた。

「ハルカさん、こちらの方は？」

「え、ええっとね。そこの香水屋で偶然行き会って、仲良くなったの。ねぇ、お屋敷に一緒に行ってもいいかしら？」

ハルカちゃんの言葉に、ピンク髪の従者さんがもう一度おれの顔を見つめた。

まるでおれのことを値踏みするかのような、はたまた真意を探るような、疑わしげな視線だ。

そ、そうだよね。会っていきなり屋敷に連れていってくれなんて言われて、そう簡単に頷けるわけが……

「分かりました、いいでしょう」

えっ、いいの？

「よかった！　じゃあタクミさん、馬車に乗って！」

「ああ、いえ。ハルカさんは先に乗っていてください。貴方は少し、こちらへ」

従者さんに言われてハルカちゃんは「はーい」と素直に頷くと、いそいそと馬車に乗り込んだ。

ちょっとうらやましい。今日はかなり冷え込んでいるので、おれも早く風に当たらない馬車に乗り込みたいものだ。

「すみませんが、少しこちらに来てもらってもいいでしょうか？」

「ああ、いいぞ」

従者さんに促されるまま、おれは馬車の横に移動する。ちょうど建物と馬車の車体の間に挟まる位置で、おれの立つ場所からは大通りもなにも見えなくなった。

なんだろうと首を傾げていると、従者さんはポケットからなにかを取り出した。

見れば、ガラス製の小瓶のようだ。従者さんが指先で蓋を外すと、噴射口が先端についていた。

なんだろう、香水かな？

不思議に思っていると、唐突に、彼はその噴射口をおれの顔に向けた。そして、顔面に向かってぷしゃりと液体を吹きかけられる。

「っ!?　けほっ、こほっ……！」

な、なに!?　馬車に乗る前の殺菌消毒ってこと!?

だからって顔にいきなりかけるのはやめて!?　せめてかける前に、なにか一言……あれ？

なんだ？　目が、あけて、いられない……おかしいな。かんがえが、まとまらない……

◆

「ん……？」

意識が浮上する。

だが、まだ頭の中がふわふわしている。全身がぽかぽかと温かくて、ずっとこのやわらかい布団の中でゴロゴロしていたい……

「ああ、起きてしまったか。睡眠香の効きが浅かったのかな……まぁ、意識があるほうが楽しめるか」

――が、聞きなれない声と、素肌に触れたヒヤリと冷たい手の感触に、意識が一気に覚醒した。

反射的にがばりと上半身を起こそうとする――が、それは叶わなかった。

見れば、おれは見知らぬ部屋のベッドの上にいた。おまけに両手首は手錠でひとまとめに拘束されて、頭上のヘッドボード部分に繋がれている。

えっ、なにこれ⁉

ぎょっとして腕を引くものの、手錠が外れる気配はない。

戸惑いながら、おれは目の前にいる男――バーナード・オッドレイを見た。

「……オッドレイ様。一体、これはなんの真似でしょうか？」

「オッドレイ様なんて、他人行儀な呼び方はやめてくれ。ぜひ、君にはバーナードと呼んでほしい、タクミ」

にっこりと微笑むオッドレイ様。しかし、まったく会話が成立していない。

な、なんだこれ？　一体どういう状況なんだ？

改めて室内にぐるりと視線を巡らす。……知らない部屋だ。部屋には窓がなく、ただベッドとクローゼットが壁際に置かれているのみで、他に家具はない。ドアの近くの壁に打ち付けられたフックに、上着と剣がかけられているが、あれは恐らく目の前のオッドレイ様のものだろう。

ただ、床に敷かれた絨毯《じゅうたん》の質のよさや、広々としたベッドの大きさを見る限りは、平民が住むような家ではない。

それにオッドレイ様がここにいるってことは……ここは、彼が滞在している屋敷の中なのか？

でも、だからってなんでおれがその屋敷のベッドに繋がれてるんだ？

しかもおれが着ていた外套《がいとう》や上着にズボン、呪刀が傍に見当たらない。おれは今、中に着ていたシャツ一枚と下着だけになっている。

最後の記憶を辿るに……おれはオッドレイ様の従者さんに、スプレーを吹きかけられた瞬間、意識が保っていられなくなりそのまま昏倒した。

状況から客観的に考えると……彼の従者がおれを無理やり眠らせてここに連れてきた、ってことだよな……？

あまりに予想外の状況に、おれはオッドレイ様を困惑して見つめる。

すると彼は、春の空のような瞳をきらきらさせながら「ほう」とため息を吐いた。

「ああ、やはり美しい……黒檀《こくたん》のような髪と瞳だ。それに、騎士団員にしてはずいぶんと肌もきめ細かい。私の期待以上だよ、タクミ」

「っ！」

オッドレイ様は恍惚《こうこつ》とした面持ちで、ベッドで仰向《あおむ》けになっているおれの身体にのしかかってきた。

そして、その分厚い手で無遠慮に上半身をまさぐってくる。シャツ越しとはいえ、一度しか会ったことのない男性にこんな風に触られるのはかなり気色が悪い。二の腕に一気に鳥肌が立つ。

「っ、オッドレイ！　本当になんの真似だ!?　それに、ハルカちゃんはどうした。あの子は無事だろうな!?」

もはやこの状況では敬語も敬称もいらないだろう。

おれは身体をよじってオッドレイの手を避けながら、彼を睨みつけた。

すると、オッドレイは唇を歪《ゆが》ませていやらしい笑みを浮かべた。最初に会った時の爽やかな雰囲気はまるでない。

「ああ、あの子か。安心してくれ、彼女なら別の部屋にいるさ。召喚した時は、期待外れの結果にガッカリしたが、こうして君を釣る餌《えさ》として活躍してくれたんだ。あの子には感謝しないとね」

「……召喚した、って……ハルカちゃんを？」

思いがけない言葉に目を丸くする。すると、オッドレイは面白くなさそうに鼻を鳴らした。

「ああ、誤解しないでくれ、タクミ。私はあんな小娘を召喚するつもりはなかったのだよ？　私が召喚したかったのは君だ」

「……おれだと？」

わ、わけが分からない。一体どういうこと？

オッドレイを困惑しながら睨むと、彼は過去の出来事を思い返すような遠い眼差しになる。

「本当は……君自身を手に入れたかったのだがね。だが、君に近づこうにも、君の所属している騎士団の団長や副団長に固くガードされてしまっていてねぇ。君を私のもとに招くどころか、会うことすら叶いやしない。どうしたものかと悩んでいた時、私は先祖が残した手記を手に入れたのだよ」

「先祖だと？」

「ああ。私の先祖はこのリッツハイム魔導王国が建国されるよりも前から、この大地に住んでいたんだよ。そして当時、この大地に蔓延《はびこ》るモンスターや邪《よこしま》なるものから民を守るために、召喚儀式を主導し、異世界から『救世主』を召喚したのだ」

「っ！」

魔王が召喚された時代のことだ……！

……でも、じゃあなんでオッドレイはオステル国の貴族なんだ？

先祖はリッツハイムの人だったんだよな？

「手記によれば、その『救世主』として召喚された男は、図々しくも戦時の手柄を自分一人のものだと言い立てて、建国王になると主張したそうだ。……確かに、彼の力は強大なものだったかもしれない。けれど、そもそも私の先祖たちが男を召喚してやらねば、彼はこの世界に来ることはなかったのだよ？　まったく、馬鹿げた主張だと思わないかい？」

「…………」

こ、この男、黙って聞いてれば……！　一体何様のつもりだよ！

魔王は別にこの世界に来たくて来たわけじゃない！　その挙句、最終的には自分の愛した人を殺されて……！

「そして無論、私のご先祖様はその愚かな主張をお認めにならなかった。彼と、彼の後ろ盾としてついた救世主派の豪族たちに、正々堂々と戦いを挑んだ」

……後ろ盾になった豪族たちに、戦いを挑んだ？　ちょっと待って。それじゃあ、まさかオッドレイの言ってるご先祖様ってのは……魔王の奥さんを暗殺した人たちか！

「……暗殺は、正々堂々とした戦いとは言えないと思うが」

「なに？」

し、しまった。ツッコミを入れないように我慢してたのに、あまりにもひどい話に耐えきれず口を挟んじゃったよ、もう！

「いや、なに。おれの聞いた話と、ずいぶんと齟齬《そご》があるようだと思ってな。おれが聞いた話じゃ、貴方のご先祖様は『救世主』とその奥方を暗殺しようとして……結果、奥方様だけが死亡したということだった」

「…………」

淡々と話すおれを、目を見開いて見つめるオッドレイ。

「そして、その『救世主』は恨みと悲しみで力を暴走させて、最終的に『魔王』と呼ばれる存在になったと。違うか？」

「……驚いた。君は、そんなことまで知っているんだね」

オッドレイはことさら悲しげな表情を作ると、ゆるゆると首を横に振った。

「だが、君はリッツハイム魔導王国の作った都合のいい物語しか聞いていないようだね。そもそも女が一人死ぬくらい、なんだというのかね？　戦場ではすべての命は男も女もないものさ」

「………………」

「さて、話を戻そうか。私のご先祖様は、勇猛果敢に『救世主』に戦いを挑んだが敗れた。その後、『救世主』は馬脚をあらわした――君の言う『魔王』だね。やはり私のご先祖様のお考えは正しかったのだ。その男は王になどなるべき人間ではなかった。無論、ご先祖様は彼がその正体を現した頃には、ちゃんと隣国であるオステル国へと逃げ延びていたのだがね」

……色々と驚くポイントが多すぎる。

まさか、この人のご先祖様が、魔王の奥さんを暗殺した人だったとは。

しかし、それならこの人がハルカちゃんを召喚するための召喚儀式の方法を知っていたのも納得だ。

ハルカちゃん自身は、自分がこのオッドレイに召喚されてこちらに来たのだとは気付いていないようだが……恐らくはこの男にいいように言いくるめられたのだろう。

「つまり、貴方の先祖が、召喚儀式の知識を残していたのか。それで、ハルカちゃんをこの世界に召喚したというんだな？」

「いや、それは違うんだ。さっきも言った通り、あんな小娘を召喚するつもりはなかった」

「……？」

んん？　また意味が分からなくなったぞ？

怪訝《けげん》に思っていると、オッドレイが陶然とした笑みを浮かべて、おれの頬に触れてきた。

指先が触れた瞬間、気持ち悪さに総毛立つ。

「言っただろう？　私はこのリッツハイムを訪れて……偶然に君を見かけた。その瞬間、君を私のものにしたくなった」

オッドレイの分厚い指がおれの頬や首筋をなぞってくる。

なんとか逃げようと手を思いっきり引っ張るが、手錠が全然外れない……！　くそっ！

「私は美しいものを保護し、傍に置いて、愛《め》でるのが趣味なんだ。そして、それが希少なら希少なほどいい。私の従者三人も皆、なかなか美しく、珍しい髪と目の色を持っているだろう？」

言われてみれば、オッドレイに付き従っていた三人の従者は、あまり見ない目と髪の色だった。

派手な色だなぁと思っていたが、まさかそんなことだとは思わず気にしていなかったよ。

おれからしたら、リッツハイムの国の人間はほとんど全員が珍しい髪と目の色なんだもん！

「人間をコレクションとは、趣味がいいとは言えないな」

「ふふ、なんだ。ヤキモチかい？」

嬉しそうに気色悪い笑みを浮かべるオッドレイに、全身に怖気が走る。

あー、もうやだ、この人！　今の台詞《せりふ》でどうしてそうなるかな⁉

「君に焦がれ、どうにか君のことを手に入れる手段がないかと考えた。君がよく行くという香水屋にも出向いたが、あそこの店員はなかなか君のことを教えてくれなくてねぇ……」

首筋をやわやわとなぞっていたオッドレイの指先が、今度は、おれのシャツに伸ばされた。そして、ほとんど引きちぎる勢いでシャツを剥《は》いでいく。

お、おい、このシャツ、かなり高いんだぞ⁉

っていうか、せっかくガゼルに買ってもらったやつなのに破くなよ！

「そんな時に……ご先祖様が残した手記を見つけたんだ。まさに天啓だったよ。見れば、その後に行われた召喚儀式で招かれた異世界人――『勇者』は、黒髪黒目の人間だったという。君も同じく異世界からやってきたのだとすぐに気が付いたよ。君のことを調べさせたが、出身国や血縁関係の情報が一切出てこなかったからね」

「……それじゃあ、まさか」

「ああ。君自身を手に入れられなければ、君と同じ黒髪黒目の青年を我が物にできないかと思い、召喚儀式を実行した」

非情な言葉とは正反対に、屈託《くったく》なく笑うオッドレイ。

だが、彼はその笑みを曇らせると、悲しげに眉を八の字にし、芝居がかった仕草で首を横に振った。

「ところが……召喚されたのは、君とは似ても似つかない、品性も知性もない猿みたいな女だった。しかも、髪も目の色もよく見れば黒色だが……ほとんど焦茶に近いじゃないか。私の失望がどれほどのものだったか、君に分かるかい？」

「っ、そんなくだらない理由で、あの子をこの世界に呼んだのか⁉」

とうとう我慢できず、おれはオッドレイを怒鳴りつけた。

「家族や友人と無理やり引き離されて、あの子がどんなに苦しい思いをしているか、あんたのほうこそ分かっているの……っ、ぐ⁉」

しかし、その言葉を言い切ることはできなかった。

オッドレイの振り上げた掌が、おれの頬をしたたかに打ったからだ。

「タクミ。いい子だから、あまり大きな声を出さないでくれたまえ」

聞き分けのない幼子に言い聞かせるようなゆったりとした口調で、オッドレイが告げる。

「一応、この部屋は奥まったところにあるが、防音はされてないんだ。すまないね。でも、可愛い声で囀《さえず》ってくれるのはもちろん大歓迎だよ」

ビリ、という音が響く。

おれの着ていたシャツが完全に破かれたのだ。

「でも、あの娘をとりあえず手元に置いたのは正解だったよ。香水屋のお嬢さんのことを吹き込んだのも正解だった。君があの店にだけはよく姿を現すことは聞いていたからね。あの店に娘を行かせれば、君が彼女に接触をはかるはずだと思ったんだ」

そしておれはまんまとこの男の策略にはまってしまったというわけだ……くそぅ！

「本当はそんな遠回りな真似は面倒だし、私の柄じゃないんだがね。けれど、黒翼騎士団の団長と副団長は、よっぽど君のことが大事らしい。護衛任務の時も君を一人きりにはさせなかったし、私を徹底的に遠ざけて……」

オッドレイは上半身裸になったおれを見て、にやりと口端を吊り上げた。

その品のない、いやらしい笑みに、思わず身体が硬直する。

ううっ……そうだ。確かガゼルからは、オッドレイに注意するように言われていたのに……！

で、でも！　おれが騎士団に帰らなければ、ガゼルとフェリクスがおれを捜しに来てくれるはずだ！　だから、それまでなんとか……って、ちょ⁉

な、なんでこの人、おれの下着も脱がせようとしてんの⁉

「な、なにをしている⁉」

「おやおや、恥ずかしがり屋さんだな。でも、私たちが繋がるにはこれは邪魔だからね」

「つ、つなが……は？」

オッドレイの言葉を理解するのを脳が拒否する。

え？　ま、まさかこの人……おれとそういう行為をする気なの⁉

驚きのあまり呆然とオッドレイを見上げる。ベッドにおれを繋いでいるのは、てっきりおれを逃がさないようにするためだけかと思っていたのだ。まさか、この男が自分を性的な対象として見ているとは欠片ほども思っていなかった。

まさか――ガゼルとフェリクス以外の人が、おれにそういう欲望を持つなんて、まったく思ってもみなかった……！

「なんだ。てっきり君はあのむさ苦しい男どものお手付きかと思ったのだが……ずいぶんと初心《うぶ》なんだね？　でも、そのほうが私の好みだよ」

オッドレイは瞳に情欲を宿し、無理やりに下着を引きずり下ろそうとする。

「初心《うぶ》な子の身体を開発していく時の楽しみったらないからね。ふふふ……大丈夫。すぐに、私のモノを悦んでしゃぶる淫乱に育ててあげようね」

「や、やめろ！」

おれはジタバタと足を暴れさせて、オッドレイの顔面に蹴りをくらわせようとした。だが、オッドレイにあっさり避けられてしまう。

「タクミ、大人しくするんだ。足まで縛られたいのかい？」

「大人しくできるわけないだろう！　大体、こんな風に無理やり身体を繋げても、それで本当に誰かを手に入れることはできないぞ！」

「なら、あの子がどうなってもいいのかな？」

オッドレイの言葉に、おれはぴたりと固まった。

そんなおれを見下ろして、オッドレイは満足げに目を細める。

「そうそう、いい子だね。……君の身体に傷をつけるつもりはないが、あの小娘は別だ。それに、私は召喚儀式だけではなく、送還儀式の術式も持っている。あの子を五体満足で、ちゃんと元の世界に戻してあげたいのなら……ふふ、分かるだろう？」

「っ、卑怯《ひきょう》な……！」

ち、ちくしょう……！

この世界に来て、こんなに嫌悪感が湧いた男はこいつが初めてだ！

ぎり、と歯を食いしばり、オッドレイを睨みつける。

しかし、オッドレイは抵抗をしなくなったおれに気分をよくしたようだ。にんまりと頷くと、おれの足から下着を取り去り、足の間に手を伸ばしてきた。

オッドレイの指が、そこに触れる寸前――思わず、おれの口から二人の名前が零れた。

「……ガゼル、フェリクスっ……」

ぎゅっと目をつぶる。そうしないと罪悪感と嫌悪感で涙が零れてしまいそうだった。そして、こんな男に涙を見られたくはなかった。

視界を閉ざしたおれの耳に、オッドレイのはぁはぁと荒い息づかいがいやに近く聞こえる。そして同時に、なにかがパリンと割れる音が響いた。

「……なんだ？」

ついで、ドアの向こうから誰かが怒鳴るような声が聞こえてきた。

ふっと身体が軽くなる。どうやら、おれの上にのしかかっていたオッドレイが身体を起こしたようだ。恐る恐る目を開ければ、オッドレイは苛立ちをあらわにドアのほうを眺めていた。そして、舌打ちをするとベッドを下りてドアへ向かう。

「おい、静かにしろ！　今いいところなん――」

「オッドレイ様、お逃げください！」

扉を開けて不満げな表情でそう怒鳴ったオッドレイが「は？」と間抜けな声をあげた。

叫んだ声には聞き覚えがある。確か、ハルカちゃんを馬車で迎えに来たピンク髪の青年の声だ。

だが、その青年の姿を見ることは叶わなかった。

代わりに、ドアの向こうで「ぐっ、うっ!?」と呻き声が聞こえる。そして、それっきり青年の声は聞こえなくなった。

おれは慌てて顔を上げる。だが、両腕がヘッドボードに縛られている状態では上半身を起こすことはできず、一体なにが起こっているのかを見ることはできなかった。

「っ、まさか……一体どうしてここが……くそっ！」

オッドレイは悪態をつくと、壁にかけてあった剣を手に取った。だが、それを抜くよりも早く、部屋に飛び込んできた人物によって、その顔を思いっきり殴られた。

「ぐぅ、ぉっ……！」

獣の唸り声のような声をあげて、オッドレイが剣を取り落とす。

だが、次の瞬間にはオッドレイはベッドにいるおれの上に飛びかかってきた。必死の形相《ぎょうそう》のオッドレイにおれは慌てて逃れようとするも、手錠が邪魔をして動けない。

「――ぐベェッ!?」

だが、オッドレイの指がおれに触れる寸前――彼の巨体は吹き飛ばされた。部屋に飛び込んできた人物が、素早い動きでオッドレイの頬を再び殴りつけたからだ。

蛙《かえる》が潰れたような声をあげて、オッドレイは身体を壁にしたたかに打ちつけた。

「ぐっ、くぞっ……なんだ、貴様は！　一体どうしてここが……！　平民風情が、オステル国の貴族である私に一体どういうつもりだ！　私のタクミを返せ！」

「――――私のタクミ、だァ？」

オッドレイの怒鳴り声を聞いた人物は、怒りをあらわにして彼を見下ろした。そして、床に座り込むオッドレイの横っ面を、爪先で思いっきり蹴っ飛ばす。

「ぐっ、オあッ……！」

「あいつは、お前程度がものにできる男じゃねェよ。……なんせ、いまだに俺のものにすらなんねェんだ。お前なんぞに渡すかよ」

「ぐっ……ぅ……」

オッドレイは苦しげな声を一つあげて、どさりと床に倒れ伏した。どうやら意識を失ったようだ。

おれは信じられない気持ちで、部屋に入ってきた人物を見つめる。

「ガゼル……！」

「っ、タクミ！」

殺気と憎悪を込めた瞳でオッドレイを睨みつけていたガゼルだったが、おれの声を聞くと、ハッとしてこちらに駆け寄ってきた。

「タクミ！　大丈夫か⁉」

「あ、ああ……よくここが分かったな」

「お前の行った香水屋の……あの坊やが、騎士団に連絡を寄こしてくれてな。『黒髪黒目の少女が店を訪れた。その少女の保護者であるオステル国の貴族のバーナード・オッドレイという男のもとに向かうと話していましたが、妙にきな臭いものを感じる』ってな」

「マルスくんが？」

あれ？

でも、おれとハルカちゃんが話している時に、マルスくんは店の奥に行ってたよな？

どうしておれとハルカちゃんの会話の内容を知っているんだろう？

それに、おれがオッドレイのところに行ったことは分かっても、滞在先の屋敷の詳しい場所がこんなにすぐに分かったのは何故なんだ……？

「――ガゼル団長！　タクミは見つかりましたか⁉」

おれが首を傾げていると、部屋にもう一人、新たな人物が入ってきた。フェリクスである。

彼は珍しく息を切らし、額に汗を浮かべて青い顔をしていた。

そして、ベッドの上にいるおれに気が付くと、足をもつれさせながらガゼル以上の勢いでこちらに駆け寄ってくる。

「タクミ！　よかった、無事だったので――」

が、言葉の途中でフェリクスの顔が強張った。

その視線は、素っ裸に剥《む》かれたおれの身体、そしてベッドのヘッドボードに手錠で繋がれた手首に注がれている。

「…………」

フェリクスは無言のまま、額に青筋を浮かべた。

そして、くるりとおれとガゼルに背を向けると、その腰の剣を抜いてオッドレイのもとへ――って、待って待って待って⁉

「ガゼル、フェリクスを止めてくれ！」

「おい、フェリクス。気持ちは分かるがやめろ」

おれとガゼルが同時に声をあげた。フェリクスは振り返ると、納得がいかないというような苦々しい表情でガゼルに視線で訴えかける。

「しかし、ガゼル団長！　この卑劣《ひれつ》な男は、タクミを……！」

「フェリクス、おれなら大丈夫だから。な？」

全身から怒気を発するフェリクスに、声をかけて宥《なだ》める。

それでもフェリクスは殺気をあらわにしてオッドレイを睨みつけていたが、しばらくすると、肩の力を抜いて剣を収めた。

剣を鞘《さや》にしまう音に、おれとガゼルはホッと安堵の息を吐いた。

「タクミ、外れたぜ。……ああ、ちくしょう、ちょっと痕になっちまってんなァ。かわいそうに」

「ありがとう、ガゼル」

フェリクスがオッドレイのズボンをまさぐると、そこから手錠の鍵が出てきた。手錠を外してもらい、ようやくベッドから起き上がることができた。

見れば、ガゼルの言う通り、確かに手首には赤い擦《す》り傷が残ってしまっていた。

あー、無理やり引っ張ったからなぁ……って、そうだ！

「そうだ、ハルカちゃんは⁉　あの子がまだ……」

「安心してください、タクミ。彼女のもとにも白翼騎士団の救援部隊が向かっています」

「え、白翼騎士団が？」

「ええ。私たちのもとにあのマルス少年から連絡が来た時、ちょうどリオン団長が騎士団に来ていたのです。……タクミからの依頼で、黒髪黒目の少女について調査をしていたとか？　貴方がリオン団長にそんなことをお願いしていたとは、私はまったく知りませんでしたが、ええ」

「そ、そうだったか？」

やばい。

にっこりと満面の笑みを浮かべているフェリクスが、めちゃくちゃ怖い。

そ、そういえばリオンとオルトラン団長に、ハルカちゃんを捜していることを相談した件、ガゼルとフェリクスには言ってなかったっけ。

だらだらと冷や汗をかいていると、フェリクスがため息をついて、倒れたままのオッドレイに視線を移す。

「……以前、我々が護衛を依頼されていたオステル国の商人が、奴隷商人と入れ替わっていたことがありましたね。どうも、あの奴隷商人を手引きしたのはこの男だったようです」

「なに、そうなのか？」

「貴方の依頼を受けて、リオン団長が黒髪黒目の少女の調査をしたところ……一時期、このオッドレイが執拗《しつよう》に貴方のことを調べ回っていたことが分かったそうでして。そこから白翼騎士団が調査をして、この男が奴隷商人へ金銭的援助を行っていたことが判明したそうです。おそらくは先日のあの一件も、初めから貴方を攫《さら》うための奸計《かんけい》だったのでしょう」

「奴隷商人たちがやられても、お前を諦めきれずに、今度は自分が直接この国にやってきたってわけだ」

「そうだったのか……」

まさか、このオッドレイがあの時の奴隷商人たちのパトロンだったとは……

信じられない気持ちでオッドレイを見ていると、ふいに、肩になにか温かいものがかけられた。

見れば、ガゼルがベッドの上のシーツを手に取って身体にかけてくれている。

「ちょっと待ってろ。今、なにか代わりの服を持って来てやるからな」

「うん」

「悪かったな、来るのが遅くなっちまって。怖かっただろ？」

「ううん、大丈夫だ。二人がすぐに助けに来てくれたからな」

フェリクスがオッドレイを縛り上げているのを横目で見つつ、ガゼルの助けを借りてベッドから床に降り立ってシーツを身体に再び巻き付ける。

すると、扉の向こうからきゃあきゃあと場違いなくらいに明るい声が聞こえた。

「――ガ、ガゼル殿……タクミは無事か？」

「おう、リオン殿。ああ、タクミは無事だし、オッドレイのやつもこの通りだ。……そっちの嬢ちゃんは、一体どうしたんだ？　ケガでもしたのか」

会話をしているガゼルの背後から、おれはひょっこりと顔を覗かせてみる。

そこにいたのは先ほどの話にも出てきたリオンだった。そして、彼はその両腕に小柄な女の子を抱きかかえている。いわゆるお姫様抱っこというやつだ。

「リオンも来てくれてありがとう。その腕に抱いているのは……」

「あっ、タクミさん！　見て見て～！　私、今、推しにお姫様抱っこされてるの～～！　もうこのまま死んでもいい！」

そう言って、目にハートマークを浮かべてリオンの首筋にぎゅっと抱きつくハルカちゃん。

抱きつかれているリオンのみならず、ガゼルも困惑顔である。

「お、おう……とりあえず無事でなにより」

ああ。ハルカちゃんが『イングリッド・パフューム』で会いたがってた推しって、リオンだったんだなぁ……

ハルカちゃんが元気そうでよかったよ、色んな意味で。

◆

――その後、黒翼騎士団と白翼騎士団によって屋敷中が捜索された。

その結果、オッドレイが関与していたと思《おぼ》しき奴隷売買に関する記録や契約書が数多く見つかった。

オッドレイは留置場に身柄を移された。彼の従者や召使たちも同様だ。

オッドレイはオステル国の貴族だが、奴隷売買はオステル国でも禁止されているし、証拠は山ほど見つかっている。もはやオッドレイが罪を逃れることはできないだろう。

「ふう……」

なかば倒れこむような勢いで、どさりとソファに座る。

あー、もう、今日はほんっとうに疲れた……

このままこのふわふわソファで寝たい……

「タクミ……疲れているのは分かりますが、ここで眠ると風邪をひいてしまいますよ」

「ん……」

おれとガゼル、フェリクスの三人は捜索を終えて撤収をした後、二人が購入したあの赤煉瓦《あかれんが》の家に来ていた。

オッドレイの屋敷からだと、騎士団の隊舎よりもこの家のほうが近かったからだ。

家に到着すると、もう夜は遅かったが、使用人さんが離れからわざわざ出てきて出迎えてくれた。

「夕食や湯あみの準備が必要ですか」と尋ねられたが、その申し出はガゼルがやんわりと断って三人だけにしてもらった。

もう夜も遅いし、今回はおれたちがいきなり来たんだしね。

家に入ると、暖炉《だんろ》に火は入っていなかったが、応接室は寒くはなかった。

そして、おれは今、そんな応接室のソファに腰を下ろしてぐでーっとしているわけである。

「フェリクス、タクミを寝室まで運んでやったらどうだ？　おれは湯を沸かして持っていくからよ」

「ありがとうございます、ガゼル団長。では行きましょうか、タクミ」

「え？」

ソファの上でぼんやりとしていると、唐突にガゼルがそんなことを言った。

おれは慌ててソファから立ち上がろうとしたが、その前に、フェリクスがおれの背中と膝裏を両手で抱えて抱き上げていた。

って、これ、お姫様抱っこじゃないですか!?

さっき、ハルカちゃんがリオンにやってもらったやつ！

……あ、ちなみにハルカちゃんはもちろん騎士団が保護をしている。

彼女はリオンの傍から離れようとしなかったので、リオンが白翼騎士団の隊舎へ連れ帰った。

リオンはいささか……いや、かなり困惑気味だったけどね！

「フェ、フェリクス。自分で歩けるから下ろしてくれ」

おれがフェリクスに慌ててそう告げる間にも、フェリクスは素知らぬ顔でおれを抱き上げたまま応接室から廊下に出ていた。

「遠慮しないでください、タクミ。今夜は疲れたでしょう？」

「いや、疲れてはいるが自分で歩けないほどじゃ……」

「では、私がこうしたいからという理由では駄目ですか？　貴方にこうして触れて、貴方のことを感じていたいのです」

紫水晶色の瞳を切なげに揺らしながら、フェリクスがおれに顔を寄せた。そして、額と額をこつんと突き合わせる。

「本当に……貴方が無事でよかった」

「フェリクス……」

「貴方がベッドの上に縛り付けられているのを見た時は、一気に頭に血が上りました。もしも、貴方とガゼル団長が止めてくださらなければ……今頃私の剣は、あの卑劣《ひれつ》な男の血に濡れていたことでしょう」

フェリクスを止めることができて本当によかったと、今、つくづく思ったよ！

おれのために怒ってくれるのは嬉しいけれど、フェリクスが人を殺すところなんて見たくないよ！

「あんな奴のために、フェリクスが手を汚すことにならなくてよかった」

「……タクミは強いですね。私ももっと、貴方にふさわしくなれるように精進しなければ」

フェリクスが苦笑いを浮かべる。

ええ、そうかなー？

フェリクスとおれを比べて、フェリクスが劣るなんてこと、絶対にないと思うけどな。

逆のパターンならめちゃくちゃありそうだけどね！

「――なんだお前ら、こんなところで話し込んで。それとも邪魔したか？」

そんな風にフェリクスと話をしていたら、いつの間にか寝室のドアの前に到着していたらしい。

おれたちから遅れてやってきたガゼルが、湯気の立つ盥《たらい》を持って怪訝《けげん》そうな顔をしていた。

おれを抱きかかえているフェリクスに代わり、ガゼルが片手でドアを開ける。おれたちがやってきたのは、おれ用にあてがわれた寝室だった。

前回の訪問からしばらく日が空いているが、部屋の中はきれいに片付けられ、埃一つ落ちていない。

フェリクスはおれを抱き上げたままベッドの脇まで歩くと、ことさら丁寧な手つきでベッドの上に下ろしてくれた。

群青色の布の下がった天蓋付きのベッドとあいまって、本当にお姫様になった気分だぜ……

「ありがとうな、フェリクス」

「いいえ。今日はどうかゆっくり休んでくださいね」

フェリクスにお礼を言うと、彼はおれを労わるような優しい眼差しで微笑んでくれた。

「タクミ。風呂は明日でいいって言ってたけど、ちょっと身体拭いたほうがさっぱりするぞ」

「わざわざ持ってきてくれたのか。ありがとう」

ベッドの片隅に盥《たらい》を置いて、縁に腰かけたガゼルにもお礼を告げる。

すると、ガゼルがおれを見て眉根を寄せた。

「んー？　なんかお前、よく見ると左の頬が赤いな……それ、どうした？」

「ああ、たぶん、オッドレイに殴られた痕じゃないかな」

「……あいつに殴られたのか？」

途端に、部屋の温度が一気に下がった。

誰か冷房でもつけたのかと思って、思わず部屋の中をちらりと見回したほどだった。

だが、もちろんそんなことはない。

恐る恐る、ガゼルとフェリクスの表情を窺《うかが》う。

「……あの野郎……留置場に引き渡す前に、骨の三、四本ぐらい折っとくんだったな」

ガゼルがすうっと細めた金色の瞳は、まるで割れたガラスのように鋭い。触れれば切れそうな、そんな冷たい殺気を放っている。

「……あの時、それを聞いていなくてよかった。聞いていたら、ガゼル団長とタクミに止められていたとしても、私は自分を抑えきれた自信がありません」

フェリクスは完全な無表情だった。

抑揚のない平坦な口調が、いっそう恐怖を掻き立てる。

「ふ、二人のその気持ちだけで充分だ。それに、オッドレイはこれから法の裁きを受けるんだろう？」

やばい。このままだと、マジで二人ともオッドレイを殴りに行きそうな勢いだ。

えっと、えーっと……他になにか、ガゼルとフェリクスの意識を逸らす話題は……あっ、そうだ！

「そうだ。オッドレイといえば、ハルカちゃんのことはまだ話してないよな？」

藁《わら》にも縋《すが》る気持ちで、ハルカちゃんのことを話題に出した。

あの後、おれは二人に対してハルカちゃんがおれの同郷人であること、オッドレイがハルカちゃんを異世界から召喚したことは説明していたが、細部はまだ説明していなかった。

周りにリオンや、他の騎士団員がいたからだ。ガゼルとフェリクス以外にはおれが異世界から来た人間だということは秘密なので、そこら辺の細かい部分をまだ話すことができなかったのである。

「ああ、あのお嬢ちゃんか。黒髪黒目っつっても、言われなきゃ分からんくらいだな」

「そういえば、オッドレイはどうしてあの少女を召喚したのでしょうか？」

よかった。オッドレイのことから、二人の意識がちょっと逸れたみたいだ。

話題を変えられたことに安堵しながら、おれは二人に、オッドレイから聞いた内容を説明した。

彼が先祖の手記を発見し、召喚儀式の知識を手に入れたこと。彼は黒髪黒目の人間を手に入れたいと願い、それを基にしてハルカちゃんを召喚したこと。

そして――

「あの時、オッドレイが言ってたんだ。手記には召喚儀式と一緒に、送還儀式の方法も記載されていたらしい」

「…………へぇ」

「……そうなのですか」

「その手記を手に入れられれば、送還儀式が実行できるよな？　送還儀式に必要な魔力はおれが持っているんだから」

普通の召喚儀式は、向こうの世界からこちらの世界に人間を呼び出すためのもので、それを逆転させるには膨大な魔力がいる。だから『チェンジ・ザ・ワールド』の世界に召喚された主人公も、元の世界に帰還する方法はないと告げられた。

だが、おれは魔王から魔力を譲《ゆず》ってもらった。とうとう送還儀式に関する知識も手に入れた。

つまり――ハルカちゃんを元の世界に帰してあげることができるのだ！

なお、おれがもらった魔力は一度送還儀式を行えば消失してしまうらしい。

ちょっと惜しいけれど、しょうがないよな。一回ぐらい、魔法とか使ってみたかったけど。

「その手記はかなり大事なもののようだったし、おそらく、オッドレイは自国に置いたりはせずに、こちらに持ってきていると思う」

というか、そうでなければあんな取引をおれに言いだしはしなかったろうし。

それに確か、リッツハイムの土地じゃないと召喚儀式って実行できないんだよね？

だから、あの屋敷のどっかに手記が置いてあるんじゃないかと思うんだけれ……ど……

「…………」

「…………」

「……ガゼル、フェリクス？　どうかしたのか」

意気揚々と語ったおれに比べて、何故か二人の反応はイマイチだった。

「……タクミはその手記を手に入れたいんだな？」

「え？　ああ、もちろんだ」

「そして、送還儀式の方法を知って、それを実行したい、と仰《おっしゃ》るのですね……？」

「……そのつもり、なんだが」

え？　なに？

なんでこんな乗り気じゃない反応なの、二人とも？

……あっ!?　も、もしかして、おれが知らないだけで、送還儀式を行うのに必要なのって、魔力だけじゃないとか!?　なにか他に材料がいる感じ!?

困惑してガゼルとフェリクスを見つめる。

対して、二人はお互いに目配せを交わした。そして、無言のまま頷き合う。

あ、あのー……？　お二人さん？

二人だけで分かり合ってないで、できれば、おれも話に入れてほしいんですけれど……？

「タクミ……」

どうしたものかと思っていると、不意に、ガゼルがおれの肩を掴んだ。そして、ベッドの上にそのままぽすんと押し倒される。

……うん？

「ガゼル？」

「悪いが、俺はお前の言うことには協力できねェ」

ガゼルは一瞬、苦々しく顔を歪《ゆが》めたが、それはすぐに掻き消えた。

そして、なにか決意を宿した表情で、シーツの上に散ったおれの髪の一房をそっと指ですくう。

「俺は前に言ったよな？　俺はお前が嫌だって言っても、絶対にお前を元の世界に帰すつもりなんてない」

……ん、んんん？

あれ、おかしいな。なんでおれが元の世界に帰るって話に？

「タクミ、私もガゼル団長と同じ思いです。申し訳ありませんが……それだけは協力できません」

ぎしりと軋《きし》む音のするほうを見れば、フェリクスもまたベッドの上に乗り、おれの顔を覗き込んでいた。彼もまたどこか悲しげな、けれど覚悟を決めた表情である。そして、その指先をおれのシャツのボタンにかけた。

「貴方が故郷に帰りたいと思う気持ちは、私とガゼル団長も理解できます。ですが、それでも……私たちは貴方を手放せないのです」

「そういうわけだ、タクミ。悪いが、ちょっと休憩はお預けだ。俺たちがどれほどお前を必要としてるか……お前が理解できるまで、今夜は眠れないと思えよ？」

「い、いや、あの……二人とも？」

な、なにこの雰囲気？

もしかして、二人になんか致命的な誤解をされてない!?

「――二人とも、少し待ってくれ。多分、なにか誤解を……んっ⁉」

しかし、おれの言葉は覆いかぶさってきたガゼルの唇によって塞がれ、遮られた。

ぬるりと割って入った舌は顎裏をくすぐってきたかと思えば、舌のやわらかい部分や、歯列をぬるぬるとなぞる。

「んっ、ふっ……！」

話を聞いてほしくて、ガゼルの肩を両手で押しのけようとするも、のしかかる彼の分厚い身体はびくともしない。それどころか、ガゼルは抵抗するおれの手首を掴むと、それをあっさりと引き剥《は》がしてシーツの上に縫いとめてしまう。

「ぁ、ふ、んぅっ……」

ガゼルはおれの手首をひとまとめにして片手で押さえつけると、もう一方の手でおれのズボンや下着をどんどん剥《は》ぎ取ってしまう。

しかも、横に座っているフェリクスまで手を伸ばして、おれの着ているシャツを、ほとんど破くような勢いで脱がせ始めた。

ガゼルとのキスが終わった頃には、おれはすっかり裸に剝《む》かれ、ベッドには服であったモノが散乱している有様であった。

……なんか今日は服を破かれることが多い日だな⁉　なに、今日ってそういう運勢？

「あの男のところから持ってきた服なんざ、どうせいらないだろ？　今度また新しいのを見繕ってやるよ」

「休養日に三人で新しい服を見に行きましょうね。ああ、イーリスも誘ってもいいかもしれません」

な、なんでおれの服を二人が見立てることが決定しているんですかね？

いや、気持ちは嬉しいんだけどね!?

気持ちは嬉しいんだけど、二人の笑顔がなんか妙に迫力があって怖いというか……！

あっ、ちょっ、フェリクスさん!?

「ほら、タクミ。私にもキスをさせてください」

「っ、フェリクス……ん、ぅむっ！」

ベッドの上で仰向《あおむ》けになっていたおれの身体を起こすと、今度はフェリクスが口づけてきた。

ガゼルとのキスでかなり息も絶え絶えだったのに、矢継ぎ早に与えられる深いキスに頭がぼうっとしてくる。

しかも、ガゼルとフェリクスでキスのやり方も全然違うからなおさらだ。

ガゼルは、まるで口内を蹂躙するようなキスをした。いたるところを舌で愛撫されて、もう彼に触れられていないところはないんじゃないかと思うくらいだった。

対して、フェリクスのキスは、唇を蕩《とろ》けさせるようだ。口内への愛撫よりも、おれの舌に積極的に自分の舌を絡ませてくる。

「ぁ、ふっ……んぅっ!?」

「最初に比べると、本当にどこもかしこも感度がよくなったな」

フェリクスとのキスに夢中になっていたところで、おれの胸に快感が奔《はし》った。

見れば、いつの間にかガゼルがおれの背後に移動していた。彼はおれの脇から両手を前に回し、その節くれだった指で両の乳首を摘まんでいた。

そして、ほんの少しかさついた指の腹で、ざりざりとその突起を弄《いじ》ってくる。

「アっ、ガゼルっ……そこ、やっ……」

「タクミ、もしもあの野郎に触られた部分があるなら言ってみな。二度と思い出せないように、上書きしてやるからよ」

「んぁっ、ぁっ、ちょっと待っ……ん、ぅッ！」

ガゼルはおれの身体を自分のほうに寄りかからせると、顔を寄せておれの耳の縁をぺろりと舌先で舐めた。その合間にも彼の指が尖り始めた乳首をくりくりと指で摘まみ、揉み込んでくる。

ぞくぞくしたものが背筋を駆け上がっていく。

「ガゼル、ちょっと待ってくれっ……あの男に触られたところなんてどこも……ひゃっ⁉」

慌てて正面を見る。そこではフェリクスがおれの両足を割り開いていた。そして、その指でおれの内腿をつつ……となぞる。

「本当ですか？　タクミのことですから、また私たちに気を遣っているのではないかと心配になります。……まぁ、たとえ貴方に触れておらずとも、私はあの男を許す気は一切ありませんが」

「ほ、本当だ。嘘なんか言ってないっ……ぁ、フェリクスっ、そこっ……んっ！」

「フェリクス、ちょっと体勢変えてやろうか。こっちのほうが触りやすいだろ」

そう言って、ガゼルがおれの身体をますます自分のほうに深くもたれさせた。そして、片手でおれの片足を持ち上げる。

「ああ、そうですね。ありがとうございます、ガゼル団長」

嬉しそうにガゼルにお礼を言うフェリクス。

二人とも、こんな時も息ピッタリですね!?

仲睦まじいのはけっこうだけど、頼むからちょっといったんおれの話を聞いてくれない!?

「ぁ、フェリクスっ、そんなとこっ……ひぅっ！」

「そうは言いますが、貴方のここは期待たっぷりのようですよ？」

フェリクスが妖しげに笑って視線で指し示したおれの陰茎は、彼の指摘通り、触れていないのにもかかわらず、ゆるく頭を持ち上げていた。

先ほど体勢を変えたせいで、正面にいるフェリクスからはおれのそこが完全に見えている。羞恥が込み上げ、頬が熱くなる。

「み、見ないでくれ、フェリクスっ……！」

「おや、貴方はまだ慣れないのですね。お互いの裸体なぞ、これまでも充分に見ていると思うのですが……」

「そこがタクミの可愛いところだろ？」

「ええ、まったく。だからこそ、もっと恥ずかしがるタクミを見たくなってしまいます」

「ぁ、ガゼルっ、そこ、やだって……！　ふァッ、ぁああッ……！」

ガゼルが背後からおれの耳を唇で食《は》みながら、爪で乳首の先をカリカリと引っ掻いてくる。

同時に、フェリクスの指がゆっくりと後孔に埋められた。

ぬるりと入り込んだ指先を難なく受け入れるそこを見て、フェリクスが満足げな微笑を浮かべる。

「ふふ、こちらも最初の頃と比べてすっかりやわらかくなりましたね。それに貴方の中も、指一本では足りないと言わんばかりに、私の指を締め付けてきますよ、タクミ？」

「ぁ、やっ、んぅっ……！」

中に挿入されたフェリクスの人差し指が、不意に、グッと肉壁の一部分を押し上げた。

そのまま、硬くなったしこりをグリグリと指で攻められると、そこから身体中に快感が奔《はし》った。

思わず、足の指がきゅうっと丸まる。

「やだ、フェリクス、そこばっかりっ……んぅッ！」

「そうですか？　タクミのここは、嫌だとは言ってないようですが」

フェリクスがやわらかく微笑しながら、おれのいきり勃った陰茎にフッと息を吹きかけた。

たったそれだけの刺激で、おれの陰茎からは白濁混じりの先走りがどろりと流れる。

「あアッ、ぁ……！」

「あー……この体勢だとタクミの可愛い顔が見られねェのがつまらんな」

苦しいぐらいの快楽に喘《あえ》いでいると、ガゼルが背後でそんなことを言った。だが、当のおれはもはやそれに答えを返す気力もない。

「そうですね……でもガゼル団長もこちらに来ますと、少し手狭になりますし……あ、そうだ。少しだけお待ちください」

何事かを考えていたフェリクスが、おれから離れるとベッドを下りて、部屋の隅へと歩いていく。

な、なに？　もしかしてやめてくれるのかな？

「これならどうでしょうか？」

「っ⁉」

フェリクスがなにを持ってきたのかと思えば、それは大きな姿見だった。

部屋の壁際に置いてあったそれをベッドの前に移動させたのである。

そして、ベッドの上では今なお、ガゼルによっておれは足を割り開かされているわけで……！

「〜〜ッ！　ガ、ガゼル、離してくれっ！　こ、こんなの……！」

「そうか？　俺は真っ赤になってるお前の可愛い顔が見られて満足だけどな。それに……」

鏡越しに、ガゼルがにやりと意地悪な笑みを浮かべておれを見つめる。

そして、その視線が鏡に映ったおれの股間に移動した。

「やらしくなってるお前のそこも、たっぷり見られるしなァ？」

「ッ……！」

熱い吐息をおれの耳に吹きかけながら、再びガゼルがおれの乳首を爪でカリッと引っ掻く。

正面の鏡を見ていたおれは、そこに映った自身の陰茎から、途端にトロリと先走りが零れたのを直視してしまった。

っ……ちょ、ちょっと待って！

これはマジで無理、本当に羞恥で死ぬ！

ベッドに戻ってきたフェリクスは、今度はおれの正面ではなく、ガゼルが足を割り開いているほうにずれて座った。

「ぁっ、フェリクスっ……！　こ、これはさすがに……んぁッ!?」

「そうは言いますが、貴方のここは先ほどよりもずいぶんと締まりがよくなりましたよ？　ふふ、それにこちらも、こんなに嬉しそうに蜜を零して……」

フェリクスは指を立てて再び後孔にちゅぷりと埋めながら言う。

「あっ、ぁアッ、ァああッ……ひっ、ぅ」

「ふふ、恥ずかしいですか？　でも、羞恥に悶《もだ》えながら快楽に翻弄《ほんろう》されている貴方の姿は、本当に可愛いです」

「ぁ、やだぁ、フェリクスっ……！」

フェリクスはまるでおれに見せつけるように、後孔に埋めた二本の指を広げた。

彼の指を受け入れて、ひくひくと蠢《うごめ》いている後孔が、真っ赤になった粘膜を鏡に映しだす。

見ていられなくなって、思わずぎゅっと目をつぶるも、その途端に背後のガゼルがおれのうなじにガリ、と歯を立てた。

そのまま、よく見ろ、と言わんばかりに皮膚を甘噛みされる。

「ぁ、んあっ、ぁああッ！」

「ほら、見ろよタクミ。お前の胸、俺が弄《いじ》ってやったらすぐにこんなになっちまって……」

そう言ってガゼルは、痛いくらいに腫《は》れ、勃起しきった乳首をぎゅっと摘まんだ。たとえようもない快感で全身が疼《うず》いて、おれは「あ、あっ」と嬌声を漏らす。

ガゼルは先ほど歯を当てたうなじに、今度はちゅっと音を立ててキスをした。

そのまま肩口や首筋、耳の裏に何度も何度も甘く口づける。

「こんなにはしたない身体じゃあ……もう自分で慰めるだけじゃ満足できないぜ。いくら女を抱いたって、物足りなくて疼《うず》いちまうだろうなァ」

「っ……」

「分かるだろ？　もうお前の身体は俺たちじゃなけりゃ、満足できねぇよ。だから……頼むから、帰るなんて言わないでくれよ」

「ぁ、ガゼル……」

らしくない、ガゼルの懇願するような声音に、どきりと胸が高鳴る。

なんと言っていいのか分からず、戸惑っていると、今度はフェリクスが顔を寄せてきた。

「私からもお願いです、タクミ……どうかここに残ると、言ってくださいませんか」

「っ、フェリクス……」

「貴方がどうしても元の世界に帰るというなら……無理やりにでも、貴方を私たちのもとに繋ぎとめるまでです。それでたとえ貴方に憎まれることになったとしても……私はもう、貴方がいなければ生きていけないのですから」

フェリクスもまた、普段とは異なり、有無を言わさない口調で告げた。

その紫水晶色の瞳には、どこか悲しげな、それでいて揺るぎない決意の光が灯っている。

フェリクスはおれの唇にそっと触れるだけのキスをした後、中に埋める指を激しく動かしてきた。

「ぁ、ァああッ！　ァ、やっ、フェリクスっ、ちょっと待っ……ひゃうっ！」

「ふふ、自分が私たちになにをされているか……ちゃんと鏡を見つめながら、イってくださいね」

「ほら、イけよ、タクミっ……！」

瞬間――ガゼルは抱えていたおれの片足を離すと、顎《あご》を掴んだ。

そして、背けようとしていたおれの顔を強制的に正面に向かせる。

そのせいで、二人の言葉通り、おれは自分の痴態をまざまざと見せつけられた。

「ぁッ、ああっ……ぁああああァッ！」

フェリクスの指を根元までくわえこみ、嬉しそうにひくついている後孔。ガゼルの指で摘まれて、ぷっくりと腫《は》れている乳首。

そして、触れられないまま、先端からどくどくと白濁液を放つ自身の陰茎。

「あっ……ぁ、ふ……っ」

射精を終えたおれの身体は、羞恥と快楽のあまり赤く染まっている。

くったりと身体を背後のガゼルに預けていると、彼がよしよしと頭を撫でてくれる。

正面にいるフェリクスはおれの右手を取ると、掌に自身の唇を押し当ててキスをした。

「っ、二人とも……ひゃっ⁉」

息も絶え絶えになりながら、なんとか言葉を紡ぐ――が、言い終えることはできなかった。

中に埋められたままのフェリクスの指が、再びくちゅくちゅと水音を立てて動かされたからだ。

「ぁッ、フェリクスっ、なにしてっ……んぅッ!?　ぁ、ガゼルっ……！」

慌ててフェリクスの手を掴もうとすると、それを止めるようにガゼルの指がまたもや乳首をくにくにと弄《いじ》り始める。

ちょっ、お二人さん!?

おれ、今イったばかりなんですけど!?

「おい、フェリクス。今度は場所代わろうぜ。やっぱり生でタクミの顔が見てェ」

「分かりました。ではこちらへ……」

「ま――待て、二人とも！　少しおれの話を聞いてくれ！」

このまま二人に流されたら、マジで死にかねない！

おれは必死で二人に訴えかけた。

「なんだよ。それとも、さっきの話を覆す気になったか？」

怪訝《けげん》そうなガゼルが、その指をおれの胸から外す。

フェリクスもまた、おれの後孔からゆっくりと指を引き抜いた。

……うう。二人の指は離れたというのに、胸とあそこがまだジンジンしてる……

しかも、ガゼルは背後からおれを抱えた体勢のままだし、かなり恥ずかしい……！

それとなくガゼルから離れようとするも、おれの動きを察知したらしく、彼はむしろ抱き留める力を強めてきた。

しょうがないので、ガゼルに抱きしめられ、フェリクスがおれの真ん前にいるという恥ずかしい体勢のまま話を続ける。

「……その、話がよく呑み込めてないんだが。おれはもうあっちの世界に戻るつもりはないぞ？」

「「え？」」

ついさっきまでの熱に浮かされた状況から打って変わって、場はなんとも白けた空気に支配された。ぽかんとした表情でガゼルとフェリクスがおれを見つめてくる。

おれもまた首を傾げながら、二人と先ほど交わした会話を思い返してみる。

えーっと……確かさっき、おれは送還儀式が実施できそうかどうかをガゼルとフェリクスに聞いたよな？　で、そしたらなんでか二人とも態度が固くなって、おれに……あれ？

「さっき、タクミは……これで送還儀式ができるって言って、嬉しそうにしてたよな？」

「ああ。ハルカちゃんを向こうの世界に戻してあげられると思ったから」

「タ、タクミはあの少女と一緒にあちらの世界に戻るつもりはないと？　あの少女のためだけに、送還儀式を実行するおつもりなのですか？」

フェリクスの言葉に頷きつつ、おれは先ほどの会話中の自分の失敗を悟っていた。

……そうだね。確かにあの会話の流れだと、おれが「これで元の世界に戻れるぜー、やったー！」って喜んでるように見えたよね！

言葉選びの下手さ加減に自分でビックリしたぜ！　そりゃ二人も誤解するはずだよ！

「あー……確かに先ほどの会話だと、そう聞こえるよな。誤解させて悪かった」

「いや……俺たちはてっきり、お前が元の世界に戻るつもりなのかと」

ガゼルの言葉にこくこくと頷くフェリクス。

だ、だよねー。あの流れだと二人がそう思うのもやむなしですわ！

……っていうかさ。そもそも、二人にはまだおれの気持ちをはっきり伝えてなかったよな。

だから誤解されたんだ。

おれが二人のことをどう思っているか――それで、どう決断したかをきちんと言葉にして伝えていれば、ガゼルとフェリクスだって先ほどのような暴挙には及ばなかったはずだ。

二人があんな風におれを攻め立てたのは、それがそのまま二人の不安の表れだったのだろう。

「……今日、オッドレイに無理やりされそうになった時……怖いって以上に、嫌だと思った。ガゼルとフェリクス以外の誰かに、そういう目的で触られるのがすごく嫌だったんだ。それに、あのままあそこに閉じ込められて、もう二度と二人に会えないんじゃないかって思ったら……それが一番嫌だった」

「タクミ……」

おれの言葉に、ガゼルが抱きしめる腕の力をぎゅうっと強めた。

右手はいつの間にかフェリクスが握っていて、労わるように優しく手の甲を撫でてくれる。

おれは顔を上げて、照れくさい気持ちを抑えながら、ハッキリと自分の思いを口にした。

「すごく嫌だったけど、でも、あの時に改めて分かったんだ。さっき二人が言ってくれたように……おれも、この世界でずっと二人と一緒に生きていたい」

「っ！」

おれの言葉に、背後でガゼルが息を呑んだ。フェリクスも信じられないといった顔で、唇を震わせながらおれの顔を見つめている。

「……ほ、本当にいいのですか？　あちらの世界のご家族とは……もう二度と会えないことになるのですよ？」

おれは彼にしっかりと頷き返した。

「もともと、元の世界に戻れるものだと思ってなかったしな。それに多分、向こうじゃおれは死んだことになってると思う」

「そ、そうですか……」

「……最初に告白されてから、今日までずっと答えが出せなくて申し訳なかった。遅くなったけどさ、まだ間に合うかな？」

そう尋ねたおれの身体が、不意に反転した。

背後のガゼルがおれの身体を横に抱えなおしたからだ。その勢いのまま、額や頬、目尻に鼻の頭など、顔中にキスの雨が降ってくる。

「んっ、ガゼルっ……」

「嬉しいぜ、タクミ！　とうとう決めてくれたんだな……！」

喜色満面でおれの両頬を掌で包みながら、ちゅっと唇にキスが落とされる。

あまりにも嬉しそうなガゼルに、おれも自然と笑みが零れた。

「っ、ふふ、くすぐったいぞ、ガゼル」

「あー……いや、嬉しいぜ。人生で一番嬉しい日だ。……絶対に幸せにするからな」

頬にガゼルからのキスを受ける。おれはちょっと考えた後、背伸びをしてガゼルの唇にそっと自分からキスをした。

「今でもおれは充分に幸せだよ。だから、おれがガゼルを幸せにできるよう、これから頑張るよ」

「っ、タクミ……」

感極まったように声を震わせ、ガゼルがおれを再び抱きしめる――が、その腕はすかっと空振りをした。

横合いにいたフェリクスがにゅっと手を伸ばし、おれの身体を自分の腕に抱えたからだ。

そして、今度はフェリクスの真正面に移動させられる。

「おい、フェリクス？」

「私にも喜びを伝えさせてください、ガゼル団長。……コホンッ！　えっと……タクミ……その、あまりにも喜びが大きすぎて、まだ現実味がないのですが……本当に、この世界に残ると決めていただけたのですね？」

「ああ」

こくりと頷くと、フェリクスが今にも泣きだしそうな顔でくしゃりと微笑んだ。

「っ……ありがとうございます。本当に、ありがとうございます……」

フェリクスがおれの手を取り、それを額に押し当てる。

「フェリクス、別に礼なんか言わなくていい。おれが二人の傍で生きていたいと思ったから、そうするだけなんだ。二人が強要したとか、そんな風には考えないでほしい」

「……貴方は、本当に清廉な方だ。貴方がこの世界で健やかに、幸福に生きていけるよう、私は全力を尽くします」

先ほど額に押し当てた手の甲に、まるで騎士が誓いを立てるかのように、フェリクスがそっと唇を寄せた。

指先にぽたぽたと触れる温かいものは、フェリクスの涙だ。

彼が唇を離した後、おれは座っている体勢から膝立ちになると、フェリクスの両頬を掌でそっと押さえ、背中をかがめた。そして、その唇に自分の唇を重ね合わせる。

触れるだけのキスだったが、フェリクスは雷に打たれたかのように全身を震わせた。

「ふっ……んっ⁉」

しばらくフェリクスと軽いキスをしていたのだが、ふと、太ももに当たる存在に気付いて、思わずバッと身体を引き剝《は》がした。

「っ……！　……なんで勃ってるんだ、フェリクス」

「おや、すみません。タクミからのキスに、思わず興奮してしまいました」

「あ、あのなぁ……」

フェリクスの股間でいきり勃っている存在に、見てもいいのか困ってしまって視線をさ迷わせる。

どうしたものかと思っていると、不意に、おれの背中に触れてくるものがあった。

振り返らなくても分かる。ガゼルだ。

「実は俺もなんだよ、タクミ」

「え？」

「俺もフェリクスと同じでよ。さっき散々、お前のやらしい姿を見ちまったから、もう我慢ができねェんだよな。なァ、いいだろ？」

「ぁっ、ガゼルまでそんな……っ、んっ、ぅ」

その先の言葉を続ける前に、正面のフェリクスがおれの顎《あご》を取って唇を重ねた。熱い舌が口内で絡まり合い、くちゅくちゅと濡れた音が響く。いつになく情熱的なキスだった。

吐息すら呑み込まれるような口づけに、頭の中が痺《しび》れ、ぼうっと霞で覆われていく。

「んぅっ、ふっ、ぁ……」

フェリクスのキスを必死で受け止めていると、不意に、肩口にやわらかなものが押し当てられた。横目でちらりと窺《うかが》えば、少し跳ねたワインレッドの毛先が見える。

よく見えないが、その感触で、おれの背後に回ったガゼルが、背中や肩口にキスマークをつけているのが分かった。

フェリクスが唇を離したところで、おれは慌てて首を回してガゼルに訴えかける。

「んっ、ぁっ……ガゼルっ！　あ、あまり痕が残ると……その……」

「共同浴場で皆に見られちまうってか？　いいじゃねェか、見られても。今日から正式に俺たちは恋人同士になったんだ。なにも恥ずかしいことなんかないだろ？」

「いや、でも、それにしたって……！」

「皆に見られるのがそんなに嫌ならよ、今日から騎士団にはこの家から通えばいい。だよなァ、フェリクス？」

ガゼルの言葉に、フェリクスがどこか神妙な顔で頷く。

「はい。私も……正式に恋人同士になった以上、タクミは寮からこちらの家に移ってほしいと考えていました。それというのも……」

そこで、何故かフェリクスは言いにくそうに口ごもった。小首を傾げて彼の言葉を待つと、躊躇《ためら》いがちに続ける。

「こういうことを言っては、また自分の狭量さを貴方に知られてしまうようで恥ずかしいのですが……正直に言えば、貴方が団の浴場を使っているのが嫌なのです」

へっ？　どういうこと？

も、もしかして、おれってそんなに浴場の使い方のマナーがなってなかった!?

タオルはちゃんとお風呂に入れないようにしてたつもりだけれど……!?

「騎士団の皆が、貴方に不埒《ふらち》な行いをすることは決してないと分かっているのですが……それでも、貴方はどこか無防備なところがあるから、心配になってしまうのです。そもそも、その気がないとしても、貴方の裸体をあまり他人には見せたくはありません……」

え、ええっ!?　フェリクスったら今までそんな風に思ってたのか？

もじもじとしているフェリクスの言葉は、ちょっと……いや、かなり予想外のものだった。

うーん……？　ちょっと考えすぎじゃないかなぁ、フェリクス？

……あー、でも、逆の立場で考えたらおれも心配かも。

ガゼルもフェリクスも役職持ちだから、隊舎内に自分の個室があるけれど……もしも彼らが隊舎で誰かと相部屋だったり、共同浴場で水浴びなんかしてたら、おれも毎日がハラハラドキドキの連続だったに違いない。

だってガゼルもフェリクスも、二人とも方向性は違うけれど、めちゃめちゃイケメンなんだもん……！

一緒に街に出ると、女性だけじゃなくて、男性までもがチラチラとおれたち三人を見つめてくるのを感じるんだよ！　でも、その気持ちは分かる！　おれもガゼルとフェリクスが並んで歩いてたら、絶対に二度見しちゃうもんなぁ～！

……ほんとに、よくこんなイケメン二人がおれなんかを好きになってくれたもんだよ……

あ、いけない。ガゼルと、あまり「おれなんか」って言わないようにって約束したんだった。

「あー、でも俺もフェリクスの気持ちは分かるぜ。俺も最初さ、タクミを相部屋に入れるのはかなり迷ったんだよ」

って、まさかのガゼルまでそんな⁉

「でも、さすがに新人にいきなり個室を与えるわけにもいかねェしよ……いっそ職権乱用して、俺の部屋に入れちまおうかと思ったが」

「もしもそうなっていたら、私が全力で止めていましたよ」

ガゼルの言葉に、フェリクスが不穏な眼差しを向ける。

「ははは、だよなァ。ま、でも最終的にタクミは俺たちのもんになって、この家で暮らすんだ。これでよしとしようじゃねェか。フェリクスも気が楽になっただろ？」

「ええ……そうですね」

「だからよ、タクミ」

俺もいいだろ、と言ってにやりと笑みを浮かべたガゼルが、おれの肩口に再び顔を埋めた。

そして、先ほどよりも強めに肌を吸い上げる。瞬間、つきりと痛みが奔《はし》った。どうやらキスマークだけではなく、軽く歯を当てて痕を残したらしい。

「あっ、ガゼルまで、そんなっ……んンっ！」

すると、正面のフェリクスが負けじとおれの身体に唇を這《は》わせた。そして、首筋や鎖骨、胸の上に次々にキスマークを散らしていく。

背後のガゼルが、今度は肩甲骨やうなじに次々に痕を残していく。

くすぐったいような、甘酸っぱい感覚に、おれは次第に息が上がり始めた。

「あっ……ふっ……は、ぁっ……」

そして、ガゼルとフェリクスが満足して顔を上げた時には、おれの身体はどこもかしこも、キスマークだらけだった。

背中は見えないけれど、きっとそっちもすごいんだろうなぁ……

「ふふ。これからは気兼ねなく、こうして貴方の身体に痕を残せるのですね」

フェリクスは上機嫌に微笑むと、着ていた服を躊躇《ためら》いもなく脱ぎ始めた。見れば、背後にいるガゼルも着ていた服と下着を脱いでいる。

優美でしなやかでありながらも、鍛《きた》え上げられたことが分かるフェリクスの身体と、よく日に焼けた筋骨逞《たくま》しいガゼルの身体。

同性ながらも魅力的な肢体に一瞬見惚れてしまったが、ふと我に返り、おれは慌てて視線を横に逸らした。が、そこで目に飛び込んできたモノに身体を硬直させる。

「ちょ――ちょっと待ってくれ、二人とも！」

「タクミ？　どうかしましたか？」

突然慌てだしたおれを、不思議そうな顔で見下ろすガゼルとフェリクス。おれは二人に赤くなった顔を向けながら、もごもごと口ごもって言葉を続けた。

「……さっき置いた鏡……頼むから、あれはどかしてくれないか？」

「…………」

「…………」

「……おい、二人ともなんで黙ってるんだ？」

あのー。ガゼルさん、フェリクスさん？

「いいじゃねェか。せっかくだ、このまんまヤろうぜ」

「なっ!?」

にやりと唇を吊り上げて笑うガゼルにおれは目を見張った。

こ、このままって……このまま⁉

「いやァ、だってよー。タクミが恥ずかしがってる姿、たまんねェんだもんよ。お前、ああいう時の自分が、どれだけ男の情欲を誘う顔になってるか分かるか？」

「なっ、なっ……⁉」

あまりにも露骨なガゼルの言いように、おれは真っ赤になって口をパクパクと開く。だが、言葉がまったく出てこない！

助けを求めるようにフェリクスに視線を向ける。すると、彼はこくりと頷いてくれた。

頷きはしてくれたが――

「タクミには申し訳ありませんが、ガゼル団長に同意です。普段、あまり表情の変わらない貴方が、顔を真っ赤にして涙目で私たちに懇願してくる様子はたまりませんし……それになにより、正式に恋人同士になって身体を繋げるのは、これが初めてなのですから。せっかくですので、ご自分が誰のものになったかをしっかり目に焼き付けてください」

そ、そんな「せっかく」はいらねぇーーーー！

おかしいな⁉　さっきさ、ガゼルもフェリクスも、おれのことを幸せにするとか守るとか言ってくれてたよね⁉　おれの羞恥心が窮地《きゅうち》に立たされるのはいいんですか⁉

おれ的には一番守ってほしい部分ですよ⁉

「ほら、タクミ。ちゃんと見ていてくださいね？　貴方がこれから誰に抱かれるのか……」

「ぁ、フェリクスっ、駄目だって……ぁ、んっ、ァああッ！」

フェリクスはおれの腰を片手で支えながら、再び膝立ちの体勢にさせた。そして、臍《へそ》の周りを人差し指でくるくるとくすぐるように触れ始めた。

「んっ、ふっ……！」

フェリクスのしなやかな指が、臍《へそ》からつつーっと下りて、太ももに触れる。

そして、太ももの付け根をゆっくりとなぞったかと思うと、先ほど彼が指を埋めていた後孔へと伸ばされる。そして、いまだに閉じ切らない後孔を、人差し指の先でカリカリと引っ掻き始めた。

「アああッ！　ゃ、ぁっ、んぁあっ……！」

「ふふ、充分にやわらかくなっていますね。でも、この後は私とガゼル団長のものを受け止めるのですから……念を入れてもう少しほぐしておきましょうか」

ちゅぷり、と音を立てて、再びそこにフェリクスの指が埋まる。フェリクスは、おれの足の間に腕を差し入れているため、自然と、おれの陰嚢《いんのう》や蟻《あり》の門渡りに彼の手首が擦《こす》れてしまう。それにすら快感を拾ってしまって、おれは慌てて自分の下唇を噛みしめた。

が、次の瞬間、後孔にじゅぷりと新たな指が割り入ってきたため、おれは再び声を漏らしてしまう。

「ぁっ、ガゼルっ……！　ガ、ガゼルまでそんなとこっ……」

「だってよー、フェリクスにばっかり下準備させるのは悪いだろ。なァ？」

「おや、私は別にかまいませんが？」

おれを挟んでにやりと笑みを交わし合うガゼルとフェリクス。仲がいいのはけっこうだと思いま

すが、どっちか一人だけでもおれに容赦してくれてもいいんじゃないかな⁉

「ぁあっ、やっ、動かさなっ……んぁあッ！」

前にもこんなことがあったような気がする。あの時も、今と同じようにガゼルとフェリクスがそれぞれの指をおれの中に埋めてきた。

だが、今回味わう快楽はあの時の比ではなかった。ベッドの上に膝立ちになっている体勢のため、二人は指を動かしやすいようで、縦横無尽に中を攻め立ててくる。

「ひぁっ！　ぁ、やだっ、だめだって……ふぁあッ⁉」

眩暈《めまい》を起こすほどの快楽に溺れ、膝からくずおれそうになり、慌ててフェリクスの肩を掴んで身体を支える。

その間にも、二人の指はおれの中でバラバラに動き続けた。

ガゼルの指が肉壁をゴリゴリと削るように擦《こす》る一方で、フェリクスの指がくるくると何度も中を半回転する。しかも、二人の指が触れてくるのは中だけではなく、後孔の縁を親指でやんわりとくすぐってくる。

「ぁ、んアっ、ぁああッ！」

怖いくらいに感じてしまい、視界が涙で滲む。おれの陰茎はすっかり勃ち上がり、先端を真っ赤に染めて、ひくひくと震えていた。

「っ、う……！」

思わず、おれは腰をくねらせる。だが、それは快楽から逃れるためというより――新たな快感を求めてのことだった。何故か、ガゼルもフェリクスもおれの陰茎には触れようとしてこないのだ。先ほども、結局はそこに一度も触れられないまま絶頂を迎えてしまった。

「どうした、タクミ？　なにか言いたいことがあるみてェだな」

「ひぅっ⁉」

ガゼルの笑い交じりの声が耳元で響いた。同時に、やわらかな耳たぶがはむりと唇で食《は》まれる。

そんな些細《ささい》な刺激でも、おれの陰茎からだらだらと零れる先走りの量が増してしまう。

「〜〜っ！　な、なんで二人ともそこばっかり……！」

「おや。タクミはどこか他に触ってほしいところがあるのですか？」

フェリクスが蠱惑的《こわくてき》な笑みを浮かべながら、白々しい態度でおれに問いかけてくる。

うん。薄々思ってたけれど、やっぱりこっちに触ってこないのは確信犯かよ！

「ふ、二人とも、分かってるくせにっ……ん、ぅうっ！」

「いやァ、悪いけどよ。タクミがなにを言いたいのか俺らにはちっとも分からねェな。触ってほしいところがあるなら、おねだりしてみせろよ」

「タクミが弄《いじ》ってほしいところがあるなら、言ってくだされればすぐにでも触れて差し上げますよ」

「っ……！」

お、おれに言葉にしてみろと仰《おっしゃ》る⁉

そんなこと、口に出せるわけがない！

だって、そんなの普通に言うのもめちゃくちゃ恥ずかしいことなのに……今は、ベッドのすぐ傍に鏡が置かれてるのだ！

　さっきから必死に鏡を見ないようにしているけれど、それでもなにかの拍子に、どうしてもそれが視界に入ってしまう時はある。

　真っ赤な顔で涙目になって、唇を半開きにして、蕩《とろ》けきっている自分の情けない顔。動かないようにと我慢しているのに、抑えきれず、腰がくねってしまう身体。真っ赤になった陰茎は、その先走りで、足の間に差し込まれたフェリクスの腕をしとどに濡らしてしまっている。

　こ、こんな恥ずかしい自分の姿を見せられながら、言葉にして二人にねだるなんて……とてもじゃないができやしない！

「ひっ、ぁあ……ふあァッ！」

「言わねェのか、タクミ？　まぁ、お前の性格じゃ、この程度じゃおねだりなんてできねェよな」

「私としてはタクミの切羽詰まった顔が見られるので、とても愉しい限りですが……ふふ、それなら貴方の身体をもっと快楽でぐずぐずに蕩《とろ》けさせて差し上げましょう。そうやっていつか……理性をなくして一心不乱に私たちを求めるような貴方を見たいものですね」

「ひっ、ァあッ⁉　あっ、それ、やっ……！　ふぁ、ぁあああッ⁉」

　ガゼルとフェリクスの指が、中で硬くなっていたしこりを、ぎゅううぅっと強く圧し潰してきた。

　全身に電流が駆け巡るような快楽に、腰がガクガクと揺れる。同時に、フェリクスの腕に陰嚢《いんのう》や蟻《あり》の門渡りが擦《こす》れてしまい、そこからも新たな快感が生じる。

「ぁ、やだ、そこっ、やめっ……ふぁあッ⁉」

「おっと、まだ倒れんなよ、タクミ」

ぐらりと傾ぎそうになった身体を、ガゼルが脇に片手を差し入れて支えた。

だが、彼の腕はおれの身体を支えるだけでは飽き足らず、そのまま手を伸ばして、おれの左の乳首に触れてきた。

先ほどの愛撫で硬く尖っていたそこは、赤く色づいたままだが、少し熱が引いていた。そこを、ガゼルの指が再びくにくにと揉みしだく。途端に熱が溜まり、きゅんと疼《うず》く。

「ふっ、くっ、ガゼルっ……！　だから、そこも駄目だってっ……ッ、あっ、あ！」

「そうか？　タクミの中は嬉しそうにおれの指をきゅうきゅう締め付けてきてるぜ？」

「っ……そ、そんなこと言うなっ……んんぁあッ！」

左の乳首に伸びたガゼルの指が、人差し指と親指でそこを摘まんだかと思うと、上下にくいくいと引っ張り始めた。

「ひッ、ぁああッ！　ぁっ、やっ、おれ、もうっ……！」

止めないと、と思っているのに、腰がカクカクと上下に揺れ動いてしまう。そのたびに、陰茎から零れる先走りの量は多くなり、今やシーツの上に小さな水たまりを作っていた。

「あっ、はっ、ぁああッ……」

快楽と羞恥で頭がくらくらする。

もう、我慢できない。

おれは右手をフェリクスの肩口から外すと、自分の下肢に伸ばす。

だが、陰茎に触れる前に、おれの手首はフェリクスの手に掴まれてしまった。

「あっ、フェリクスっ、なんでっ……！」

「いけませんよ、タクミ。言ったでしょう？　言葉にしてくだされば、私たちが触って差し上げます。それまではおあずけです」

残酷な言葉とは裏腹に、にっこりと微笑むフェリクス。

抗議しようと唇を開いたが、言葉が形になる前に、後孔に埋められた二人の指が再び激しく動き始めた。

「いっ！　ぁ、ああッ……んぁあああッーーー！」

中のしこりを、ガゼルとフェリクスの指が挟み込み、圧し潰す。

びくびくと身体が痙攣《けいれん》して、おれは深い絶頂感に呑み込まれた。しかし、前からは一滴も白濁を漏らしていない。ドライで達してしまったのだ。

「あっ……ぁ、ハっ……」

視界がちかちかと明滅している。絶頂を迎えたあとも、おれの全身はびくびくと震えていた。

「ん、ぅ……ひゃッ⁉　あっ、おい⁉　ガ、ガゼルっ？」

ぜえぜえと肩で息をしているおれの乳首を、ガゼルが再びくにくにと揉みしだいてきた。

しかも、一拍遅れて、後孔に埋められたガゼルとフェリクスの指が再びぐちゅぐちゅと水音を立てて動き始める。

間を置かず与えられる快楽に、おれは困惑しながら二人に訴えかけた。

「あっ、ガゼル、フェリクスっ⁉　あっ、やっ……！　おれ、もうイった、イったからっ……！　……ぁッ、んぁ、ああァっ！」

「なに言ってんだよ。タクミはまだ射精してねェだろ。なァ、フェリクス？」

「はい、ガゼル団長の仰《おっしゃ》る通りです。そうですよね、タクミ？」

二人の言葉に、おれは全身を硬直させた。

ま、まさか二人とも、おれがちゃんと言葉にするまで……このままこれを続ける気なのか⁉

お願い、頼むから嘘だと言って⁉

「ひぃ、ぁっ、ぅああッ！」

だが、どうやら二人は本気らしい。

しかも、後孔に埋められた指は本数が増やされた。ガゼルとフェリクスは人差し指だけではなく、中指までをもそこに挿し入れてくる。

四本に増やされた指は、ますます激しく肉壁を抉《えぐ》り、しこりをぐちゅぐちゅと揉みしだく。

「んぁっ、ぁあッ、ぁああッーーー！」

おれは喉を反らして快楽に震えた。

陰茎はますます熱を燻《くすぶ》らせて、硬く張りつめている。だというのに、二人は決してそこに触ろうとしない。

しかも、それに加えて今度はフェリクスの指がおれの右胸に触れてきた。先ほど、おれの手を掴んでいた手だ。その優美な指先は、乳頭には触れようとせず、乳輪をくるくると指の腹で優しくくすぐってくる。

「お、なんだ。フェリクスもタクミの胸を触ってんのか？」

「ええ、先ほどからガゼル団長ばかり弄《いじ》っているのを見て、羨ましかったのですよ」

「よかったなぁ、タクミ。フェリクスにも弄《いじ》ってもらえてよ。お前の中、フェリクスの指が胸に触れた瞬間から、ますます熱く蕩《とろ》けてきたぜ？」

「ふふ、タクミに喜んでいただけて、私としても嬉しい限りですよ」

「～～～～っ！」

ふ、二人とも……わざと言ってるだろ！

「っ……！　ぁ、んっ……んぁあああッ！」

早く前に触れて、イかせてほしい。

けれど、どうしてもその言葉が言えなかった。中途半端に理性が残っているからだろう。

いっそのこと、呪刀のデメリットで身体が発情状態になっている時だったら、それを理由にして二人に懇願することができたのに。

「あっ、ふっ、ぁああッ！」

ああ、でも……そういえば、いつの間にかガゼルとフェリクスとこういう行為をするのって……呪刀の代償なしにしてたんだなぁ。思い返してみても、ここ最近は、呪刀を理由にしてない気がする。

そんなことに気付かないくらい、二人と身体を重ねるのが自然なことになっていた。

「うーむ……タクミは思ったより強情だなァ。かなり辛いだろうによ」

「そうですね……あまり虐《いじ》めすぎても、少し可哀想になってきてしまいますね」

「ひっ、ァぁあッ⁉」

そんな風に言ってくれる二人だが、中に埋められた指はいっそう動きを増した。

「とりあえずもう一回くらい中イキさせてやるか。それで充分、準備できるだろ」

「ぁ、ぁあッ、そんなのいらなっ……んぁあああッ！」

ぐちゅぐちゅぐちゅっ、といっそう激しい水音を立てて、ガゼルとフェリクスの指がバラバラに中で蠢《うごめ》く。

「ゃッ、ぁ、だめっ、だめっ……ふぁ、あぁぁあッ！」

絶頂を迎えたばかりで敏感になっているしこりを、四本の指が容赦なく、激しく攻め立てる。小刻みに揺さぶられたかと思えば、爪先でこりこりと引っ掻くように弄《いじ》られる。

感じすぎてしまって、たまらなく苦しい。どっと全身から汗が噴き出し、喘《あえ》ぐ口端からは唾液が零れ落ちてゆく。

なのに、おれの後孔はまるで喜ぶようにぷちゅぷちゅと四本の指を締め付けてしまう。

「あ、ぁあああッ、んあっ！」

同時に胸の尖りを擦《こす》られたり、つねられたりすると、後孔との刺激とあいまってたとえようもなく気持ちいい。びくん、びくんと身体が跳ねた。

おれの痴態を一瞬も見逃さないとばかりに、二人の熱く、情欲に濡れた瞳がひたと注がれているのが分かる。その視線にさらに羞恥を煽《あお》られ、性感が押し上げられていく。

「あッ、ぁああッ……んぁっ、あああッーーーーッ！」

敏感になった身体は、二度目の絶頂を簡単に迎えてしまった。

ガクガクと腰が揺れて、先走りをぼたぼたと零してしまう。絶頂の瞬間、肉壁が二人の指をきゅううううっと締めつけたのを、ありありと感じてしまった。

「ぁッ、はっ……」

「おっと」

とうとう体勢を保つこともできなくなり、がくりと身体が崩れ落ちた。

二人は指を慌てて引き抜くと、背後にいたガゼルがおれの身体を抱えた。

「あー、ちょっと虐《いじ》めすぎちまったか。タクミ、大丈夫か？」

「っ……んっ、ぁ……」

「タクミ、大丈夫ですか？　私の声は聞こえていますか？」

心配そうに声をかけてくるガゼルとフェリクスの声が、どこか遠い。

絶頂の余韻でおれはとろんと視線を蕩《とろ》けさせたまま、背後にいるガゼルに手を伸ばし、首だけで後ろを振り返った。ガゼルと顔を合わせた後、フェリクスにも視線を向ける。

「っ、ガゼルっ、フェリクス……おれ……」

「うん？」

「タクミ？」

「っ、おれ……その……二人が欲しい。も、我慢できない……」

「っ！」

「……………」

二人は息を呑むと、まじまじとおれを見つめた。そして――

「ぁっ……！」

「ハッ……敵わねェな、お前にはよ……！」

「んっ、ぁあぁ、ぁあぁッ！」

おれの身体を背後から抱き竦《すく》めたガゼルが、後孔に自分の陰茎を押し当てる。それは、おれのもの以上に硬く張りつめていた。

そして、ぬぷりとその先端が押し進められるようにして中に埋められた。二人の指によってたっぷりとほぐされたそこは、難なくガゼルの肉棒を受け入れる。

「ふぁっ、ぁっ、あああッ……んっ！」

「タクミ、こっちを向いてください。ええ、そう……ん、っ」

「ん、むっ、ぅ」

正面にいたフェリクスがおれの頬を両手で挟み込むと、顔を少し傾けて口づけてきた。

最初はフェリクスの舌がぬるりとおれの唇を舐めていたのだが、それが中に入りこむと、ぬるぬると舌が絡んでくる。

「んっ、ふっ、う……んンっ！」

「はっ……貴方は本当に、可愛い人だ」

おれの身体を支えながら、フェリクスは何度もおれに口づけた。

その間にも、おれの腰を鷲掴みにしたガゼルは腰をゆっくりと揺すり、自身の肉棒をどんどんと中へ埋めていく。

「あっ、ハッ……ぁ……っ」

ガゼルの肉棒を完全に呑み込むと、痛みこそないものの、さすがに圧迫感で苦しくなった。いつもより大きくて熱い気がする。

顔を顰《しか》めるおれの耳元に顔を寄せたガゼルが「きついか？」と尋ねてくる。

おれはゆるゆると首を横に振り、きゅっと中のガゼルを締め上げた。もっと彼を感じたい、彼がほしかった。

「んっ、大丈夫……おれは平気だから……んぁっ！」

「ったく……本当に可愛い奴だなァ、お前は」

「ぁああッ！　んぁ、っあああァッ！」

ガゼルの手がおれの腰を掴む力を強める。そして、下からガツガツと突き上げ始めた。

二度の絶頂を経験したしこりが肉棒で容赦なく擦《こす》られ、肉壁がぞりぞりと削られていく。鮮烈な快感に目の前が真っ白に染まり、おれは思わず正面にいたフェリクスの首に抱きついた。

「あっ、フェリクスっ、ごめっ……んあァああッ！」

「ふふ、大丈夫ですよ、タクミ。ほら、さっきから寂しがっていたここも触ってあげましょう」

「っ⁉　い、今そこはダメだって……！　ふぁあッ！」

フェリクスの指が、とうとうおれの陰茎に伸ばされた。

先走りでびっしょりと濡れていた幹を、筒状にした掌でぬるぬると扱《しご》かれ、ひとたまりもない。

後ろではガゼルがおれの中をゴツゴツと肉棒で突き上げているから、二重の快楽に襲われる。おれはフェリクスの耳元で嬌声をあげ続けた。

「あっ、ぁあッ、ぁ、ぁああッ！」

いやらしい水音を立てながら肉棒が引き抜かれたかと思うと、間を置かずに再び根元までじゅぷじゅぷと押し入ってくる。そのたびに肉壁が激しく擦《こす》られ、身体が昂っていく。

もはやガゼルが腰を突き上げているのか、フェリクスが前を扱《しご》いているのか――それとも、おれが腰を揺らしているのか。そんなことさえ分からなくなった。

「ひあッ、んんっ……んっ、ぁああァーーーーっ！」

ガゼルの肉棒がゴリリッと奥を突いた瞬間、おれは全身をびくびくと痙攣《けいれん》させて射精した。

おれの陰茎を扱《しご》いていたフェリクスの掌に、どぷどぷと白濁液が吐き出されていく。

「くっ……！」

達している間、おれの中はガゼルの肉棒にきゅうううっと絡みついた。その締め付けを受けて、ガゼルも一拍遅れておれの中に精液を吐き出す。どろどろとした精液が勢いよく注ぎ込まれる感覚に、おれはぶるりと身体を震わせた。

「んぁ、っ、フェリクスっ、手、ごめん……」

「謝らなくていいのですよ。ここまで我慢して、頑張りましたね」

フェリクスがちゅっと音を立てて、おれの唇についばむようなキスをした。そして、少しだけ迷うような表情でおれを見つめる。

「……むしろ、謝らなければいけないのは私かもしれません。もう貴方が限界に近いことは分かっているのですが……その、私もどうしても貴方を抱きたいのです……」

「うん……おれは大丈夫だから。それに……おれも、フェリクスに抱かれたいから……」

「っ、タクミ……！」

おれの言葉を聞いたフェリクスは息を呑むと、抑えきれないというように、おれの腰を鷲掴みにした。そして、ガゼルがゆっくりと陰茎を引き抜くや否や、おれの身体を反転させる。

「タクミっ……愛しています、タクミっ……！」

「あっ、ちょっ……！　フェリクス、少し待っ……ん、ぅあああッ！」

いや……そりゃ、抱かれたいとは言ったけどね!?

でも、ちょっとだけインターバルが欲しかったなぁ、フェリクスさん！

だが、フェリクスもきっとそれだけおれを求めて、我慢してくれていたと思えば、文句は言えない。彼の気持ちが純粋に嬉しくて、胸がきゅっと締め付けられた。

フェリクスはおれの背後に回ると、さっそく自身の肉棒をおれの後孔に押し当て、勢いよく中へと突き入れる。フェリクスの肉棒が埋まると、おれの後孔からは先ほどガゼルによって注ぎ込まれた白濁液が流れ落ち、どろりと太ももに伝った。

「ぁ、んぁあ、ああああッ！」

「タクミ、大丈夫か？」

「ああ、んっ、大丈夫っ……ではないが……んぁあァッ！」

正面に移ったガゼルが、おれの身体を支えながら、気遣わしげな顔で覗き込んでくる。

おれは両手をガゼルに伸ばして彼を引き寄せると、彼の唇に自分から口づけた。ガゼルは一瞬だけ目を見開くも、すぐに嬉しそうに瞳を細めておれの唇に、何度もついばむようなキスをしてくれた。

「あっ、んっ、ふ、むっ……」

フェリクスの肉棒が、ガゼルの精液を掻きだすような勢いで上下する。先ほど以上に力強く暴かれる肉壁と、ずちゅずちゅと抉《えぐ》られるしこりに、意識がますます蕩《とろ》ける。

「ふっ……っンぅっ、んぅっ！」

口内に入りこんだガゼルの舌が、ぬるぬるとおれの舌に絡まる。同時に、分厚い掌がおれの陰茎に這《は》わされる。

フェリクスの愛撫とは違い、ガゼルは陰茎の裏筋を指先で重点的に扱《しご》いてきた。敏感な部位を攻め立てられ、思わず腰が引ける。

が、腰を引いた瞬間、フェリクスの肉棒がぞりぞりっとしこりを抉《えぐ》ってきた。

「んぁっ！　あッ、ぁッ、ぁああっ！」

ぷはっとガゼルから口を離すと、おれは喉をのけ反らせて悲鳴をあげた。

強すぎる快感で、脳が焼き切れていくようだ。でも、それ以上に、とてつもない多幸感が全身を満たしていた。

二人に求められているということを――二人に愛されているということを、これまで以上に強く感じていた。

「ぁっ、あぁッ……ンぁッ、んあああァッーー！」

「っ、タクミっ……！」

おれが絶頂を迎えた瞬間、フェリクスも同時におれの中に精液を吐き出した。

おれは二度目であったため、あまり勢いはなかったものの、ガゼルの掌を汚してしまった。一方のフェリクスの射精は長く、量があった。そしてその瞬間も、フェリクスはおれの腰を掴んで離さなかったため、最奥にたっぷりと飛沫《しぶき》が注ぎ込まれていくのを感じてしまう。

「ふっ、ぁ……」

フェリクスが陰茎を引き抜いた瞬間、おれはさすがに膝立ちになっていられず、がくりとベッドに崩れ落ちた。だが、シーツに激突する前に、フェリクスがおれの身体を後ろから抱きしめてくれた。

「ほら。見てください、タクミ」

「んっ……？」

「貴方のここは、ずいぶんいやらしい有り様になってしまいましたね。私とガゼル団長のものを受け入れて、ぽっかりと口を開けたままで閉じ切らないで……ふふ、中から精液が零れてきていますよ」

フェリクスがおれの耳元で甘く囁《ささや》く。

フェリクスに促されて鏡を恐る恐る見つめると、確かに、彼の言う通り、おれのそこはひどい有り様だった。さすがに恥ずかしくて、ふいっと顔を逸らす。

「も、もう、いいだろ……あの鏡、片付けてくれ」

「ふふ、分かりました。恥ずかしがってる貴方は素敵ですが、こういうのはたまにやるからこそですしね」

「ずっと置いといても、次第にマンネリ化しちまうしなァ」

いやいや、なんの心配をしてるの!?

おれは別に「鏡がずっとあっても段々と特別感が薄れちゃうよね？」なんて心配はしてないよ!?

そんなことを言えるほど、今のおれに余裕があるように見えますかね!?

抗議の意味を込めて二人をねめつけると、フェリクスはおかしそうに微笑み、ガゼルは悪戯《いたずら》っぽく笑って肩を竦《すく》めた。どうやら二人とも冗談で言っていたようである。

……はぁ。二人ともさ、普段はこれでもかっていうぐらい優しいのに、ベッドの上だとちょっと意地悪になるよなぁ……

まぁ……おれのことを好きなあまり、とか言われちゃうと……悪い気はしないんだけどさー……

でも、それはそれ、これはこれというか！

「……本当に、おれが嫌だって言ったら、その時はやめてくれよ？　おれの身体と精神が保たない」

「分かってるよ、お前がマジで嫌がることはしねェって」

「ええ、タクミに嫌われては元も子もありませんからね」

二人が微笑んで頷いてくれるのを見て、おれはホッと安堵の息を吐く。

「それが分かってくれているのならよかった。なら……」

「——逆に言えば、タクミが嫌がらなけりゃいいんだよな。正式に恋人同士になったとはいえ、まだまだ不安だしよ。俺とフェリクスじゃなけりゃ、感じないように……自分の手で慰めても満足できないように開発してやるから、覚悟してろよ」

「………え？」

えっ？

ガゼルの言葉の意味が呑み込めず、おれは硬直した。

だが、固まったおれを見つめるガゼルの顔は真剣そのものだ。その金色の目に宿るぎらついた光は、自身の獲物を奪われまいとする肉食獣のそれだった。

おれは思わず助けを求めるように、背後のフェリクスに顔を向ける。

「はい。タクミが元の世界に戻ることはなくなったとしても……今回のあの卑劣《ひれつ》な男のように、タクミを付け狙う輩はこれからも湧いて出てくるでしょう。そんな奴らに貴方を奪われないように、私たちの手で貴方の身体をこれからも調きょ……コホン、もとい、愛して差し上げます」

「フェリクス、今、調教って言わなかったか？」

「ふふ、言葉の綾ですよ」

輝くような笑顔を向けてくるフェリクスには、謎の迫力があった。

その笑みにたじろいで思わず身体を離そうとするも、フェリクスの腕はがっしりとおれを抱きしめて離さない。

いや、それはいいんだけど……フェ、フェリクス？　あの、おれの尻に当たるコレは一体？

「フェリクスっ……？　な、なんでまた勃ってるんだ？」

「もちろん、貴方が愛おしくてたまらないからですよ」

なんだか、これから赤ずきんちゃんを食べる前の狼のようなことを言うフェリクス。だが、そんな狼が可愛く思えるくらい、フェリクスの肉棒は質量をますます増していく。

「タクミ……俺もなんだよな。お前のやらしい姿を見せられた後じゃ、悪いが一回だけじゃ我慢できねぇんだよ」

「ガ、ガゼルまでっ……!?　んっ、ぅ」

抗議の声をあげる前に、ガゼルがおれに唇を重ねた。そして、フェリクスの肉棒が再びゆっくりとおれの後孔に埋められていく。

「ぁっ、んっ、ぁあッ！　ぁあッーー……！」

……そして、おれはその後も代わる代わる二人に抱かれ……最終的に意識を失うほどに抱き潰されたのだった。

……はぁ……これが惚れた弱みってやつなのかなぁ？

SIDE　オステル国貴族 バーナード・オッドレイ

何度も何度も壁を殴る。皮膚が裂けて血が手首を伝う。

だが、痛みなど気にならない。むしろ、胸の中に燻《くすぶ》る思いは燃え上がっていった。

「くそっ、くそっ、くそっ！」

「ああ……なんということだ。あともう少し、あともう少しで、あの美しい彼が私のものになったというのに……」

屈辱と怒りでこちらを見上げる、あの黒曜石の眼差しを思い返すと、それだけで興奮でぶるりと身体が震えた。

シャツを剥《は》ぐと、そこから現れた肌もまた美しかった。この大陸には見ない不思議な色の肌。それがまた、胸の上で尖っている薄紅の突起を強調していた。

騎士団員である彼は、鍛《きた》え上げた身体なのだろうと想像していたが……私の考えに反し、彼の身体は同性にしては華奢《きゃしゃ》と言っていいくらいだった。

大人になりきらない、どこかあどけなさを残した首筋や、肉付きの薄い腰回り。どこもかしこも美味しそうであった。

「はぁ……可哀想なタクミ。あんな野蛮な連中と一緒で、今頃はさぞかし心細く、怖い思いをしているだろうね……」

血の滴る拳をシャツで拭うと、ベッドにどさりを腰かけ、両手で顔を覆う。

簡素な布切れ一枚が敷かれたベッドは冷たく、硬く、とても横になる気にはなれなかった。

……いや、たとえどんなに豪奢《ごうしゃ》なベッドでも、このように気持ちが高ぶっていては眠れやしなかっただろう。

私はとうとうあの美しい青年を手に入れるところまで来たのだ。

それなのに、黒翼騎士団の連中はどうやって嗅ぎつけたのか、屋敷に乗り込んでくると、あっという間に私の手から彼を攫《さら》って行ってしまった。そして彼らは、私をこの留置場に有無を言わせず閉じ込めたのである。

なんとひどいことだろうか。彼らが騎士団だからといって、貴族に対して平民がこんな暴挙に出るなんて、このリッツハイムという国はどうかしている。

黒翼騎士団の奴らは私に対し「奴隷売買禁止法に違反した」だのなんだのと言っていたが……馬鹿馬鹿しい。

私が奴隷として売買を行ったのは、平民だ。平民なぞ家畜と同じではないか。

家畜を売買することの、なにが罪だというのだろうか？

「はぁ……これでまた一からやり直しだ。まずはオステル国の父上に連絡して、示談金を頼まないといけないなぁ……でも、ふふ。彼の弱みは分かった。今度はもっと時間をかけてうまくやろう。今回は彼を手に入れようと焦るあまり、急ぎすぎたからなぁ」

あの猿のような女のことをタクミの前で話した時――彼の顔色が急に変わった。

その時のことを思い出して、自然と顔がにやける。

私は先祖の残した手記の内容を、召喚儀式の部分は特に一字一句漏らさず覚えている。それに、前回の経験もある。

召喚儀式を行うための魔術師の手配だけをどうにかすれば、何度でも召喚儀式を行うことは可能だ。

タクミは、私が予想している以上に人の好い性分だった。

その召喚儀式で新たに異世界人を召喚して、今度のように、またタクミの前でそいつを人質にとってやればいい。

そうすれば、あの心優しい魅力的な青年は、すぐに私の手中に堕ちてくるだろう。

「ふふ……ああ、楽しみだな。君を迎えに行く日が、本当に楽しみだよ、タクミ……」

「――あいつは貴様のことなんて、別に待っていないと思うが」

「っ!?」

顔を覆っていた手を外し、ハッと顔を上げる。

「え……？」

目の前にいたのは、少年だった。

格子窓から差し込む月明かりを受けて、その深緑の髪は、美しい煌めきを放っている。

ほっそりとした面立ちを見る限り、おそらくはまだ十五にもなっていないだろう。

だが、その血のような色の瞳に浮かぶ光はあまりにも冷たい。冴え冴えとした怜悧《れいり》な表情は、子供のそれではなく、まるで何百年も年を重ねた賢人のような風格があった。

「き、君は？　一体どうやって入ったんだ？」

キョロキョロと辺りを見回す。

だが、外に続く扉に開いた形跡はなかった。部屋の中に一つだけある窓は嵌めごろしで、この少年の背が届く位置にはない。

他に目につく家具はベッドと糞尿壺、椅子とテーブルが一つだけだ。この少年が部屋に入り込む余地はどこにもないというのに……

「……はぁ。きな臭さを感じて、追跡袋を渡しておいてよかった。まったく、あの男はどうも一癖ある連中にばかり好かれる傾向にあるようだな」

少年は、子供らしくない口調で悪態をつくと、ガリガリと頭をかいた。

よく見れば、彼の頭には山羊《やぎ》のような巻き角が生えている。亜人の子供なのだろうか？

「追跡袋？　よく分からないが、君はもしかして私を助けに来てくれたのかい？」

「……助けに、か。まぁ、そうとも言えるかもしれんな」

少年はにやりと唇を歪《ゆが》めて笑い、私を見た。

その微笑にどこか背筋がひやりとするものを感じたが、気のせいだろうと思い直す。

「そうか！　ありがとう、嬉しいよ！　ではさっそく行こうじゃないか！　……ああ、そうだ。私がリッツハイムから逃げるのはいいのだが、タクミはどうなるのだろう？」

「あの男のことがそんなに気になるか？」

少年が、濃紅の瞳でじっと私を見つめてくる。

私はそれに、もちろんだと頷いた。

「当たり前じゃないか。彼のように美しい人は、私が保護してあげなければなるまい。あんなむさ苦しい騎士団なんかに彼を置いていくなんて、なにか間違いが起きるんじゃないかと心配だよ」

「……お前、本当に似ているな」

「父上にかい？　どちらかといえば、私は母親似と言われるが」

「父親じゃない。もっと前だ」

その言葉の意味を尋ねるよりも前に、少年の手が私の目の前にかざされた。

瞬間、ぐるりと視界が暗転する。

「自らが作り上げた物語を、そのまま現実だと思い込む。自分が持つ薄汚い欲望を当たり前のことだと思い込み、相手にもそれを強要する……」

「ぁッ……ぐッ!?」

「それにしても、まさかあいつらが隣国に逃げ延びていたとはな。ちゃんと鏖《みなごろし》にしたと思ったのだが、私もなかなか詰めが甘い」

「ガッ、ぉっ……ヴ、オぉっ！」

視界が暗転したのではなく、自分の瞳がぐるんと白目を剥《む》いたのだ。

だが、それを理解できた瞬間には、私の身体は硬直しきっており、ベッドの上から逃げることも、ましてや少年の掌から逃げることも叶わなかった。

だらだらと口から涎《よだれ》が零れるが、それを拭うこともできない。

「――安心しろ、殺しはせん。知っての通り、あれは優しい男だからな。お前なんぞのことで心を痛めさせるわけにはいかん」

それが、私が最後に聞いた言葉だった。

SIDE　黒翼騎士団副団長フェリクス

「――ガゼル団長。今、お時間はよろしいでしょうか？」

「ああ、かまわねェぞ」

団長室の重厚な扉をノックして入室した後、私は敬礼をしてから、ガゼル団長の座る執務机の前へと進んだ。

ガゼル団長は書類にサインをしていた手を止めると、私の顔を見つめ返す。

その顔には疲労の色は一つも見えない。昨日はタクミが誘拐されたことを、マルス少年の報告を受けて知った。オッドレイの屋敷へと急行し、その後……日付が変わる時刻になってもなおタクミを抱き続けたというのに。

「ちょうどいい、休憩がてらそっちに移動するか」

「では、よければ紅茶を淹《い》れましょうか？」

「おう、頼むよ」

ガゼル団長の許可を得て、私は部屋の隅に備え付けられていたティーカップのセットを手に取った。炎の魔法を仕込まれたポットは、冷えることなく温かい温度を保っている。そのポットからティーポットにお湯を注ぎ、充分に蒸らしてからカップに琥珀《こはく》色の液体を注いでいく。

「お待たせいたしました」

「ありがとよ」

ティーセットをテーブルに運ぶと、私とガゼル団長は向かい合わせでソファに座り、それぞれ紅茶に口をつけた。渋みのない、まろやかな紅茶が冷えた身体を温めてくれる。

窓の外を見れば、雪こそ降っていないものの、空は重苦しく分厚い雲に覆われていた。

「オッドレイの奴はどうだった？」

二人で無言のまま、紅茶をゆっくりと楽しんだ頃、ガゼル団長が静かに口を開いた。

その金色の瞳を見つめ返しながら、私は小さく頷く。

「やはり報告の通りでした。廃人一歩手前、といった様子ですね」

「ふむ。具体的には？」

私の返答に、ガゼル団長は驚いた様子もなく淡々と尋ねてくる。その泰然とした態度に感嘆の念を覚えながら、私は言葉を続けた。

「かなり強力な精神支配魔法がかかっています。たとえ銀翼《ぎんよく》騎士団の魔術師の方でも、あれほどの魔法を打ち破るのは困難でしょう」

「そこまでか」

「はい。ですが、これも報告にあった通り、今後の奴隷売買に関する取り調べには支障はないと言えます。通常時は、まるで人形のようになにも喋らず、動かず、ただベッドに座っているだけなのですが、こちらの質問にはハッキリと返答しますからね。むしろ、言い逃れや嘘を言わないので、今の状態のままのほうが好ましいと言えます」

「なら、そうするか」

「よいのですか？　腕のいい魔術師を揃えれば、あるいは解呪が可能かと思いますが」

私の質問に、ガゼル団長は飲んでいた紅茶をソーサーに置いた。

そして、膝の上に手を置いて、私のほうにずいっと前のめりになる。

「いいさ。どうせ正気に戻してやっても、俺たちにメリットは何一つねェんだ。なら、このまま俺たちに都合のいいお人形でいてもらおうぜ。それにそのほうが、タクミも安全だろ？」

「そうですね。私も実は、そのほうがいいかと思っておりました」

彼の言葉に内心でホッとしながら、頷きを返す。

ガゼル団長がそう言ってくださってよかった。あのバーナード・オッドレイは、その手口や性格を聞く限りはかなり執念深い人物だ。それに、自分の行いを反省するような殊勝さを持っているようにも思えなかった。

正気に戻せば最後、あの男は再び、蛇《へび》のように執拗《しつよう》にタクミのことを狙い続けるだろう。むしろ、このまま一生正気に戻らなくともいいとさえ思っている自分がいる。

「分かりました。恐らくですが、他の騎士団や上層部が反対することもないでしょう。あの男の犯罪行為を明らかにすればするほど、オステル国に対して我が国は有利になるばかりですしね」

「ああ。一応だが、白翼騎士団のリオン殿にも話は通しておいてくれ。オステル国に買収される奴がいないとも限らん。もしもオッドレイを正気に戻してやろうなんて奴が現れたとしたら、リオン殿がけん制してくれるだろ」

「分かりました。それにしても……唯一、不思議なのは、一体誰がオッドレイにあのような精神支配魔法をかけたか、ですね」

本当に不思議だ。昨夜、オッドレイは留置場に拘束されていた。留置場の壁は、魔法を弾く石材が使われている。あの中ではどんな魔法も使用することはできないはずだった。

なのに、誰かがあの留置場に忍び込み、オッドレイに強力な精神支配魔法を行使した。しかも、見張りには一切手を出さないまま、彼らの目に留まることもなく。

首をひねる私を見て、ガゼル団長は「ふむ」と言って手を口元にやった。

「一人、心当たりがいるぜ。というか、奴《やっこ》さんだと考えれば全部説明がつくな」

「え？　ガゼル団長のご存じの方なのですか？」

「お前だって知ってるぜ。あいつだよ、あの香水屋のチビになった魔王サマだ」

ガゼル団長の言葉に、私は息を呑んだ。

「まさか――……マルス少年が、記憶を取り戻したと？」

「タクミに魔力を譲《ゆず》り渡した後でも、常人以上の魔力を有してたからなァ。あのチビなら、オッドレイをぶっ壊して廃人にするぐらいは簡単だろ」

「そうかもしれません。ですが、そうなりますと……あのマルス少年は、魔王の時分の記憶を完全に取り戻しているということになりますが」

ガゼル団長にそう問いかけながらも、私は内心ではその考えに非常に納得がいっていた。あのマルス少年が犯人だと考えれば、色々なことに説明がつくのだ。

たとえば——何故、犯人はオッドレイを殺さなかったのかという点。

犯人がオッドレイに恨みがある人物と考えれば、あの男に肉体的な危害を一度も加えずに牢を後にしたという点が気がかりだったのだ。

しかも、オッドレイにかけられた精神支配魔法は、強力であると同時に、かなり複雑なものだった。あの男の精神を完全に壊さず、他者の質問には嘘偽りなく自動で応答をさせるという、かなり手の込んだ魔法だ。

だが、マルス少年が魔王の記憶を取り戻していると考えれば、すべて説明がつく。つまり——

「取り戻してるんだろ。いつのタイミングかは分からねェが……俺らのところに知らせを持ってきた時にはもう思い出してたんだと思うぜ。タクミだって首を傾げてたじゃねェか。なんでマルスがオッドレイの屋敷や自分たちの話の内容を知ってたんだろう……ってな」

「……では、オッドレイを殺さず、精神支配魔法をかけた理由は……」

「無論、タクミを守るためだろうよ。まァ、奴《やっこ》さんとしちゃ別に殺してもよかったんだろうが。でも、タクミはあの通り優しい奴だからよ、万が一オッドレイが殺されたことが耳に入って、タクミが傷つくようなことがあっちゃまずいと思ったんじゃねェか」

「ああ……なんだかしっくりきました。むしろ、第一の理由はそれかもしれませんね」

オッドレイが殺されなかった理由は、あの男に法の裁きを受けさせるためかと考えていたが、ガゼル団長の説のほうが充分に可能性がありそうだ。

私とガゼル団長はお互いに苦笑いを交わし合った。

「あとは……そうだな。俺らに対するけん制の意味もあるんだろうよ」

「けん制、ですか？」

言葉の意味がうまく理解できず、目を瞬《しばた》かせる。ガゼル団長は面白がるようににやりと笑うと、低い声で囁《ささや》いた。

「オッドレイを殺すだけじゃ、犯人は誰か分からん。色んな所で恨みを買ってそうな奴だしな。だが、あんなに複雑な精神支配魔法をかけられて廃人同然になれば――俺たち二人だけは、その犯人に思い当たるだろう？」

「……ああ、なるほど」

ようやくガゼル団長の言葉の意味が呑み込めた。私は少し面白くない気持ちで、唇を開く。

「つまり、オッドレイのあの様は私たちに対する宣戦布告というわけですね。『自分は記憶を取り戻している。タクミになにかあれば次にこうなるのはお前たちだ』といったような」

「その通りだ。ついでに言うなら『自分が記憶を取り戻してることはタクミには言うなよ』ってところだろうなァ。いやー、意外と可愛いところがあるじゃねェか、あの魔王サマは」

からからと笑うガゼル団長。あんなに強大な魔術師に挑戦状を叩きつけられたというのに、よくも面白がれるものだ。私は苦笑いを浮かべながら、やはりまだこの御方には敵わないな、と心の中で独りごちた。

「あの魔王サマはいまだにタクミにご執心らしいなぁ。おまけに、とんでもない過保護っぷりだ」

くくっと喉の奥で笑いながら紅茶に口をつけるガゼル団長。

だが、言葉とは裏腹に、その瞳にはめらめらと独占欲が燃え上がっているのが見てとれた。

……かくいう私も同じだろう。今、自分の顔を鏡で見れば、この瞳には嫉妬と独占欲がない交ぜになって浮かんでいるに違いなかった。

――上等だ、という思いが胸の内に湧き起こる。タクミの騎士を気取っているのなら、それでもいい。彼は、私たちと共にあることを選んでくれたのだから。

彼と出会ってから、とても長い月日が経ったような気がする。実際には一年足らずなのに、彼を追い求め、振り向いてもらえるように懇願する日々は、私にとってあまりにも長かったから、そう感じるのだ。

そして、ようやく彼は私たちのことを受け入れてくれたのだ。自分の故郷を捨ててまで、私たちと共にいることを選んでくれたのである。

私たちが彼と築き上げてきた絆に何人たりとも立ち入らせる気はないし、立ち入れるとも思っていない。だから、騎士を気取りたければそうしてもかまわない――

そんな傲慢な想いが湧き上がるのをなんとかひた隠し、私はガゼル団長に次の報告事項を告げた。

「そういえば、もう一点報告がありました。件《くだん》のハルカ嬢のことなのですが、王城側で送還儀式の手配をしていただくことができそうです」

「ああ、じゃあオッドレイの手記はあってもなくてもよくなったわけか」

「そうですね。それでなのですが……金翼《きんよく》騎士団の方に話を聞いた限りでは、あらかじめ、タクミが魔法陣に魔力を充填しておけば当日は立ち会わないようにすることもできるそうです。いかがいたしましょう？」

私はガゼル団長をじっと見据えた。

お互いの呼吸音すら聞こえないほどの、張りつめた沈黙で部屋の中が満たされる。

どれくらいそうしていただろうか。ガゼル団長は不意に顔をふっと和らげると、カップを手に取って紅茶に口をつけた。

「いや、それはいいさ。当日はタクミも連れていく」

「……よろしいのですか？」

「ああ。あのお嬢ちゃんとタクミはかなり親しくなったみてェだからな。最後のお別れくらい言わせてやらなきゃ可哀想だろ」

「……そうですね」

ガゼル団長の言葉に、私はこくりと頷いた。

今までの自分であれば、タクミが万が一にも元の世界に戻ってしまったらと不安に駆られ、彼を送還儀式の場にはなんとしても立ち会わせないように取り計らっていただろう。それはガゼル団長も同じだったはずだ。

だが、今の自分たちには、心にゆとりが生まれていた。

それはタクミがハッキリと言葉で「この世界に残って、私たちと共に生きていく」と約束をしてくれたことが大きい。

彼は自分の言葉を違えない、真摯な人だ。彼が約束をしてくれたことが後押しになり、私たちはタクミに対して以前よりは余裕を持つことができていた。

とはいえ……いまだに心配になることも多々あるのだが。

なにせ、先日の彼の発言にはかなり驚かされた。よりにもよって、まさかのリオン団長がガゼル団長のことを好きなどという――あ。

「そういえば、もう一つ報告があったのです」

「おう、なんだ？」

先ほどの二点の報告は、ガゼル団長もある程度の概要を把握《はあく》していたものだった。だが、こちらの報告は完全に寝耳に水だろう。ほんのちょっぴりの悪戯《いたずら》心と共に、できるだけなんでもない風を装ってしれっと言葉を続ける。

「先日、ある方から言われたのです。なんでも、リオン殿の意中の殿方はガゼル団長だとか？」

「ぶっ⁉　げほっ、ケホッ、けほっ！」

口に含んでいた紅茶を思いっきり噴き出すガゼル団長。この人がこんな風に慌てているのを見るのは、これが初めてかもしれない。さすがはタクミだ。

「はぁ!? はっ……はぁあぁ!? 馬鹿言え、誰だ、そんなアホなことを抜かした奴は！ リオン殿の好きな奴なんざ、見てるだけで丸分かりだろうが！」

「その、丸分かりな人物から教えられたことでして」

「………おい、まさか」

私の言葉にギシリと身体を硬直させるガゼル団長。

そうですよね。そういう反応になりますよね。ええ、私もそうでした……

「はい、タクミから言われました。正確には『リオンはガゼルが好きなんだろう？ リオンと親しい黒翼騎士団の団員となると、もう他には該当者がいないと思うんだが』というようなことを言っていましたね」

私の言葉を聞いたガゼル団長は両手で顔を覆うと、天を仰《あお》いだ。

「あ、あいつ……鈍いとは思ってたが、まさかそこまでかよ……！」

「正直、私も聞いていて思わずリオン団長に同情してしまいました」

「ああ、だろうな。俺も今、その時のお前とまったく同じ気持ちだぜ……で、どうなんだ？ 今もまだそんな愉快な勘違いをしたままじゃねェだろうな？」

「恋敵を減らすためには、勘違いをそのままにしておいたほうがいいのかもと思いましたが。このままではあまりにも……と思ったので、訂正をしておきました」

「ああ、ありがとうよ。しかし、またなんでそんな勘違いを……もしかしてあの時か？ 確かにちょっと様子がおかしいとは思ってたけどよ……」

ぶつぶつと小さな声で呟くガゼル団長。我らが黒翼騎士団の団長にこうまで頭を抱えさせるのは、この世でタクミただ一人だけだろう。

「ふふ……これからは本当に、退屈しない日々が来そうですね」

くすくすと笑う私を見て、ガゼル団長は苦笑いを浮かべる。

「そうだな。依然としてアイツは執着心の強い男ばっかり引き寄せる性質らしいしよ……アイツ自身を含めて、しばらくは刺激の多い日々が続きそうだな」

そうして、私たちはどちらともなく笑い声をあげた。

それは、たった一人の——まったく同じ人間に惚れてしまった私たちだからこそ分かり合える想いであった。

◇

「——タクミさーん！」

弾むような足取りでこちらに駆け寄ってくるハルカちゃん。

おれのもとにやってきた彼女に笑顔を向けた。

「ハルカちゃん、今日は制服なんだな」

「うん。こっちに召喚された時に、着ていた制服なの」

「そうなんだ、似合ってるよ」

「そう？　えへへー」

今日の彼女は、緑色のブレザーにチェック柄のプリーツスカートという女子高生姿だった。制服の上にはグレーのダッフルコートを着ているが、ちょっと寒そうだ。

今、おれたちがいる場所は王城にある、金翼騎士団専用の訓練場である。そのため、冷たい風を遮るものはなにもなく、冬の冷気が身体に染みる。

こんなに寒い外ではなく、どうせなら室内で送還儀式が実行できればよかったのになー。いや、でも王城の中もそれはそれで気を使うな……ここに来るまでにだってかなり緊張したんだしな。

「ハルカちゃん、寒くないか？」

「大丈夫！　それよりも、今日でとうとうリオン様とお別れになるのが寂しい……」

しゅん、と肩を落とすハルカちゃん。

そう——今日はとうとう、送還儀式の実行日なのだ。

おれがオッドレイに誘拐された日から一週間が経過した。

あの後、屋敷から押収したオッドレイの私物の中から、召喚儀式を実行してハルカちゃんを召喚した際の記録や、儀式に関する詳細をまとめた書類が出てきた。

黒翼騎士団と白翼騎士団がそれらを王城に提出し、ハルカちゃんがオッドレイによってこの国に召喚されたことを報告。そして、彼女を元の世界に戻す準備が早急に進められ、今日に至るというわけである。

ちなみに、送還儀式を実行するにあたって、おれもまた彼女と同様に異世界から来た人間であると王城に報告した。

それを説明しないと、送還儀式実行のための魔力はどうするんだって話になっちゃうしね。

そのため、今ではガゼルとフェリクス以外の人物……この国の王族方と、金翼騎士団に銀翼騎士団。それに白翼騎士団の団長であるリオンと、うちの団のイーリスが、おれが異世界人であることを知っている。

説明した時は、リオンもイーリスもビックリしてたっけ。でも……

『――なるほどねー！　確かにタクミって年の割には世間知らずっていうか、浮世離れしてるとこがあるからちょっと不思議だったのよね！』

『ああ、確かに。君が異なる世界から来たのだと考えれば、納得できる部分も多いな』

とも言われた。

……おれ的には、けっこう無難にこの世界に溶け込めているつもりだったんだが、二人から見れば色々とボロが出ていたらしい。

なお、おれの魔力が魔王から譲《ゆず》り受けたものだということは言っていない。

なので、ガゼルとフェリクス以外の人たちは、おれが持つ膨大な魔力は「おれが召喚された時に備わったもの」と思い込んでいる。

……本当なら、魔王のこともちゃんと報告するべきなのかもしれないけれど……でも、それを報告すると、どうしてもマルスくんに話が及んでしまう。

過去はどうであれ、今の彼はただの子供であり、新しい家族と共に幸福な生活を送っている。それを邪魔したくはなかった。

それに……なんとなくだけど、もしもマルスくんが魔王の記憶を思い出しても、以前のような破壊行動には及ばないんじゃないかなって気がするのだ。

そもそも、おれに魔力を譲《ゆず》り渡したので、かつての彼ほどの力を振るうのはもう無理だしさ。

「はぁ……それにしても、ゲーム画面で見た時も本当に美人だったけれど、生身のリオン様ってそれ以上に素敵よね……」

うっとりと、少し離れたところにいるリオンを見つめるハルカちゃん。

見れば、リオンはガゼルとフェリクスと共に三人で何事かを話し合っていた。

距離があるため、三人の会話はおれたちのところには断片的にしか聞こえてこない。

「──じゃあ、やっぱりオッドレイは……？」

「ええ、依然として……廃……で……むしろ裁判はスムーズに……」

「どんどん……証拠が……ら、オッドレイ家は没落……」

難しい顔をしている三人。

なんの話をしているんだろう？

でも、今、オッドレイの名前が出た気がする。オッドレイはあの後、黒翼騎士団によって取り調べを受けて、今までに犯した奴隷売買に関する出来事を、嘘偽りなくすべて話したと聞いている。

そのおかげで、オッドレイが関与していた奴隷商人たちが続々と捕まっているらしい。

ちょっとだけ意外だ。あのオッドレイの性格からして、言い逃れや罪の軽減のために、取り調べは困難を極めるんじゃないかと思ってたんだけれど……まぁ、なにはともあれ、奴隷商人たちを捕まえることができてるのならいいことだよな！　うん！

「はぁ……やっぱり美しいわ、リオン様……生きて動いている推しに会える日が来るなんて、私、前世でどんな善行を積んだのかしら……」

話し込む三人を見て、ハルカちゃんは陶然とした笑みを浮かべている。

送還儀式の魔法陣の周囲で待機していた魔術師の人たちが、ハルカちゃんを見てちょっと引き気味に後ずさりをしているが、それには気付いていないようだ。

「えっと……ハルカちゃん？」

「あ、うん。なに？」

「いや、今回はおれのせいで面倒事に巻き込んですまなかったな」

ハルカちゃんに謝罪すると、彼女は慌てたようにぶんぶんと手を振った。

「そんな、タクミさんのせいじゃないよ！　それに私は全然危ない目に遭ってないし！　むしろ、私があの時、安易にタクミさんを屋敷に誘ったせいで……！」

「おれも、ガゼルとフェリクスがすぐに助けに来てくれたから、危ない目には遭ってないさ。だから気にしなくていい」

「そ、そう？　……じゃあお互い様ってことね！」

にっこりと笑うハルカちゃん。

その陰りのない明るい笑みに、ホッとする。オッドレイに騙《だま》されていたことでハルカちゃんがショックを受けていたら……と思っていたが、おれの杞憂《きゆう》だったようだ。

「あ、そうだ。タクミさん、これ見て見て！」

「なんだ？」

「この一週間、私、ずっとリオン様のお屋敷に居候させてもらったでしょ？　王様からのお達しで、賓客扱いで！　せっかくだから、一週間の間に写真を撮りまくったの！」

「お、おう……すごい量だな」

おれが見せてもらったのは、ハルカちゃんのスマートフォンだった。

彼女の写真フォルダのサムネイルは、すべてリオンの写真で埋め尽くされていた。しかも、どれだけ下にスクロールしても終わらない。

「いっぱい撮ったんだな」

「うん！　スマホの容量満タンまで撮影したよ、もちろん！」

「……いい写真だな。ハルカちゃんは写真を撮るのがうまいな。どれもリオンの魅力が引き立つような写真だ」

「そ、そうかな？　えへへ」

「ああ……後半になるにつれ、リオンの目がどんどん死んだ魚のようになっていく点だけが気になるが、いい写真だ」

写真のリオンは、最初は微笑を浮かべていたが、後半にいたっては「もう勘弁してくれ」と言わんばかりの顔であった。目からは完全に光が失われている。

でも、ハルカちゃんはオッドレイの被害者だし、陛下から「手厚くもてなすように」とお願いされてるしで、ノーと言うことができなかったのだろう。リオン自身、彼女に同情していたのかもしれない。

おれがリオンの大量の写真を眺めていると、ハルカちゃんが頬をぽりぽりと掻きながら呟いた。

「……だからさ、タクミさんも安心してね。私、この世界に来て嫌なことばかりあったわけじゃないし。こうして推しにも会えたし、タクミさんとも知り合うことができたもん！　むしろいいことだらけだったよ！」

「ハルカちゃん……」

思わず彼女をまじまじと見つめると、ハルカちゃんははにかんだ。

「……そっか。ハルカちゃんは、この国が好きか？」

「もちろん、大好きよ！　なんたって推しが生きてる大地だし！」

「そ、そうか」

最後までブレない子だなーと思いつつ、苦笑いを浮かべる。

でも……そっか。ハルカちゃんがこの国を嫌いにならなくてよかった。

そんな風に二人で会話をしていると、魔法陣の傍にいた魔術師さんがこちらにやってきて「そろそろ、お時間です」とおずおずと声をかけてきた。

もうそんな時間か。楽しい時間は本当にあっという間だ。

「じゃあ、ハルカちゃん。向こうでも元気でな」

「うん！　……タクミさんも元気でね」

ハルカちゃんは魔術師さんに案内されて、魔法陣の真ん中に立った。

魔法陣は直径五メートルほどの正円だ。石灰と特殊な金属粉を交ぜ合わせて描かれたそれは、ハルカちゃんが真ん中に立つと淡い光を放ち始めた。

「うっ……ぐすっ」

「大丈夫か？」

魔法陣の中でハルカちゃんが急に涙ぐみ、おれは慌てて尋ねた。彼女はそっと涙を拭い、こちらに無邪気な笑顔を見せてくれる。

「う、うん、平気。……パパとママにようやく会えると思ったら、安心しただけだから……あ、そうだ！　タクミさんから預かった手紙は、ちゃんと向こうの世界で郵便出すからね！　安心してね」

「うん、頼むよ」

「じゃあタクミさん――ガゼルさんとフェリクスさんと、末永くお幸せにね！」

その言葉が、おれたちの最後の別れになった。

おれは魔術師の方に案内されて、魔法陣の一番外側の円のところに行くと地面に膝をつく。

そして、掌を魔法陣に触れさせると――瞬間、ぐんっとおれの身体からなにかが抜け出ていく感覚があった。

「う、おっ……！」

魔法陣からまばゆい光が溢れた。光に包まれたハルカちゃんの姿は、あっという間に見えなくなる。

そして――光がだんだんと薄くなって、消えた頃には、ハルカちゃんの姿はもうそこにはなかった。

「……これで彼女は、無事に元の世界に帰れたのか？」

「ええ。今頃はちゃんと、元いた場所、時間に戻っていることでしょう。大丈夫ですよ」

「そうか。それならよかった」

地面から立ち上がって、傍にいた魔術師さんに尋ねる。

予想以上にあっさりと儀式は終わってしまったが、どうやらハルカちゃんはちゃんと元の世界に戻れたらしい。よかった！

しかし、元気な子だったなぁ。見ていて飽きない子だったよ。

「――タクミ」

魔法陣の後片付けをしている魔術師さんたちを眺めながら、ぼーっとしていると、おれの肩にぽんと分厚い掌が置かれた。

顔を上げれば、ガゼルが気遣わしげにおれを覗き込んでくる。ガゼルの後ろにいるフェリクスも、心配そうだ。

先ほどまで二人と話していたリオンはいない。どうやらすでにこの場を離れたらしい。それとも、自分でも気付かないうちに、長くぼうっとしてしまっていたのだろうか。

「……後悔してるか？」

ガゼルの問いかけに、おれは首を横に振った。

強がりでもなんでもなく、まったく後悔はしていない。

ただ、ハルカちゃんともう会えないことがちょっと寂しかったので、余韻を噛みしめていただけなのだが……

どうやらおれが魔法陣を見つめていたことで、ガゼルとフェリクスを不安にさせてしまったらしい。

おれは左手を伸ばすと、肩に置かれたガゼルの手を取り、きつく握りしめた。

そして、反対の手で、フェリクスの手もぎゅっと握りしめる。

「後悔なんかしないさ。言っただろう？　おれはガゼルとフェリクスと、この世界で一緒に生きていたいんだ」

そう言って笑いかけると、ガゼルとフェリクスがホッとした表情になった。

「そうか……ああ、そうだよな。お前はこれからずっと一緒だ」

にかりと白い歯を見せて微笑むガゼルの隣で、フェリクスはばつの悪そうな顔になった。

「……申し訳ありません、タクミ。私はやはりまだまだ精進が足りないようです。これで貴方がもう二度と、自分の世界に戻ることはできなくなってしまったというのに……そのことを、私は心の中で喜んでしまっているのです」

切なげな眼差しでおれを見つめるフェリクス。

まるで垂れ下がったゴールデンレトリバーの尻尾が見えそうなほど、しゅんとしている彼の様子に、思わず、おれはふふっと笑いを零した。

「タクミ?」

「ああ、すまない。いや、おれはずいぶんと幸せ者だなぁと思ってな」

くすくすと笑っていると、ガゼルとフェリクスは不思議そうに顔を見合わせていた。

そんな二人を見ていて、ふと思いついたことがあり、おれは口を開く。

「そうだ。今度、指輪でも見に行かないか?」

この場合、婚約指輪になるのか結婚指輪になるのかはよく分からないけれど……でも、そういう証が形としてあれば、ガゼルとフェリクスの不安も軽減されるんじゃないだろうか?

それに、考えてみればおれはガゼルとフェリクスに色んな物をもらいっぱなしだ。

しかも、一番大きいプレゼントが家だからね!

なので、ここらでちょっと二人にお返しをしたいし……そ、それにその、せっかく正式にお付き合いすることになったんだしな! だからその、記念というか、なんというか……やべ、考えていて恥ずかしくなってきた!

「……指輪?」

「タクミは指輪が欲しいのですか?」

「えっ」

が、ガゼルとフェリクスはおれの予想に反し、ますます不思議そうにこちらを見つめてきた。

あ、あれっ⁉

もしかしてこっちの世界、結婚指輪って概念がない⁉

「もしかして、リッツハイムにはない習慣か？　おれの世界じゃ、婚約者同士や、結婚している人間は揃いの指輪を身に着けるのがポピュラーなんだが……」

「へェ、初めて聞いたな」

「タクミの世界にはそのような習わしがあるのですね。素敵だと思います」

それにしても、うっかりしてた。てっきりこっちの世界にもある習慣だと思ってたよ。

うーん……それなら、ガゼルとフェリクスに強要するのも心苦しいよなぁ。

「こちらの世界にはない習慣だったんだな。悪かった。それじゃあ、なにか他に……」

「いやいや、いいと思うぜ！　別に嫌なわけじゃねェよ。ただ、初めて聞く話だったから驚いただけだ」

「そうか？」

「ああ。それに、お前がそういうもんを俺らと一緒につけたいって思ってくれる気持ちが嬉しいぜ。指輪って、どっか嵌める指とか決まってるのか？」

「普通は左手の薬指だな。でも、左手が利き手の人は別の指につけたりもするし、指につけてると邪魔になる場合は、首からネックレスにして下げたりしてるぞ」

「左手の薬指、ね」

おれの説明を聞いたガゼルが、にいっと唇を吊り上げて笑った。

「いいじゃねェか。俺とフェリクスとタクミが揃いの指輪をつけてりゃ、タクミが誰のもんかすぐに分かるもんな。なァ、フェリクス？」

「そうですね。タクミに悪い虫が寄り付かないようにするための、予防線になると思います」

おいおい、二人とも大げさだなぁ。

っていうか、それを言うなら、おれは二人のほうが心配だよ。

二人とも、おれにはもったいないほどのイケメンだしね！

まぁ、なにはともあれガゼルもフェリクスも結婚指輪に賛成してくれるらしい。

そういえば、ガゼルとフェリクスに色々と買ってもらったことはあっても、三人でお揃いの物ってこれが初めてじゃないか？　そう考えると、ちょっと嬉しい。

「よし、じゃあ行くか！」

そう言って、おれの手を引いて歩き出そうとするガゼル……って、ちょっと待って!?　今から行くの!?

「今からか？」

「この後は三人とも予定がありませんし、ちょうどいいではないですか。思い立ったが吉日とも言いますし」

「そ、そうか……？」

「で、タクミはどんな指輪がいいんだ？　宝石がついてるほうがいいのか？」

「ガゼル団長。タクミならどんな宝石も似合うでしょうが、私たちも揃いでつけるとなると、シンプルな物のほうがいいかもしれませんよ」

「ああ、それもそうか。どうせなら、指輪以外にも色々と見に行くか。タクミの外套《がいとう》や毛織の服ももっと揃えてェしな。そこでタクミに似合う宝石があったら、指輪とは別に買ってもいいよな」

「ああ、それはいいですね」

何故かおれ以上に乗り気になっているガゼルとフェリクス。

予想以上に乗り気になってくれた二人に最初はちょっと気圧《けお》されたものの、二人が楽しそうにこれからのことを語っているのが嬉しくなって、おれも自然と頬が緩んだ。

——今日は、これから三人で街に指輪を見に行って……家に帰ったら、またあの暖炉《だんろ》を囲んで、話をしよう。また三人で読書をしてもいいかもしれない。

明日からはまた騎士団の任務だ。明日はイーリスに会って、ハルカちゃんが無事に元の世界に戻れたことを話したいな。

ああ、あとは香水屋のメガネっ子店員さんとマルスくんにも、彼女のことを報告しに行かないと。そうだ、それに、リオンとオルトラン団長にも改めてお礼を言わないとな。久しぶりにレイとも話をしたい。

——そういう風にして、なんでもない日々を積み上げて……これからもこの世界で、大事な人たちと一緒に生きていくのだ。

この作品に対する皆様のご意見・ご感想をお待ちしております。

おハガキ・お手紙は以下の宛先にお送りください。

【宛先】

〒150-6008 東京都渋谷区恵比寿 4-20-3 恵比寿ｶﾞｰﾃﾞﾝﾌﾟﾚｲｽﾀﾜｰ 8F
（株）アルファポリス　書籍感想係

メールフォームでのご意見・ご感想は右のＱＲコードから、
あるいは以下のワードで検索をかけてください。

アルファポリス　書籍の感想　検索

ご感想はこちらから

本書は、「アルファポリス」（https://www.alphapolis.co.jp/）に掲載されていたものを、改稿、加筆のうえ、書籍化したものです。

異世界《いせかい》でのおれへの評価《ひょうか》がおかしいんだが
永遠《えいえん》の愛《あい》を誓《ちか》います

秋山龍央（あきやまたつし）

2021年 9月 20日初版発行

編集－中山楓子・古内沙知・森順子
編集長－倉持真理
発行者－梶本雄介
発行所－株式会社アルファポリス
〒150-6008 東京都渋谷区恵比寿4-20-3 恵比寿ｶﾞｰﾃﾞﾝﾌﾟﾚｲｽﾀﾜｰ8F
TEL 03-6277-1601（営業） 03-6277-1602（編集）
URL https://www.alphapolis.co.jp/
発売元－株式会社星雲社（共同出版社・流通責任出版社）
〒112-0005 東京都文京区水道1-3-30
TEL 03-3868-3275
装丁・本文イラスト－高山しのぶ
装丁デザイン－AFTERGLOW
（レーベルフォーマットデザイン－円と球）
印刷－中央精版印刷株式会社

価格はカバーに表示されてあります。

落丁乱丁の場合はアルファポリスまでご連絡ください。

送料は小社負担でお取り替えします。


ISBN978-4-434-29108-1 C0093